宋詞三百首評注 典藏版 上

[清]上彊村民 編選
王水照等 注評
倪春軍 輯評

图书在版编目(CIP)数据

宋词三百首评注：典藏版 / (清) 上彊村民编选；王水照等评注；倪春军辑评. —上海：上海古籍出版社，2018.7 (2024.12 重印)
ISBN 978-7-5325-8929-6

Ⅰ.①宋… Ⅱ.①上… ②王… ③倪… Ⅲ.①宋词-注释
Ⅳ.①I222.844

中国版本图书馆 CIP 数据核字 (2018) 第 144515 号

本书辑评部分受到上海市哲学社会科学规划青年课题"《宋词三百首》及相关文献汇编、整理与研究"(批准号：2018EWY002)的资助

宋词三百首评注(典藏版)
(全二册)

[清] 上彊村民　编选
王水照等　评注
倪春军　辑评

上海古籍出版社出版发行

(上海瑞金二路 272 号　邮政编码 200020)

(1) 网址：www.guji.com.cn
(2) E-mail：guji1@guji.com.cn
(3) 易文网网址：www.ewen.co

上海丽佳制版印刷有限公司印刷

开本 890×1240　1/32　印张 19　插页 10　字数 441,000
2018 年 7 月第 1 版　2024 年 12 月第 3 次印刷
印数：6,401—7,500
ISBN 978-7-5325-8929-6
Ⅰ·3303　定价：88.00 元

如有质量问题，请与承印公司联系

前　言

选本是普及我国古典文学最通行的著述形式，一直受到广大读者的青睐和欢迎。近代学者朱孝臧编选的《宋词三百首》就是一部备受赞誉的宋词入门读本，也是一部蕴含独特词学旨趣的专业选本。

《宋词三百首》的编选初衷是为了指导初学者读词和填词。况周颐在该书序言中说："彊村先生尝选《宋词三百首》，为小阮逸馨诵习之资。"所谓"小阮"，即指侄儿，是用魏晋竹林名士阮籍和阮咸叔侄相亲的典故。因此，《宋词三百首》是朱祖谋为他的子侄辈所编选的一本宋词启蒙读物，目的在于指示初学者读词方法和填词门径。但是，这又是一部反映编选者词学观念和审美旨趣的专业选本。钱基博《现代中国文学史·上编》评价此书"阐词学之阃奥，诏后生以途辙"，指明本书并非为单纯赏析诵习之需，而是为阐述特定的词学宗旨，倡导某种审美理想，并为初学填词者指明取径方向。朱氏门人龙榆生在《选词标准论》中也说："自朱彝尊《词综》、张惠言《词选》、周济《宋四家词选》，乃至近代朱彊村先生之《宋词三百首》，盖无不各出手眼，而思以扶持绝学，宏开宗派为己任。"清初浙西词派的开创者朱彝尊，编选了《词综》一书来标举"醇雅"的词学观念。到了清代后期，常州词派的代表张惠言、周济又先后编选了《词选》和《宋四家词选》，以宣扬"比兴寄托"说和"浑化"境界说。《宋词三百首》就是在这样一种复杂的词学背景之下所编选的一部独具特色的宋词选本。

朱孝臧（1857—1931），一名祖谋，字藿生、古微，号沤尹，又号彊村，浙江归安（今属浙江湖州）人。清光绪八年（1882）举人，次年进士，与王鹏运、郑文焯、况周颐并称清末词坛四大家。早年工诗，至四十岁时方专力于词。他从南宋词人吴文英入径，上窥北宋词人周邦彦，但又不拘一家，晚年又取法苏轼，融会贯通，遂成词坛领袖。叶恭绰在所编《广箧中词》中盛赞其"集清季词学之大成"，"或且为词学之一大结穴"。本书附录夏孙桐所撰《清故光禄大夫前礼部右侍郎朱公行状》，以便读者进一步了解朱祖谋的生平事迹。

《宋词三百首》之所以成为词史中的经典选本，乃是集中了朱祖谋及其友朋后辈们的集体思想，这其中况周颐就是一位很重要的直接参与者。况周颐（1861—1926），原名周仪，字夔笙，号蕙风，又号玉楳词人，广西临桂（今属广西桂林）人。光绪五年（1879）举人，官内阁中书。民国时期，朱、况二人均寓居上海，相去里许，往来密切，经常在一起讨论词学问题。据况氏门人赵尊岳回忆两人编纂《宋词三百首》时的情景："皤然两叟，曼声朗吟，挈节深思，遥馈酬答，馀音袅袅，并习闻之。"（《〈惜阴堂明词丛书〉叙录》）因此，这部词选的编选旨趣，与况周颐所倡导的"重、拙、大"论词宗旨，有着深刻的联系。

何谓"重、拙、大"？况周颐自己的解释是："轻者重之反，巧者拙之反，纤者大之反，当知所戒矣。"（《词学讲义》）此解近似同义反复，对于初学者仍不得要领。大致说来，词的女性特质，造成不少词作的轻艳、浅巧、纤琐，或如王国维所指责的"淫词"、"鄙词"、"游词"（王氏据金应珪《〈词选〉后序》之旨而发挥）；即在豪放词风的词作中，也不免有叫嚣直露、一览无馀之弊。况氏等人所崇尚的则是深曲厚重、包蕴缜密而又一气浑化的词风。朱孝臧曾四次校勘吴文英的《梦窗词》，他在第三次校勘吴词而写的跋语中说："君特（吴文英的字）以隽上之才，举博丽之典，审音拈韵，习谙古谐。故其为词也，沉邃缜密，脉络井井，缒幽抉潜，开径自行，学者匪造次所能陈其义趣。"认为吴文英词的"沉邃缜密，脉络井井"，不是学词者轻易就能获其"义趣"的。朱孝臧的门人杨铁夫，曾随从朱氏专学吴文英词，开始时不能领悟，朱氏"于是微指其中顺逆、提顿、转折之所在"。经过三年的揣摩，杨铁夫才渐悟入，于是作《吴梦窗词笺释》一书。吴文英丽密深曲的词风，主要是运用灏瀚之气以表达沉挚之思，因而显得厚重丰腴，耐人寻味。当然也有堆砌晦涩的地方。我们可以从吴文英这个例子来体会"重、拙、大"的含义，同时也可用以把握这部选本的编选旨趣。此书初刻本选词人87家（李重元《忆王孙》误作李甲词，实为88家），词作300首，而吴文英词入选达24首，位居第一。

如果说，《唐诗三百首》是一部基本反映唐诗总体风貌的普及性选本；那么，《宋词三百首》就是一部带有编选者词学审美倾向的学术性选本。"重、拙、大"选旨的最终目的，是为了达到自然浑成的审美境界。况周颐在序言中说"彊村兹选，倚声者宜人置一编"，是学词者欲达到"浑成"词境的"始基"，因为此书"大要求之体格、神致，以浑成为主旨"。龙榆生指出："所谓'浑成'，料即周济所称之'浑化'；衍常州之绪，以别开一宗。"（《选词标准论》）龙氏指出"重、拙、大"的理论主张主要源自批判继承浙、常两派的词学旨趣，尤其是进一步发扬常州派"推尊词体"的精神。要而言之，以张惠言为代表的常州词派为了推尊词体而强调词的"比兴寄托"功能。这种"比兴寄托"不仅要"有寄托入"，更要能"无寄托出"，最后达到虽有寄托而自然无迹的浑成境界，也就是周济在《宋四家词选目录序论》中所说的"问途碧山（王沂孙），历梦窗（吴文英）、稼轩（辛弃疾），以还清真（周邦彦）之浑化"。因此，朱祖谋在致夏承焘的信中称吴文英的词是"八百年未发之疑"，而况周颐也认为吴词中表现了"黍离麦秀之伤"（《历代两浙词人小传序》），这恐怕都与自然浑成的

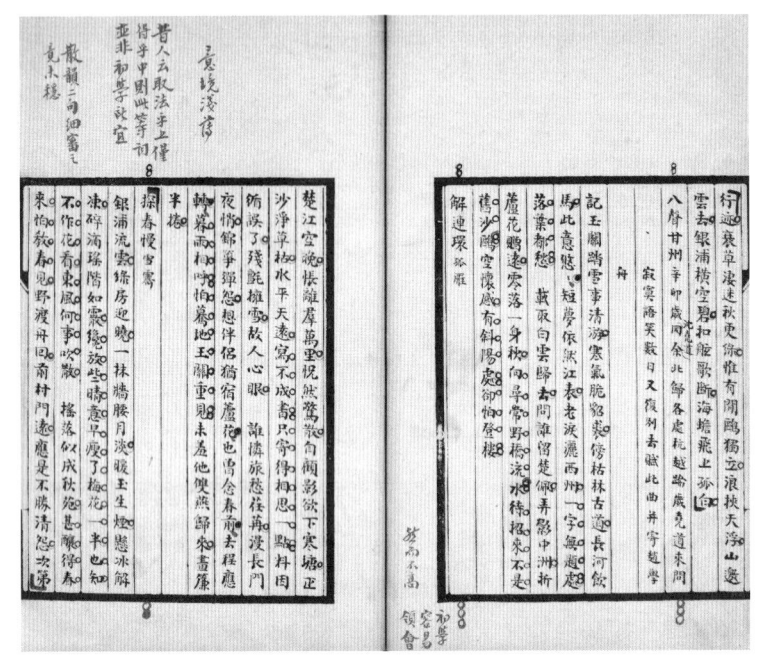

朱祖谋手抄、况周颐批点《宋词三百首》书影

"比兴寄托"不无关系。因为朱、况二人都怀有浓重的末世情怀和遗老情结，而梦窗词深邃丽密、寄托遥深的特点正好契合了他们的易代之感和审美期待。

此书稿本系朱氏手抄，今藏浙江图书馆，共选词人 86 家，词作 312 首，有朱、况二人批点删改墨迹。稿本改定后于 1924 年正式刊行，计入选词人 88 家，词作 300 首，是为初刻本。当代词学大师唐圭璋先生特为之作笺，编成《宋词三百首笺》，先于 1934 年出版，又于 1947 年再版；后又增加注释，改题《宋词三百首笺注》，由中华书局上海编辑所（即上海古籍出版社前身）于 1958 年重版。值得注意的是，唐氏笺注本的选目与朱氏初刻本颇有出入，1934 年版的"唐笺本"是以朱氏"重编稿本"为底本，选词人 82 家，词作 283 首。1947 年版的"唐笺本"改以 1924 年初刻本为底本，"附录一"据朱氏"重编稿本"补入 9 家 11 首词，删除 20 家词人 28 首词，"附录二"又据朱氏"三编本"增加 2 家 2 首词。1958 年版选目则与 1934 年版同，后多次据以刊印，遂成为当下较为通行之本。

唐笺本流行既广，初刻本反而被人忽视，而这又是朱氏生前唯一正式刊行的版本，选词恰为三百首。故本书选择 1924 年的初刻本为底本，以恢复选本之原貌。词之正文，参校以《全宋词》及各家词别集，凡遇有重要异文则出注校改，其他如字形讹误等明显错误则径改，不出注。并根据《词律》、《词谱》进行标点，即句处用逗号（","），逗处用顿号（"、"），韵处用句号（"。"），以便广大读者阅读欣赏。

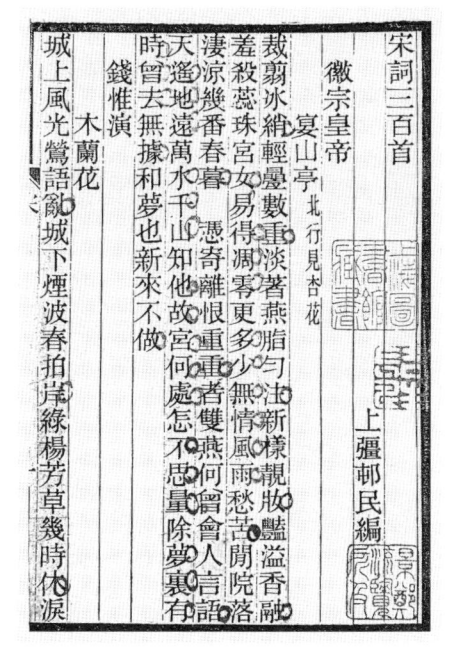

《宋词三百首》初刻本书影

"唐笺本"作为《宋词三百首》第一部正式刊行的注本,广泛采辑前人评语,有助理解原词,后又加以注释,然稍嫌简略。今为适应一般读者阅读之需要,加详注释,并另撰评析,以扩大理解空间。同时,遵循唐笺体例,重新汇辑词评(收录刊行于1949年之前的著作)。所得于唐氏"评笺"多有补正,读者如有进一步钻研兴趣,不妨与唐氏笺注本一同参阅。另,朱氏原书存在一些词作主名错漏之处,我们均在"评析"之末加按语予以说明。

参加本书注释、评析的撰稿人是(按姓氏笔画排列):王水照、王述尧、王祥、孔妮妮、史伟、张璟、陈元锋、林岩、赵晓涛、倪春军。本书辑评和补订由倪春军一人承担,这也是他所承担的华东师范大学青年预研究项目(2018ECNU-YYJ001)和青年跨学科创新团队项目(2018ECNU-QKT008)的阶段性成果。本书评注、辑评中存在的缺点和不足,欢迎广大读者指正。

王水照

2018年5月

目 录

前　言 /王水照　　　　　　　　　　　　　　　1

序 / 况周颐　　　　　　　　　　　　　　　　1

徽宗皇帝 一首
　　宴山亭　　裁剪冰绡　　　　　　　　　　1

钱惟演 一首
　　木兰花　　城上风光莺语乱　　　　　　　4

范仲淹 三首
　　渔家傲　　塞下秋来风景异　　　　　　　6
　　苏幕遮　　碧云天　　　　　　　　　　　8
　　御街行　　纷纷坠叶飘香砌　　　　　　　11

张　先 七首
　　千秋岁　　数声鶗鴂　　　　　　　　　　14
　　菩萨蛮　　哀筝一弄《湘江曲》　　　　　15
　　醉垂鞭　　双蝶绣罗裙　　　　　　　　　16
　　一丛花　　伤高怀远几时穷　　　　　　　16

天仙子	《水调》数声持酒听	18
青门引	乍暖还轻冷	21
生查子	含羞整翠鬟	23

晏　殊 十一首

浣溪沙	一曲新词酒一杯	25
浣溪沙	一向年光有限身	27
清平乐	红笺小字	27
清平乐	金风细细	28
木兰花	燕鸿过后莺归去	29
木兰花	池塘水绿风微暖	30
木兰花	绿杨芳草长亭路	31
踏莎行	祖席离歌	32
踏莎行	小径红稀	33
踏莎行	碧海无波	34
蝶恋花	六曲阑干偎碧树	35

韩　缜 一首

凤箫吟	锁离愁	37

宋　祁 一首

木兰花	东城渐觉风光好	39

欧阳修 十一首

采桑子	群芳过后西湖好	41
诉衷情	清晨帘幕卷轻霜	42
踏莎行	候馆梅残	43
蝶恋花	庭院深深深几许	45

蝶恋花	谁道闲情抛弃久	48
蝶恋花	几日行云何处去	49
木兰花	别后不知君远近	50
临江仙	柳外轻雷池上雨	51
浣溪沙	堤上游人逐画船	53
浪淘沙	把酒祝东风	55
青玉案	一年春事都来几	56

聂冠卿 一首

多丽	想人生	58

柳永 十三首

曲玉管	陇首云飞	61
雨霖铃	寒蝉凄切	62
蝶恋花	伫倚危楼风细细	65
采莲令	月华收	66
浪淘沙慢	梦觉透窗风一线	67
定风波	自春来	68
少年游	长安古道马迟迟	70
戚氏	晚秋天	71
夜半乐	冻云黯淡天气	73
玉蝴蝶	望处雨收云断	75
八声甘州	对潇潇暮雨洒江天	76
迷神引	一叶扁舟轻帆卷	78
竹马子	登孤垒荒凉	79

王安石 二首

桂枝香	登临送目	81

千秋岁引	别馆寒砧	83

王安国 一首
清平乐	留春不住	85

晏几道 十八首
临江仙	梦后楼台高锁	87
蝶恋花	梦入江南烟水路	89
蝶恋花	醉别西楼醒不记	90
鹧鸪天	彩袖殷勤捧玉钟	91
鹧鸪天	醉拍春衫惜旧香	93
生查子	金鞍美少年	94
生查子	关山魂梦长	95
木兰花	东风又作无情计	96
木兰花	秋千院落重帘暮	97
清平乐	留人不住	98
阮郎归	旧香残粉似当初	99
阮郎归	天边金掌露成霜	100
六幺令	绿阴春尽	101
御街行	街南绿树春饶絮	102
虞美人	曲阑干外天如水	103
留春令	画屏天畔	104
思远人	红叶黄花秋意晚	105
满庭芳	南苑吹花	106

苏 轼 十二首
水调歌头	明月几时有	108
水龙吟	似花还似非花	113

念奴娇	大江东去	115
永遇乐	明月如霜	121
洞仙歌	冰肌玉骨	122
卜算子	缺月挂疏桐	125
青玉案	三年枕上吴中路	129
临江仙	夜饮东坡醒复醉	131
定风波	莫听穿林打叶声	132
江城子	十年生死两茫茫	133
木兰花	霜馀已失长淮阔	135
贺新郎	乳燕飞华屋	136

黄庭坚 二首

鹧鸪天	黄菊枝头生晓寒	141
定风波	万里黔中一漏天	142

秦 观 九首

望海潮	梅英疏淡	144
八六子	倚危亭	146
满庭芳	山抹微云	149
满庭芳	晓色云开	154
减字木兰花	天涯旧恨	156
踏莎行	雾失楼台	157
浣溪沙	漠漠轻寒上小楼	161
阮郎归	湘天风雨破寒初	162
鹧鸪天	枝上流莺和泪闻	163

晁元礼 一首

绿头鸭	晚云收	166

赵令畤 三首
  蝶恋花　欲减罗衣寒未去　　　　168
  蝶恋花　卷絮风头寒欲尽　　　　169
  清平乐　春风依旧　　　　　　　170

张　耒 一首
  风流子　亭皋木叶下　　　　　　172

晁补之 四首
  水龙吟　问春何苦匆匆　　　　　175
  盐角儿　开时似雪　　　　　　　176
  忆少年　无穷官柳　　　　　　　177
  洞仙歌　青烟幂处　　　　　　　179

晁冲之 一首
  临江仙　忆昔西池池上饮　　　　181

舒　亶 一首
  虞美人　芙蓉落尽天涵水　　　　182

朱　服 一首
  渔家傲　小雨纤纤风细细　　　　183

毛　滂 一首
  惜分飞　泪湿阑干花著露　　　　185

陈 克 二首
  菩萨蛮 赤阑桥尽香街直   187
  菩萨蛮 绿芜墙绕青苔院   188

李元膺 一首
  洞仙歌 雪云散尽   189

时 彦 一首
  青门饮 胡马嘶风   191

李之仪 二首
  谢池春 残寒消尽   192
  卜算子 我住长江头   193

周邦彦 二十三首
  瑞龙吟 章台路   194
  风流子 新绿小池塘   196
  兰陵王 柳阴直   198
  琐窗寒 暗柳啼鸦   203
  六 丑 正单衣试酒   205
  夜飞鹊 河桥送人处   208
  满庭芳 风老莺雏   210
  过秦楼 水浴清蟾   212
  花 犯 粉墙低   214
  大 酺 对宿烟收   216
  解语花 风消焰蜡   218
  定风波 莫倚能歌敛黛眉   221
  蝶恋花 月皎惊乌栖不定   222

解连环	怨怀无托	223
拜星月慢	夜色催更	226
关河令	秋阴时晴渐向暝	228
绮寮怨	上马人扶残醉	229
尉迟杯	隋堤路	230
西河	佳丽地	232
瑞鹤仙	悄郊原带郭	235
浪淘沙慢	昼阴重	238
应天长	条风布暖	240
夜游宫	叶下斜阳照水	242

贺 铸 十二首

更漏子	上东门	243
青玉案	凌波不过横塘路	244
感皇恩	兰芷满汀洲	247
薄幸	淡妆多态	248
浣溪沙	不信芳春厌老人	250
浣溪沙	楼角初消一缕霞	251
石州慢	薄雨收寒	252
蝶恋花	几许伤春春复暮	253
天门谣	牛渚天门险	254
天香	烟络横林	255
望湘人	厌莺声到枕	256
绿头鸭	玉人家	258

张元幹 二首

| 石州慢 | 寒水依痕 | 260 |
| 兰陵王 | 卷珠箔 | 261 |

叶梦得 二首
　　贺新郎　睡起流莺语　　　　　　　263
　　虞美人　落花已作风前舞　　　　　265

汪　藻 一首
　　点绛唇　新月娟娟　　　　　　　　267

刘一止 一首
　　喜迁莺　晓光催角　　　　　　　　269

韩　疁 一首
　　高阳台　频听银签　　　　　　　　271

李　邴 一首
　　汉宫春　潇洒江梅　　　　　　　　272

陈与义 二首
　　临江仙　高咏楚词酬午日　　　　　275
　　临江仙　忆昔午桥桥上饮　　　　　276

蔡　伸 二首
　　苏武慢　雁落平沙　　　　　　　　279
　　柳梢青　数声鹈鴂　　　　　　　　280

周紫芝 二首
　　鹧鸪天　一点残釭欲尽时　　　　　281
　　踏莎行　情似游丝　　　　　　　　282

李　甲 二首
　　帝台春　芳草碧色　　　　　　　　　283
　　忆王孙　萋萋芳草忆王孙　　　　　284

万俟咏 一首
　　三　台　见梨花初带夜月　　　　　286

徐　伸 一首
　　二郎神　闷来弹鹊　　　　　　　　288

田　为 一首
　　江神子慢　玉台挂秋月　　　　　　291

曹　组 一首
　　蓦山溪　洗妆真态　　　　　　　　292

李　玉 一首
　　贺新郎　篆缕消金鼎　　　　　　　294

廖世美 一首
　　烛影摇红　霭霭春空　　　　　　　296

吕滨老 一首
　　薄　幸　青楼春晚　　　　　　　　298

查　荎 一首
　　透碧霄　舣兰舟　　　　　　　　　300

鲁逸仲 一首
　　　南　浦　风悲画角　　　　　　　　　　302

岳　飞 一首
　　　满江红　怒发冲冠　　　　　　　　　　304

张　抡 一首
　　　烛影摇红　双阙中天　　　　　　　　　306

程　垓 一首
　　　水龙吟　夜来风雨匆匆　　　　　　　　308

张孝祥 一首
　　　六州歌头　长淮望断　　　　　　　　　309

韩元吉 二首
　　　六州歌头　东风著意　　　　　　　　　312
　　　好事近　凝碧旧池头　　　　　　　　　313

袁去华 三首
　　　瑞鹤仙　郊原初过雨　　　　　　　　　314
　　　剑器近　夜来雨　　　　　　　　　　　315
　　　安公子　弱柳千丝缕　　　　　　　　　315

陆　淞 一首
　　　瑞鹤仙　脸霞红印枕　　　　　　　　　317

陆　游 三首
　　卜算子　驿外断桥边　　　　　　320
　　渔家傲　东望山阴何处是　　　　321
　　定风波　敲帽垂鞭送客回　　　　322

陈　亮 一首
　　水龙吟　闹花深处楼台　　　　　324

范成大 三首
　　忆秦娥　楼阴缺　　　　　　　　327
　　醉落魄　栖乌飞绝　　　　　　　328
　　霜天晓角　晚晴风歇　　　　　　329

蔡幼学 一首
　　好事近　日日惜春残　　　　　　331

辛弃疾 十首
　　贺新郎　绿树听鹈鴂　　　　　　332
　　贺新郎　凤尾龙香拨　　　　　　334
　　水龙吟　楚天千里清秋　　　　　336
　　摸鱼儿　更能消　　　　　　　　337
　　永遇乐　千古江山　　　　　　　341
　　木兰花慢　老来情味减　　　　　345
　　祝英台近　宝钗分　　　　　　　346
　　青玉案　东风夜放花千树　　　　349
　　鹧鸪天　枕簟溪堂冷欲秋　　　　351
　　菩萨蛮　郁孤台下清江水　　　　353

姜 夔 十六首

- 点绛唇　燕雁无心　　　　　　　　　356
- 鹧鸪天　肥水东流无尽期　　　　　　357
- 踏莎行　燕燕轻盈　　　　　　　　　358
- 庆宫春　双桨莼波　　　　　　　　　359
- 齐天乐　庾郎先自吟愁赋　　　　　　361
- 琵琶仙　双桨来时　　　　　　　　　366
- 念奴娇　闹红一舸　　　　　　　　　368
- 扬州慢　淮左名都　　　　　　　　　370
- 长亭怨慢　渐吹尽　　　　　　　　　373
- 淡黄柳　空城晓角　　　　　　　　　375
- 暗　香　旧时月色　　　　　　　　　377
- 疏　影　苔枝缀玉　　　　　　　　　383
- 翠楼吟　月冷龙沙　　　　　　　　　386
- 杏花天影　绿丝低拂鸳鸯浦　　　　　389
- 一萼红　古城阴　　　　　　　　　　390
- 霓裳中序第一　亭皋正望极　　　　　392

章良能 一首

- 小重山　柳暗花明春事深　　　　　　394

刘 过 一首

- 唐多令　芦叶满汀洲　　　　　　　　396

严 仁 一首

- 木兰花　春风只在园西畔　　　　　　399

俞国宝 一首
　　风入松　一春长费买花钱　　　　　　400

张　镃 二首
　　满庭芳　月洗高梧　　　　　　　　　403
　　宴山亭　幽梦初回　　　　　　　　　405

史达祖 九首
　　绮罗香　做冷欺花　　　　　　　　　407
　　双双燕　过春社了　　　　　　　　　410
　　东风第一枝　巧沁兰心　　　　　　　413
　　喜迁莺　月波疑滴　　　　　　　　　415
　　三姝媚　烟光摇缥瓦　　　　　　　　416
　　秋　霁　江水苍苍　　　　　　　　　418
　　夜合花　柳锁莺魂　　　　　　　　　419
　　玉蝴蝶　晚雨未摧宫树　　　　　　　420
　　八　归　秋江带雨　　　　　　　　　421

刘克庄 四首
　　生查子　繁灯夺霁华　　　　　　　　423
　　贺新郎　深院榴花吐　　　　　　　　424
　　贺新郎　湛湛长空黑　　　　　　　　426
　　木兰花　年年跃马长安市　　　　　　427

卢祖皋 二首
　　江城子　画楼帘幕卷新晴　　　　　　429
　　宴清都　春讯飞琼管　　　　　　　　430

潘 牥 一首

  南乡子　生怕倚阑干　432

陆 叡 一首

  瑞鹤仙　湿云黏雁影　434

萧泰来 一首

  霜天晓角　千霜万雪　436

吴文英 二十四首

  霜叶飞　断烟离绪　438
  宴清都　绣幄鸳鸯柱　440
  齐天乐　烟波桃叶西陵路　441
  花　犯　小娉婷　443
  浣溪沙　门隔花深梦旧游　445
  浣溪沙　波面铜花冷不收　446
  点绛唇　卷尽愁云　447
  祝英台近　采幽香　448
  祝英台近　剪红情　449
  澡兰香　盘丝系腕　451
  风入松　听风听雨过清明　453
  莺啼序　残寒正欺病酒　454
  惜黄花慢　送客吴皋　457
  高阳台　宫粉雕痕　459
  高阳台　修竹凝妆　461
  三姝媚　湖山经醉惯　463
  八声甘州　渺空烟四远　464
  踏莎行　润玉笼绡　466

瑞鹤仙	晴丝牵绪乱	467
鹧鸪天	池上红衣伴倚阑	469
夜游宫	人去西楼雁杳	470
青玉案	新腔一唱双金斗	471
贺新郎	乔木生云气	472
唐多令	何处合成愁	474

黄孝迈 一首

湘春夜月	近清明	476

潘希白 一首

大　有	戏马台前	478

黄公绍 一首

青玉案	年年社日停针线	480

朱嗣发 一首

摸鱼儿	对西风	482

刘辰翁 四首

兰陵王	送春去	484
宝鼎现	红妆春骑	486
永遇乐	璧月初晴	488
摸鱼儿	怎知他	489

周　密 四首

瑶　华	朱钿宝玦	491

目 录

  玉京秋　烟水阔　　　　　　　　492
  曲游春　禁苑东风外　　　　　　494
  花　犯　楚江湄　　　　　　　　496

蒋　捷 二首
  贺新郎　梦冷黄金屋　　　　　　498
  女冠子　蕙花香也　　　　　　　500

张　炎 五首
  高阳台　接叶巢莺　　　　　　　502
  八声甘州　记玉关　　　　　　　504
  解连环　楚江空晚　　　　　　　506
  疏　影　碧圆自洁　　　　　　　508
  月下笛　万里孤云　　　　　　　510

王沂孙 五首
  天　香　孤峤蟠烟　　　　　　　512
  眉　妩　渐新痕悬柳　　　　　　514
  齐天乐　一襟馀恨宫魂断　　　　515
  高阳台　残雪庭阴　　　　　　　517
  法曲献仙音　层绿峨峨　　　　　519

彭元逊 二首
  疏　影　江空不渡　　　　　　　521
  六　丑　似东风老大　　　　　　522

姚云文 一首
  紫萸香慢　近重阳　　　　　　　524

僧　挥 一首

　　金明池　天阔云高　　　　　　　　526

李清照 七首

　　如梦令　昨夜雨疏风骤　　　　　　528
　　凤凰台上忆吹箫　香冷金猊　　　　530
　　醉花阴　薄雾浓云愁永昼　　　　　532
　　声声慢　寻寻觅觅　　　　　　　　534
　　念奴娇　萧条庭院　　　　　　　　537
　　永遇乐　落日熔金　　　　　　　　539
　　浣溪沙　髻子伤春懒更梳　　　　　541

词人小传　　　　　　　　　　　　　543

附录　清故光禄大夫前礼部右侍郎朱公行状 / 夏孙桐　571

序

词学极盛于两宋,读宋人词当于体格、神致间求之,而体格尤重于神致。以浑成之一境为学人必赴之程境,更有进于浑成者,要非可躐而至,此关系学力者也。神致由性灵出,即体格之至美,积发而为清晖芳气而不可掩者也。近世以小慧侧艳为词,致斯道为之不尊。往往涂抹半生,未窥宋贤门径,何论堂奥。未闻有人焉,以神明与古会,而抉择其至精,为来学周行之示也。彊村先生尝选《宋词三百首》,为小阮逸馨诵习之资。大要求之体格、神致,以浑成为主旨。夫浑成未遽诣极也,能循涂守辙于三百首之中,必能取精用闳于三百首之外,益神明变化于词外求之,则夫体格、神致间尤有无形之䜣合,自然之妙造,即更进于浑成,要亦未为止境。夫无止境之学,可不有以端其始基乎?则彊村兹选,倚声者宜人置一编矣。中元甲子燕九日,临桂况周颐。

徽宗皇帝　一首

宴山亭

北行见杏花

裁剪冰绡①，轻叠数重，淡著燕脂匀注②。新样靓妆③，艳溢香融，羞杀蕊珠宫女④。易得凋零，更多少⑤、无情风雨。愁苦。闲院落凄凉，几番春暮。　　凭寄离恨重重⑥，者双燕何曾⑦，会人言语⑧。天遥地远，万水千山，知他故宫何处⑨。怎不思量⑩，除梦里⑪、有时曾去。无据⑫。和梦也、新来不做⑬。

【注释】

① 冰绡（xiāo）：薄而洁白的丝织品。
② 燕脂：即胭脂。匀注：均匀地点染。
③ 靓（jìng）妆：华美的妆饰。
④ 蕊珠宫女：仙女。蕊珠宫，道教传说中的仙宫。
⑤ 更：更加，何况。
⑥ 凭寄：托寄，此有烦请传寄之意。
⑦ 者：同"这"。
⑧ 会：理解，领会。
⑨ 故宫：指词人往昔所住的皇宫。
⑩ 思量：思念。
⑪ 除：除非。
⑫ 无据：不可靠，难以凭借。
⑬ 和：连。新来：近来。

【评析】

　　这首词是徽宗被掳北去途中所作，或传说是他在北方被幽禁时的"绝笔"。从词意看，以前说为是。北行途中，忽然看到杏花，词中极写杏花之美丽和遭遇风雨，其实正见出繁华之易逝、人生之愁苦，于是想到故国家园，想到让双燕带去重重离恨。然而乡关已远，燕儿也难寻觅，只好托之于梦寐，但近来梦也不做了，这一点空虚的安慰也难以凭借。词意层层递转，愈转愈深，愈深愈见其委曲凄婉，诚然是笔墨尽而继之以血泪的哀痛之作。

【辑评】

徽庙在韩州，会房传至书。一小使始至，见上登屋，自正芟舍，急下顾笑曰："尧舜茅茨不剪。"方取缄视。又有感怀小词，末云："天遥地阔，万水千山，知它故宫何处。怎不思量，除梦里、有时曾去。无据。和梦也、有时不做。"真似李主"别时容易见时难"声调也。后显仁归銮，云此为绝笔。（宋无名氏《朝野遗记》）

宋徽宗北狩金房，后见杏花，作《燕山亭》一词云"（略）"。词极凄惋，亦可怜矣。（明杨慎《词品》）

人生何日非梦，道君梦游毳幕而不寤，复寻故宫之梦，岂非梦梦。（明卓人月辑、徐士俊评《古今词统》）

"怎不思量"下，足令征鸟踟蹰，寒云不飞。（明潘游龙《精选古今诗馀醉》）

南唐主《浪淘沙》曰："梦里不知身是客，一晌贪欢。"至宣和帝《燕山亭》则曰："无据。和梦也、有时不做。"其情更惨矣。呜呼，此犹《麦秀》之后有《黍离》也。（清贺裳《皱水轩词筌》）

作"天遥地远"，误也。宜作"天远地遥"，乃合。此即同前段之"新样靓妆"句。（清万树《词律》）

徽宗北辕后，赋《燕山亭·杏花》一阕。哀情哽咽，仿佛南唐李主，令人不忍多听。（清徐釚《词苑丛谈》）

（"怎不思量"四句）情见乎词，宋构之罪，擢发难数矣。（清陈廷焯《词则·大雅集》）

紫陌莺花梦旧京，无情风雨太纵横。乌衣不会君王意，愁绝寥天五国城。（清

沈道宽《论词绝句》其八)

昔人言宋徽宗为李后主后身,此词感均顽艳,亦不减"帘外雨潺潺"诸作。(梁令娴《艺蘅馆词选》引梁启超语)

尼采谓:"一切文学,余爱以血书者。"后主之词,真所谓以血书者也。宋道君皇帝《燕山亭》词亦略似之。然道君不过自道身世之戚,后主则俨有释迦、基督担荷人类罪恶之意,其大小固不同矣。(王国维《人间词话》)

惨淡燕山夕照中,杏花零落付西风。小朝南矣君王北,梦里安能觅故宫。(高旭《论词绝句》其九)

钱惟演 一首

木兰花

城上风光莺语乱①。城下烟波春拍岸②。绿杨芳草几时休③，泪眼愁肠先已断。　　情怀渐觉成衰晚。鸾镜朱颜惊暗换④。昔年多病厌芳尊⑤，今日芳尊惟恐浅。

【注释】
① 乱：热闹，嘈杂。
② 烟波：烟雾笼罩的水波。
③ 休：凋谢零落。
④ 鸾镜：镜子。传说罽宾王获一鸾鸟，三年不鸣，悬镜映之，乃悲鸣，一奋而绝。后世因称镜为鸾镜。见《太平御览》卷九一六引南朝宋范泰《鸾鸟诗》序。
⑤ 芳尊：精致的酒杯。尊，同"樽"。

【评析】

此词是词人叹老嗟衰之作。词开头以一"乱"字形容春意之盎然，让人想起宋祁《玉楼春·春景》"红杏枝头春意闹"之"闹"，均极传神。但这样的景致在一个衰颓的老人眼里，激起的却不是生机和欢乐，反增其伤感而已。因此到"绿杨芳草几时休"，词意已转为凄婉。下片即直写其叹嗟之情：心境渐渐老衰，镜中也不复年少时的容颜。韶华已逝，都在不经意间，所以词人说"惊暗换"。而晚景既已衰颓，只有在酒中打发百无聊赖的日子。这首词不论从词意还是从词艺上看，都无特殊之处，但以乐景写哀情，流畅自然，也不乏浑成之意。

【辑评】

　　钱相谪汉东，诸公送别至彭婆镇，钱相置酒作长短句，俾妓歌之，甚悲。钱相泣下，诸公皆泣下。（宋邵伯温《邵氏闻见录》）

　　《侍儿小名录》云："钱思公谪汉东日，撰《玉楼春》词曰：'（略）。'每酒阑歌之则泣下。后阁有白发姬，乃邓王歌鬟惊鸿也，遽言：'先王将薨，预戒挽铎中歌《木兰花》引绋为送；今相公亦将亡乎？'果薨于随州。邓王旧曲，亦尝有'帝乡烟雨锁春愁，故国山川空泪眼'之句。"（宋胡仔《苕溪渔隐丛话·后集》）

　　此词暮年作，词极凄婉。（宋黄昇《唐宋诸贤绝妙词选》）

　　上因韶光易老生愁肠，下借芳樽倾倒解愁肠。妙处俱在末，结句传神。倘无芳樽解愁肠，将愁肠与泪眼俱断耶？（明《新刻李于鳞先生批评注释草堂诗馀隽》伪托李攀龙评点）

　　思公暮年作此，极尽凄惋，然后阁歌姬已知其将亡矣，歌姬知言哉！芳樽恐浅，正断肠处，尤真笃。（明沈际飞《草堂诗馀·正集》）

　　芳樽恐浅，正断肠处，情极凄婉，不堪多读。（明潘游龙《精选古今诗馀醉》）

　　春光易迈，人生几何？恣饮高歌，良有以也。（明邓志谟《丰韵情书》评语）

范仲淹 三首

渔 家 傲

塞下秋来风景异。衡阳雁去无留意①。四面边声连角起②。千嶂里。长烟落日孤城闭。　　浊酒一杯家万里③。燕然未勒归无计④。羌管悠悠霜满地。人不寐。将军白发征夫泪。

【注释】

① 衡阳:地名,今属湖南,相传大雁飞至衡阳不再南去,今城南有回雁峰。
② 边声:边地的各种声音,如羌管、胡笳、画角声等。角:军中号角。
③ 浊酒:未经过滤的酒,因酒糟漂浮而略显浑浊。三国魏嵇康《与山巨源绝交书》:"浊酒一杯,弹琴一曲,志愿毕矣。"
④ 燕然:山名,今蒙古国境内的杭爱山。泛指边塞。勒:雕刻。东汉时车骑将军窦宪率兵大破匈奴,登燕然山,勒石颂功。见《后汉书·窦宪传》。

【评析】

北宋仁宗康定元年(1040)八月,范仲淹任陕西经略安抚副使兼知延州,率兵抗击西夏。翌年四月,调知耀州。这首词即作于这一时期。唐代诗人戴叔伦的《调笑令》(边草)开唐五代边塞词之先声,而范仲淹的这首继踵之作则成为宋初边塞词之代表。此词上片写景,下片抒情,景中寄情,情中有景,一方面表现了戍边将士的艰辛困苦,同时也抒发了词人浓重的家国情感,可谓"深得《采薇》、《出车》,'杨柳'、'雨雪'之意"(清贺裳《皱水轩词筌》)。

【辑评】

范文正公守边日，作《渔家傲》乐歌数阕，皆以"塞下秋来"为首句，颇述边镇之劳苦，欧阳公尝呼为穷塞主之词。及王尚书素出守平凉，文忠亦作《渔家傲》一词以送之，其断章曰："战胜归来飞捷奏。倾贺酒。玉阶遥献南山寿。"顾谓王曰："此真元帅之事也。"（宋魏泰《东轩笔录》）

诗以穷工，惟词亦然。"玉阶献寿"之语，不及"穷塞主"多矣。（明卓人月辑、徐士俊评《古今词统》）

范文正公守延安，作《渔家傲》词曰："（略）。"予久羁关外，每诵此词，风景宛然在目，未尝不为之慨叹也。然句语虽工，而意殊衰飒，以总帅而所言若此，宜乎士气之不振，所以卒无成功也。欧阳文忠呼为穷塞主之词，信哉！及王尚书守平凉，文忠亦作《渔家傲》词送之，末云："战胜归来飞捷奏。倾贺酒。玉阶遥献南山寿。"谓王曰："此真元帅之事也。"岂记尝讥范词，故为是以矫之欤？（明瞿佑《归田诗话》）

上写其在边之景象，下述其守边之心神。塞下曲，胡中笛，亦如此迫切。曲尽秋塞之情，诵之令人兴悲。（明《新刻李于鳞先生批评注释草堂诗馀隽》伪托李攀龙评点）

此是塞上曲，少悲壮，似未善。（托名杨慎评点《草堂诗馀》）

曲尽秋塞之情，诵之令人兴悲。（明《新刻注释草堂诗馀评林》李廷机评语）

希文道德未易窥，事业亦不可笔记。"燕然未勒"句，悲愤郁勃，穷塞主安得有之。（明沈际飞《草堂诗馀·正集》）

小令、中调有排荡之势者，吴彦高之"南朝千古伤心事"，范希文之"塞下秋来风景异"是也。（清沈谦《填词杂说》）

此即永叔所谓"穷塞主"也。昔以此词为工，终觉直而少韵。曰"角"，曰"羌"，亦复。（世经堂康熙十七年残本《词综》批语）

庐陵讥范希文《渔家傲》为"穷塞主词"，自矜"战胜归来飞捷奏。倾贺酒。

玉阶遥献南山寿"为真元帅之事。按宋以小词为乐府，被之管弦，往往传于宫掖。范词如"长烟落日孤城闭"、"羌管悠悠霜满地"、"将军白发征夫泪"，令"绿树碧帘相掩映，无人知道外边寒"者听之，知边庭之苦如是，庶有所警触。此深得《采薇》、《出车》，"杨柳"、"雨雪"之意。若欧词止于谀耳，何所感耶。（清贺裳《皱水轩词筌》）

"将军白发征夫泪"，亦复苍凉悲壮，慷慨生哀。永叔欲以"玉阶遥献南山寿"敌之，终觉让一头地。"穷塞主"故是雅言，非实录也。（清彭孙遹《金粟词话》）

一幅绝塞图，已包括于"长烟落日"十字中。唐人塞下诗最工、最多，不意词中复有此奇境。（清先著、程洪《词洁》）

范希文《渔家傲》边愁云："（略）。"词旨苍凉，多道边镇之苦。欧阳永叔每呼为穷塞主。诗非穷不工，乃于词亦云。（清冯金伯《词苑萃编》）

文正当西夏坐大，因自请出镇以制之。所谓"军中有一范，西贼闻之惊破胆"者也。至今读之，犹凛凛有生气。（清黄苏《蓼园词选》）

"衡阳"句言因雁南飞而动思乡之情也，下三句均写塞上秋景。"浊酒"句是羁旅之感，"燕然"句是身世之慨，"羌管"句仍回到塞上秋景，后结一句，双承"浊酒"、"燕然"两句收束。（蔡嵩云《柯亭词评》）

苏 幕 遮

碧云天，黄花地①。秋色连波，波上寒烟翠。山映斜阳天接水②。芳草无情，更在斜阳外。　　黯乡魂③，追旅思④。夜夜除非，好梦留人睡。明月楼高休独倚⑤。酒入愁肠，化作相思泪。

【注释】

① 黄花:菊花。
② 天接水:远水接天。
③ 黯(àn):黯然,内心颓伤的样子。乡魂:思乡之心。
④ 追:追随,此有纠缠不放之意。旅思:羁旅之愁思。
⑤ 休:莫,不要。

【评析】

　　此词是羁旅思乡之作,所以词的下片有"黯乡魂,追旅思"的句子。但这首词最为人叹赏的是上片景语:天连水,水连山,山连芳草;天带碧云,水带寒烟,山带斜阳。似乎再也没有这样美丽、凄清的景色了。唐圭璋先生称其"纯是一片空灵境界,即画亦难到"(《唐宋词简释》)。后人多有袭用者,最著名的是元代王实甫《西厢记》中"碧云天,黄花地"一段,但较之原作,不论在骨力上还是情味上,都稍逊一等。下片为情语。"夜夜"二句,见情之婉曲深切。酒化作泪,见构思之奇警,更见情之浓至。

【辑评】

　　文正词云:"都来此事,眉间心上,无计相回避。"又:"明月楼高休独倚。酒入愁肠,化作相思泪。"……情之所钟,虽贤者不能免,岂少年所作耶? 惟荆公诗词,未尝作脂粉语。(宋俞文豹《吹剑三录》)

　　"芳草更在斜阳外"、"行人更在春山外"两句,不厌百回读。(明卓人月辑、徐士俊评《古今词统》)

　　上托芳草以怀芳卿,下是梦里相寻,酒中相思,无限深情。秋水长天一色景,明月杯独举,更动相思。"斜阳"、"芳草"最入乡魂旅思,观其对月伤怀,舍杯拭泪,安得言? 言痛切乃尔。(明《新刻李于鳞先生批评注释草堂诗馀隽》伪托李攀龙评点)

　　"乡魂"、"旅思"处以下数句,词意宛切。(明《新刻注释草堂诗馀评林》李廷机评语)

"芳草更在斜阳外"、"行人更在春山外",两句不厌百回读。人但言睡不得尔,除非好梦留人,反言愈切。"欲解愁肠除是酒,奈酒至愁还又",似此注脚。(明沈际飞《草堂诗馀·正集》)

"销魂"句,足抵一折王实甫《长亭送别》。"芳草在斜阳外",比"行人在春山外"更进。(世经堂康熙十七年残本《词综》批语)

范希文"珍珠帘卷玉楼空,天淡银河垂地"及"芳草无情,又在斜阳外",虽是赋景,情已跃然。(清沈谦《填词杂说》)

范希文《苏幕遮》一调,前段多入丽语,后段纯写柔情,遂成绝唱。(清彭孙遹《金粟词话》)

范文正公《苏幕遮》词云:"(略)。"公之正气塞天地,而情语入妙至此。(清冯金伯《词苑萃编》)

此去国之情。(清张惠言《词选》)

("酒入愁肠"二句)铁石心肠人,亦作此消魂语。(清许昂霄《词综偶评》)

范希文赋《苏幕遮》云:"(略)。"希文,宋一代名臣,词笔婉丽乃尔。比之宋广平赋梅花,才人何所不可。不似宋之头巾气重,无与风雅也。(清李佳《左庵词话》)

文正一生,并非怀土之士,所为"乡魂"、"旅思"以及"愁肠"、"思泪"等语,似沾沾作儿女想,何也?观前阕,可以想其寄托。开首四句,不过借秋色苍茫,以隐抒其忧国之意;"山映斜阳"三句,隐隐见世道不甚清明,而小人更为得意之象。"芳草"喻小人,唐人已多用之也。第二阕因心之忧愁,不自聊赖,始动其"乡魂"、"旅思"而梦不安枕,酒皆化泪矣。其实,忧愁非为思家也。文正当宋仁宗之时,扬历中外,身肩一国之安危,虽其时不无小人,究系隆盛之日,而文正乃忧愁若此,此其所以先天下之忧而忧矣。(清黄苏《蓼园词选》)

大笔振迅。(清谭献评《词辨》)

"外"字,嘲者以为江西腔,今江西人支佳却分。且范是吴人,吴亦分真泰也,正是宋朝京话耳。(清王闿运《湘绮楼评词》)

前半全写秋景,后半专写离情。后结三句愁酒化泪,设想奇绝。(蔡嵩云《柯亭词评》)

御 街 行

纷纷坠叶飘香砌①。夜寂静、寒声碎②。真珠帘卷玉楼空③,天淡银河垂地。年年今夜,月华如练④,长是人千里⑤。　愁肠已断无由醉⑥。酒未到、先成泪。残灯明灭枕头欹⑦,谙尽孤眠滋味⑧。都来此事⑨,眉间心上,无计相回避⑩。

【注释】

① 香砌:撒满落花的台阶。砌,台阶。
② 寒声:寒风吹动落叶之声。碎:轻微、细碎。
③ 真珠:即珍珠。玉楼:此指华美的宫殿。
④ 练:白绢。
⑤ 长是:总是。
⑥ 无由:不能,没有办法。
⑦ 明灭:忽明忽暗。欹(qī):倾斜。
⑧ 谙(ān)尽:即尝尽。谙,熟知。
⑨ 都来:算来。
⑩ 无计:没有办法。

【评析】

此词是怀人之作。中国古典诗词中的怀人,总是与寂寞、月夜联系在一起。这首词即从夜静落叶写起,夜愈静,愈觉寒声之碎,愈见心绪之寂寥。"真珠"五句,极写远空皓月澄澈之境。"长是人千里"则因景即情,写怀人之苦,下片即由此生发。此词写怀人之情,也具特色。《苏幕遮》有"酒入愁肠,化作相思泪"的句子，此处则言"酒未到，先成泪"，情深于泪，泪深于酒，正是词人匠心独运之处。最后"眉间心上，无计相回避"一句，则让人想起李清照"才下眉头，却上心头"的话头，词人间情思，往往相似如此。

【辑评】

韩魏公《点绛唇》词云："病起恹恹，庭前花树添憔悴。乱红飘砌。滴尽真珠泪。　惆怅前春，谁向花前醉。愁无际。武陵凝睇。人远波空翠。"范文正公《御街行》云："（略）。"二公一时勋德重望，而词亦情致如此。大抵人自情中生，焉能无情，但不过甚而已。（明杨慎《词品》）

范希文"都来此事，眉间心上，无计相回避"，类易安而小逊之。其"天淡银河垂地"语却自佳。（明王世贞《艺苑卮言》）

"寒声碎"，何如少游之"莺声碎"？（明卓人月辑、徐士俊评《古今词统》）

上是孤夜而怀人千里，下是孤眠而对酒万愁。月光如昼，泪深于酒，情景两到。"来时何速去何迟，半在胸中半在眉。门掩落花春在后，宵涵明月酒醒时。"亦此意。（明《新刻李于鳞先生批评注释草堂诗馀隽》伪托李攀龙评点）

"天淡"句，空灵。朱良规曰："天之风月，地之花柳，人之歌舞，缺一不成三才。"公勋德重望，不讳情致。"眉间"二句，类易安而少逊。（明沈际飞《草堂诗馀·正集》）

即景怀人，感慨之思，涌出胸臆，幽情之作，吾必以此为巨擘者。（明邓志谟《丰韵情书》评语）

范希文词"天淡银河垂地"，此语最佳。或作"天汉"，风味顿减。且银河即汉，又不应叠用，当是"淡"字无疑。（清毛先舒《诗辨坻》）

俞仲茅小词云："轮到相思没处辞，眉间露一丝。"视易安"才下眉头，却上心头"，可谓此儿善盗。然易安亦从范希文"都来此事，眉间心上，无计相回避"语脱胎，李特工耳。（清王士禛《花草蒙拾》）

范文正《御街行》云:"(略)。"淋漓沉着。《西厢·长亭》袭之,骨力远逊,且少味外味。(清陈廷焯《白雨斋词话》)

("纷纷"句)是壮语,不嫌不入律。"都来"即"算来"也,因此字宜平,故用"都"字,完嫌不醒。(清王闿运《湘绮楼评词》)

希文、君实两文正,尤宋名臣中极纯正者,而词笔婉丽如此。论者但以本意求之,性情深至者,文辞自悱恻,亦不必别生枝节,强立议论,谓其寓言某事也。(清端木埰《续词选》批注)

前半写秋夜景物,后半仍写离情。"愁肠已断无由醉。酒未到、先成泪"较前"酒入愁肠,化作相思泪"更深一层。(蔡嵩云《柯亭词评》)

张　先　七首

千　秋　岁

　　数声鶗鴂①。又报芳菲歇②。惜春更选残红折。雨轻风色暴，梅子青时节③。永丰柳④，无人尽日飞花雪⑤。
　　莫把幺弦拨⑥。怨极弦能说。天不老，情难绝。心似双丝网⑦，中有千千结。夜过也，东窗未白孤灯灭。

【注释】
① 鶗鴂（tí jué）：即子规，杜鹃。
② 芳菲：花草。
③ 梅子：梅树的果实。
④ 永丰柳：唐时洛阳永丰坊中有一株垂柳，极为茂盛。白居易因作《杨柳枝词》云："一树春风千万枝，嫩如金色软于丝。永丰西角荒园里，尽日无人属阿谁。"在京师广为流传。唐宣宗闻之，取其枝植于禁苑。后以"永丰柳"泛指园柳。
⑤ 尽日：终日，整日。
⑥ 幺弦：琵琶的第四弦，借指琵琶。
⑦ 双丝网：两股丝结成的网，喻心意坚贞而缠绵。

【评析】
　　此词是惜春之作，但从"永丰柳"及下片抒情来看，似乎别有寓意。杜鹃、残红、梅子、柳絮，也都是常见的意象。这首词的特殊之处在于其情感表达真率而热情。"莫把幺弦拨。怨极弦能说"句，实则是两折其意的：不要把细弦拨动，但是怨恨已极时，却也只有那细弦才能诉说心中怨气。先抑后扬，后面词意即承此而来，"天不老，情难绝"一句，已有些赌天誓地的味道了。这在多以含蓄蕴藉见长的北宋令词中是不多见的。后人称张先词"才不足而情有馀"（李之仪《跋吴

张　先

思道小词》），应该是就此而言的。

菩 萨 蛮

哀筝一弄《湘江曲》①。声声写尽湘波绿。纤指十三弦②。细将幽恨传。　　当筵秋水慢③。玉柱斜飞雁④。弹到断肠时。春山眉黛低⑤。

【注释】
① 一弄：弹奏一曲。《湘江曲》：乐曲名。
② 十三弦：指筝，筝十三弦。
③ 秋水慢：秋水流动，比喻清澈的眼波。
④ 玉柱：筝上支起筝弦的立柱。斜飞雁：筝柱斜线排列，犹如一行飞雁。
⑤ 春山黛：春日山色黛青，此喻指妇人姣好的眉毛。

【评析】
　　此词写弹筝时的情景。上片写所弹之曲，筝为哀筝，曲为哀曲，幽恨细传，一个"细"，一个"幽"，着意极重。下片写弹筝之人，尤以"断肠"句最为传神。通篇一气呵成，略无阻滞，细玩词意，意致极凄婉，又妙在意浓而韵远，若有所寄托。
　　按：《全宋词》附注："晏幾道词，见《小山词》。"

【辑评】
　　子野咏筝二词，《生查子》差胜，此亦不妨并美，此亦不妨并美。（托名杨慎评点《草堂诗馀》）
　　"断肠"二句俊极，与"一一春莺语"并美。（明沈际飞《草堂诗馀·正集》）

醉垂鞭

双蝶绣罗裙①。东池宴。初相见。朱粉不深匀②。闲花淡淡春。　　细看诸处好。人人道。柳腰身。昨日乱山昏。来时衣上云。

【注释】

① 罗裙：丝罗制的裙子。　　② 匀：涂抹。

【评析】

从词意看，此词似是赠妓之作。张先性疏宕，传说年八十馀，家中犹蓄声伎，笙歌不断，可见其为人。也许只有他这样疏宕的人，才能写出如此疏宕横绝的作品。北宋令词多含蓄，张先词却多淋漓、发越之处。其妙处在于谐而不流于俗，谑而不流于亵，自有其清俏可喜的意味。

【辑评】

蓄势在一结，风流壮丽。（清陈廷焯《词则·别调集》）

（"昨日"二句）横绝。（徐珂《历代词选集评》引周济语）

一丛花

伤高怀远几时穷①。无物似情浓。离愁正引千丝乱，更东陌、飞絮濛濛②。嘶骑渐遥③，征尘不断，何处认郎踪。　　双鸳池沼水溶溶④。南北小桡通⑤。梯横画阁黄昏后⑥，又还是、斜月帘栊⑦。沉恨细思，不如桃杏，犹解嫁东风⑧。

【注释】

① 穷：穷尽。
② 濛（méng）濛：迷蒙的样子。
③ 骑：古时一人一马合称骑。
④ 双鸳：一对鸳鸯，鸳鸟成双，故称双鸳。溶溶：宽广的样子。
⑤ 桡（ráo）：船桨，此处代指船。
⑥ 画阁：彩绘华丽的楼阁。
⑦ 帘栊：窗帘。栊，窗格子。
⑧ 东风：春风。

【评析】

　　关于这首词有一则本事：张先尝与一尼姑私约，但又忌惮老尼性严，常常藏身于池岛中小阁。等到夜深人静，那个尼姑就偷偷下楼，与张先于阁中相遇。临别，张先依依不舍，作《一丛花》词以道其怀。这倒颇为符合张先疏宕的个性，而词中"双鸳池沼"、"梯横画阁"等字样也与本事相合。但若细玩词意，仍为伤别之作。上片起首"伤高怀远"引领全篇，以下"离愁"、"征尘"都是叙别离之苦。下片则写别后无聊光景，"双鸳"两句言庭园之寂寥，"梯横"两句言时光之难以排遣。"不如"二句，借桃杏遇春风而盛开，暗责人之不解风情，真可谓"无理而妙"（清贺裳《皱水轩词筌》）。

【辑评】

　　张先，字子野，尝与一尼私约，其老尼性严。每卧于池岛中一小阁上，俟夜深人静，其尼潜下梯，俾子野登阁相遇。临别，子野不胜惓惓，作《一丛花》词以道其怀。（宋皇都风月主人《绿窗新话》引《古今词话》）

　　武康县馀英馆，在县西南徐英溪上，即沈约宗族所居之地。馆南有双鸳沼。

旧编云：旧尼寺基地，张子野乐府之"双鸳池沼水溶溶，南北小桡通"，即此处。今废基尚存。（宋谈钥《嘉泰吴兴志》）

"不如桃杏"，恁地情伤。（明潘游龙《精选古今诗馀醉》）

《还魂记》妙语，皆出子野。（明卓人月辑、徐士俊评《古今词统》）

"不如桃杏"，则不如者多矣，有伤深情。（明沈际飞《草堂诗馀·别集》）

唐李益词曰："嫁得瞿塘贾，朝朝误妾期。早知潮有信，嫁与弄潮儿。"子野《一丛花》末句云："沉恨细思，不如桃杏，犹解嫁东风。"此皆无理而妙，吾亦不敢定为所见略同，然较之"寒鸦数点"，则略无痕迹矣。（清贺裳《皱水轩词筌》）

天仙子

时为嘉禾小倅，以病眠不赴府会。①

《水调》数声持酒听②。午醉醒来愁未醒。送春春去几时回，临晚镜。伤流景③。往事后期空记省④。　　沙上并禽池上暝⑤。云破月来花弄影。重重帘幕密遮灯，风不定。人初静。明日落红应满径⑥。

【注释】

① 原本无此序，据《全宋词》补。嘉禾：秀州（今浙江嘉兴）的别称。倅（cuì）：指副职。
② 《水调》：曲调名，传说为隋炀帝所制。
③ 流景：流年。
④ 后期：日后的期约。记省（xǐng）：清楚记得。
⑤ 并禽：双栖的鸟。暝：暮色笼罩。
⑥ 落红：落花。

【评析】

此词是感时伤春之作。从词的小序看，这首词为宋仁宗庆历三年（1043）张先在秀州通判任上所作，时年五十三岁。所以词中"临晚镜，伤流景"的话头，概是实况。追念往事，遥想将来，抚今思昔，至难为怀。这已不是轻愁、闲愁，而是切实的伤逝之感。词中"云破月来花弄影"，写景灵动而不跳脱，实为古今绝唱。当时附会于其上的逸事已经很多，张先自己也颇得意于此，以所作"娇柔懒起，帘压卷花影"（《归朝欢》）、"柳径无人，堕飞絮无影"（《剪牡丹》）及此句，自诩为"张三影"。但若细究起来，仍以"云破月来"句为佳。

【辑评】

《遁斋闲览》云："张子野郎中，以乐章擅名一时。宋子京尚书奇其才，先往见之，遣将命者，谓曰：'尚书欲见"云破月来花弄影"郎中乎？'子野屏后呼曰：'得非"红杏枝头春意闹"尚书邪？'遂出，置酒尽欢。盖二人所举，皆其警策也。"《古今诗话》云："子野尝作《天仙子》词云：'云破月来花弄影。'士大夫多称之。张初谒见欧公，迎谓曰：'好云破月来花弄影，恨相见之晚也。'"二说未知孰是。（宋胡仔《苕溪渔隐丛话·前集》）

《高斋诗话》云："子野尝有诗云：'浮萍断处见山影。'又长短句云：'云破月来花弄影。'又云：'隔墙送过秋千影。'并脍炙人口，世谓'张三影'。"（同上）

《古今诗话》云："有客谓子野曰：'人皆谓公"张三中"，即心中事、眼中泪、意中人也。'公曰：'何不目之为"张三影"？'客不晓，公曰：'"云破月来花弄影"；"娇柔懒起，帘压卷花影"；"柳径无人，堕风絮无影"：此余平生所得意也。'"苕溪渔隐曰："细味三说，当以《后山》、《古今》二诗话所载三影为胜。"（同上）

张子野长短句"云破月来花弄影"，往往以为古今绝唱。然予读古乐府唐氏谣《暗别离》云："朱弦暗断不见人，风动花枝月中影。"意子野本此。（宋吴开《优古堂诗话》）

赴（秀州）郡集于倅廨中。坐花月亭，有小碑，乃张先子野"云破月来花弄

影"乐章，云得句于此亭也。（宋陆游《入蜀记》）

近世所谓大乐，苏小小《蝶恋花》、邓千江《望海潮》、苏东坡《念奴娇》、辛稼轩《摸鱼子》、晏叔原《鹧鸪天》、柳耆卿《雨霖铃》、吴彦高《春草碧》、朱淑真《生查子》、蔡伯坚《石州慢》、张子野《天仙子》也。（元杨朝英《乐府新编阳春白雪》卷首附录燕南芝庵《唱论》）

上是送春即期春回，下是春阑夜静深情。说到临镜伤景情最深。此词只在弄影上，脍炙人口。张三影诗名传千古，观此词，真可天仙子，非人间凡物可轻拟也。（明《新刻李于鳞先生批评注释草堂诗馀隽》伪托李攀龙评点）

"云破月来花弄影"，景物如画，画亦不能至此，绝倒绝倒！（托名杨慎评点《草堂诗馀》）

张子野作乐府词，有"三中"、"三影"，果奇句，为骚（"骚"字原脱）坛绝唱，至今诵之，快耳赏心。（明《新刻注释草堂诗馀评林》李廷机评语）

"云破月来"句，心与景会，落笔即是，着意即非，故当脍炙。（明沈际飞《草堂诗馀·正集》）

欧阳公《丰乐亭记》"仰而望山，俯而听泉"，用白乐天《庐山草堂记》"仰观山，俯听泉"语。张子野"云破月来花弄影"，亦用白公《三游洞序》"云破月出"之句。（明叶盛《水东日记》）

张先以"三影"名者，因其词中有三"影"字，故自誉也。然以"云破月来花弄影"为最，馀二"影"字不及。（清沈辰垣《历代诗馀》引《词统》）

琢句炼字，虽贵新奇，亦须新而妥，奇而确。妥与确，总不越一理字，欲望句之惊人，先求理之服众。时贤勿论，吾论古人。古人多工于此技，有最服予心者，"云破月来花弄影"郎中是也。有蜚声千载上下，而不能服强项之笠翁者，"红杏枝头春意闹"尚书是也。"云破月来"句，词极尖新，而实为理之所有。（清李渔《窥词管见》）

"张三影"已胜称人口矣，尚有一词云"无数杨花过无影"，合之应名"四

影"。(清李调元《雨村词话》)

《词统》曰:《天仙子》止以张子野"云破月来花弄影"为妙句,又谓其心与景会,落笔即是,着意即非者,正在可解不可解之间。(清沈雄《古今词话·词辨》)

子野第进士,为都官郎中,此词或系未第时作。子野吴兴人。听《水调》而愁,为自伤卑贱也。"送春"四句,伤其流光易去,而后期茫茫也。"沙上"二句,言其所居岑寂,以沙禽与花自喻也。"重重"三句,言多蔽障也。结句仍缴送春本题,恐其时之晚也。(清黄苏《蓼园词选》)

词以自然为尚。自然者,不雕琢、不假借、不着色相、不落言诠也。古人名句,如"梅子黄时雨"、"云破月来花弄影",不外自然而已。(清沈祥龙《论词随笔》)

王介甫谓张子野"云破月来花弄影",不及李世英"朦胧淡月云来去"。此仅就一句言之,未观全体,殊觉武断。即以一句论,亦安见其不及也。(清陈廷焯《白雨斋词话》)

"云破月来花弄影",着一"弄"字,而境界全出矣。(王国维《人间词话》)

"午醉"是写昼,"花"、"月"是写夜。"明日落红"由"风不定"生出,应前"送春句"。临镜伤景因春去不回,此听《水调》而酒醒愁未醒之由来,前后意境统一之至。(蔡嵩云《柯亭词评》)

青门引

乍暖还轻冷。风雨晚来方定①。庭轩寂寞近清明,残花中酒②,又是去年病。　　楼头画角风吹醒③。入夜重门静。那堪更被明月④,隔墙送过秋千影。

【注释】
① 定：停止。
② 中（zhòng）酒：醉酒。
③ 画角：古时军中吹的乐器，彩绘雕饰，故称画角。
④ 堪：忍受。

【评析】

这也是伤春之作。已近清明，天气尚乍暖还寒，阴晴不定。"残花中酒"，对饮无人，正见出寂寞；"又是去年病"，则点出年年如此，与年俱增，情何以堪！词人是要写寂寞，写静的。"楼头画角风吹醒"，"醒"字用得极尖刻，是因楼头画角而醒呢，还是因风而醒呢？应该是兼而有之吧。而不解事的明月，隔墙送影，更觉愁不可抑。末句"真是描神之笔，极希微窅渺之致"（清黄苏《蓼园词选》）。一番落寞情怀，写来幽隽无比，与上首《天仙子》同为张先韵胜之作。

【辑评】

张子野《青门引》，万俟雅言《江城梅花引》、《青玉案》，句字皆佳。（明王世贞《艺苑卮言》）

上是病酒，故态尚在；下是月明，夜静深思。病酒中可当月送秋千。（明《新刻李于鳞先生批评注释草堂诗馀隽》伪托李攀龙评点）

张三影胸次超脱，启口自是不凡。（明《新刻注释草堂诗馀评林》李廷机评语）

怀则多触，触则愈怀，未有触之至此极者。（明沈际飞《草堂诗馀·正集》）

子野雅淡处，便疑是后来姜尧章出蓝之助。（清先著、程洪《词洁》）

落寞情怀，写来幽隽无匹。不得志于时者，往往借闺情以写其幽思。角声而曰"风吹醒"，"醒"字极尖刻。至末句"那堪送影"，真是描神之笔，极希微窅渺之致。（清黄苏《蓼园词选》）

加上"隔墙送过秋千影"，应目为"张四影"矣。（清许宝善《自怡轩词选》）

韵流弦外,神注个中。耆卿而后,声调渐变,子野犹多古意。(清陈廷焯《词则·大雅集》)

此不过闲间描写春绪,晚来风雨,入夜明月,是一日间事,前结连写到去年之残花中酒,便觉全局皆活,不嫌平直矣。(蔡嵩云《柯亭词评》)

生 查 子

含羞整翠鬟①,得意频相顾。雁柱十三弦②,一一春莺语③。　　娇云容易飞,梦断知何处。深院锁黄昏,阵阵芭蕉雨。

【注释】

① 翠鬟:女子美丽的发髻。
② 雁柱:筝柱,亦称"筝雁"。筝上之弦柱,每弦有一柱,用以调音。
③ 春莺语:比喻筝声宛转动听。

【评析】

此词《草堂诗馀》题曰"咏筝",实则是回忆弹筝之人,而非咏筝。上片写弹筝欢娱之时,两人频频相顾,眉目传情。下片写别后凄冷之境,孤寂独守深院,听雨打芭蕉。上下片一喜一悲,形成强烈对比。

按:《全宋词》附注:"欧阳修词,见《近体乐府》卷一。"

【辑评】

"雁柱"二语,摹弹筝之神。(明卓人月辑、徐士俊评《古今词统》)

温庭筠"雁柱十三弦,一一春莺语",陈无己"弹到断肠时,春山眉黛低",

皆弹琴筝俊语也。（明王世贞《艺苑卮言》）

此子野听筝词也，首二句写意甚佳，"雁柱"以下，形容曲尽其妙。（明张綖《草堂诗馀别录》）

"雁柱"二句摹弹筝神。"锁"字入此处致甚。（明沈际飞《草堂诗馀·正集》）

"一一"字从"频"字生来，"春莺语"从"得意"字生来。前一阕写得意时情怀，无限旖旎；次一阕写别后情怀，无限凄苦，胥于"筝"寓之。凡遇合无常，思妇中年，英雄末路，读之皆堪下泪。（清黄苏《蓼园词选》）

晏 殊 十一首

浣 溪 沙

一曲新词酒一杯。去年天气旧池台①。夕阳西下几时回。无可奈何花落去。似曾相识燕归来。小园香径独徘徊②。

【注释】

① "去年"句:化用唐代郑谷《和知己秋日伤怀》:"流水歌声共不回,去年天气旧亭台。"

② 香径:落花飘香的小路。

【评析】

　　此词虽是怀人之作,却不着怀人之语,天气、池台、夕阳,以至无可奈何落去之花、似曾相识归来之燕,皆是旧时之物,但物在人杳,物是人非,唯有小园香径独自徘徊而已。谐不邻俗,婉不伤弱,轻愁浅恨而不失清新、雍容之致,这正是晏殊词的好处。其中"无可奈何"一联,天然偶丽,最为昔人称道。传说晏殊先得"无可奈何花落去"一句,多日未能对出下句,适逢春暮,偶向江都尉王琪提及,王对以"似曾相识燕归来",遂成绝唱。这则本事未必可信,但晏殊琢句之工、之刻,于此可见一斑。

【辑评】

　　("无可"二句)实处易工,虚处难工,对法之妙无两。(明卓人月辑、徐士俊

评《古今词统》)

上有酌酒狂欢之雅兴，下有问花听鸟之幽怀。"花落去"、"燕归来"，无限景趣。只口头几语，令人把玩不尽。(明《新刻李于鳞先生批评注释草堂诗馀隽》伪托李攀龙评点)

"无可奈何"二语，工丽，天然奇偶。(托名杨慎评点《草堂诗馀》)

"细雨梦回鸡塞远"，"青鸟不传云外信"，"无可奈何花落去"六句，律诗俊语也。然自是天成一段词，着诗不得。(明沈际飞《草堂诗馀·正集》)

或问诗词、词曲分界，予曰"无可奈何花落去，似曾相识燕归来"，定非《香奁》诗；"良辰美景奈何天，赏心乐事谁家院"，定非《草堂》词也。(清王士禛《花草蒙拾》)

词中句与字有似触着者，所谓极炼如不炼也。晏元献"无可奈何花落去"二句，触着之句也。宋景文"红杏枝头春意闹"，"闹"字触着之字也。(清刘熙载《艺概》)

晏元献殊《珠玉词》。集中《浣溪沙·春恨》，"无可奈何花落去，似曾相识燕归来"，本公七言律中腹联，一入词，即成妙句，在诗中即不为工。此诗词之别，学者须于此参之，则他词亦可由此会悟矣。(清胡薇元《岁寒居词话》)

有一刻千金之感。(清陈廷焯《词则·大雅集》)

昔人谓诗中不可着一词语，词中亦不可着一诗语，其间界若鸿沟。余谓诗中不可作词语，信然。若词中偶作诗语，亦何害其为大雅。且如"似曾相识燕归来"等句，诗词互见，各有佳处。彼执一而论者，真井蛙之见。(清陈廷焯《白雨斋词话》)

元献尚有《示张寺丞王校勘》七律一首："元巳清明假未开，小园幽径独徘徊。春寒不定斑斑雨，宿醉难禁滟滟杯。无可奈何花落去，似曾相识燕归来。游梁赋客多风味，莫惜青钱万选才。"中三句与此词同，只易一字。细玩"无可奈何"一联，情致缠绵，音调谐婉，的是倚声家语。若作七律，未免软弱矣。并录于此，以谂知言之君子。(清张宗橚《词林纪事》)

浣 溪 沙

　　一向年光有限身①。等闲离别易消魂②。酒筵歌席莫辞频③。　　满目山河空念远④，落花风雨更伤春。不如怜取眼前人⑤。

【注释】

① 一向：即一晌，片刻。
② 等闲：平常。消魂：魂魄离散，形容极度的愁苦、悲伤。
③ 频：多。
④ 念远：怀念远别的人。
⑤ 怜：怜爱。

【评析】

　　此词是伤别之作。"一向年光"极言时光之易逝；"有限身"则言生命之短暂，所以即使寻常的离别，也易使人消魂了。那么，酒筵歌席间，且及时行乐吧。下片即承离别之意，"满目山河"、"落花风雨"，"空念远"、"更伤春"，适成对比。末句忽作转语，愈见其沉痛。唐代元稹《会真记》莺莺诗云："还将旧来意，怜取眼前人。""不如"句，显然由此化出。宋人填词，多化用中晚唐诗句，此处仅是一例。

清 平 乐

　　红笺小字①。说尽平生意。鸿雁在云鱼在水②。惆怅此情难寄。　　斜阳独倚西楼。遥山恰对帘钩③。人面不知何处④，绿波依旧东流。

【注释】

① 红笺：一种精美的红色小幅信纸。
② "鸿雁"句：传说鸿雁和鱼均可以传递书信。
③ 帘钩：卷帘用的钩子。
④ 人面：代指思慕的女子。

【评析】

　　此词写相思之意。"红笺"二句是自述相思衷曲，"红笺"、"小字"，可见其郑重；"说尽"，可见其一往情深。然而"鸿雁在云鱼在水"，此情终究难以自达，所以说"惆怅此情难寄"。"斜阳"、"遥山"两句正是百无聊赖间所见景致。"人面"、"绿波"两句则使人想起唐人崔护《题都城南庄》"人面不知何处去，桃花依旧笑春风"之句，人同此心，心同此意，徒增惆怅而已。此词上片抒情，下片写景，于极短的篇幅内，曲折处三致其意，而能舒卷从容，这也是晏殊词的好处。

【辑评】

　　低回婉曲。（清陈廷焯《词则·闲情集》）

清　平　乐

　　金风细细①。叶叶梧桐坠。绿酒初尝人易醉②。一枕小窗浓睡。　　紫薇朱槿花残③。斜阳却照阑干④。双燕欲归时节。银屏昨夜微寒⑤。

【注释】

① 金风：秋风。
② 绿酒：美酒。古时酿酒，色泽黄绿，故称绿酒。
③ 紫薇朱槿：两种植物名，开花时均美丽可供观赏。
④ 阑干：即栏杆。
⑤ 银屏：云母石镶嵌的洁白的屏风。

晏殊

【评析】

初秋时节，梧桐叶已开始凋落了。初尝绿酒，不经意间沉醉入睡。醒来时，已是斜阳夕照，庭院萧条，秋花都残，才想起此时已是双燕南归的时节，而昨夜银屏已透出微寒。这是真正慵懒的生活、真正的闲情，又妙在不着意为之，不求工而自合，自然温婉，是宋初词不可及处。

【辑评】

情景相副，宛转关生，不求工而自合。宋初所以不可及也。（清先著、程洪《词洁》）

木 兰 花

燕鸿过后莺归去。细算浮生千万绪①。长于春梦几多时，散似秋云无觅处②。　　闻琴解佩神仙侣③。挽断罗衣留不住。劝君莫作独醒人，烂醉花间应有数④。

【注释】

① 浮生：人生。
② "长于"二句：化用唐代白居易《花非花》："来如春梦几多时，去似朝云无觅处。"
③ 闻琴：用卓文君事。文君新寡，司马相如以琴心挑之，文君夜奔相如。见司马迁《史记·司马相如列传》。解佩：用郑交甫逢江妃事。郑交甫遇江妃，江妃解佩赠之，但交甫离去数十步，怀中之佩就不见了。见汉刘向《列仙传·江妃二女》。
④ "劝君"二句：化用《楚辞·渔父》："屈原曰：'举世皆浊我独清，众人皆醉我独醒，是以见放！'"独醒，独自清醒，喻不同流俗。数，定数，宿缘，佛教用语。

【评析】

此词自遣，亦复遣人，极寓感慨。"燕鸿"二句言春秋代谢，浮生多艰。"长于"二句,言人生易逝难觅,春梦苦短,"几多时"实"无多时"也。"闻琴"句用典,像司马相如与卓文君、郑交甫与江妃那样的神仙眷侣,一朝离散,便是挽断罗衣也挽留不住,何况寻常俗人呢?所以结句以人有定数,不如及时行乐作达观之语。然而达观之语,亦是悲凉之语,淋漓而沉至,非老于世故,达于人情者不能道。人们常以"风流蕴藉"视晏殊词,但晏殊词实不止于此。

木 兰 花

池塘水绿风微暖。记得玉真初见面①。重头歌韵响琤琮②,入破舞腰红乱旋③。 玉钩阑下香阶畔④。醉后不知斜日晚。当时共我赏花人,点检如今无一半⑤。

【注释】
① 玉真:仙人,后来泛指美人。
② 重头:词中上下阕节拍完全相同叫重头。琤琮(chēng cóng):玉石相击的声音,这里形容歌声。
③ 入破:乐曲中最急促纷繁的部分叫入破。红乱旋:指入破后舞蹈者快速旋转的热烈场面。
④ 钩阑:随屋势高下曲折的栏杆。
⑤ 点检:检查,点数。

【评析】
此词上片极写昔日之繁华,下片语意一转,"醉后不知斜日晚"已露萧瑟之意,至末句"当时共我赏花人,点检如今无一半",人世之无常、无奈、空茫虚幻,倏忽之间,已生死阻隔,此情何堪!昔人评诗,多喜俊语、巧语、妙语,实则最难得者,为沉至语。往事关心,人生如梦,每读一过,不禁惘然。

【辑评】

晏元献尤喜江南冯延巳歌词。其所自作，亦不减延巳。乐府《木兰花》皆七言诗，有云："重头歌咏响琤琮，入破舞腰红乱旋。""重头"、"入破"，皆管弦家语也。（宋刘攽《中山诗话》）

东坡诗"尊前点检几人非"，与此词结句同意。往事关心，人生如梦。每读一过，不禁惘然。（清张宗橚《词林纪事》）

木 兰 花

绿杨芳草长亭路①。年少抛人容易去②。楼头残梦五更钟，花底离愁三月雨。　　无情不似多情苦。一寸还成千万缕③。天涯地角有穷时，只有相思无尽处。

【注释】

① 长亭：古时行人休息及饯别之地。五里设短亭，十里设长亭。
② 年少：年轻的情人。
③ 一寸：指相思之意。

【评析】

此词述相思之情。"绿杨芳草"句言离别之时，"年少抛人"句言离别之人，"五更钟"、"三月雨"二句言怀人之时，"无情"句以下言相思之苦。末二句，用白居易《长恨歌》"天长地久有时尽，此恨绵绵无绝期"语意，而点化无痕，总是见出多情之苦。全词情致凄婉，缠绵悱恻，并无怨怼之言，而不失忠厚之意。此词作妇人口吻，愈显情之深、之婉、之细。

【辑评】

《诗眼》云:"晏叔原见蒲传正云:'先公平日小词虽多,未尝作妇人语也。'传正云:'"绿杨芳草长亭路,年少抛人容易去。"岂非妇人语乎?'晏曰:'公谓"年少"为何语?'传正曰:'岂不谓其所欢乎?'晏曰:'因公之言,遂晓乐天诗两句,盖"欲留所欢待富贵,富贵不来所欢去"。'传正笑而悟。"余按全篇云:"(略)。"盖真谓"所欢"者,与乐天"欲留年少待富贵,富贵不来年少去"之句不同,叔原之言失之。(宋赵与时《宾退录》)

此是词家本色,"残梦五更钟"、"离愁三月雨"已佳,着"楼头"、"花底"四字尤妙。(明张綖《草堂诗馀别录》)

上是闺中相对景,下是闺中相思情。"五更钟"、"三更月",两入神。相思无尽,直吐衷情矣。春景春情,句句逼真,当倾倒白玉楼矣。(明《新刻李于鳞先生批评注释草堂诗馀隽》伪托李攀龙评点)

末二句与秦少游《阮郎归》词"衡阳犹有雁传书,郴阳和雁无"同一结想。(托名杨慎评点《草堂诗馀》)

爽快决绝,他人含糊不是。昔人言近旨远,岂好作妇人语。(明沈际飞《草堂诗馀·正集》)

愁如吴岫远,恨似楚天长。(明邓志谟《丰韵情书》评语)

言近而指远者,善言也。"年少抛人",凡罗雀之门,故鱼之泣,皆可作如是观。"楼头"二语,意致凄然,击起多情苦來。末二句,总见多情之苦耳!妙在意思忠厚,无怨怼口角。(清黄苏《蓼园词选》)

凄艳。低回反复,言有尽而意无穷。(清陈廷焯《词则·闲情集》)

踏 莎 行

祖席离歌^①,长亭别宴。香尘已隔犹回面^②。居人匹马映林嘶③,行人去棹依波转④。　　画阁魂消,高楼目断⑤。斜阳只送平波远。无穷无尽是离愁,天涯地角寻思遍。

【注释】

① 祖席:饯行的酒席。
② 香尘:香车丽人浸染得尘土皆香。
③ 居人:送行的人。
④ 棹(zhào):船桨,这里指船。
⑤ 目断:望断,指一直望到看不见。

【评析】

此词是送别之作,从离别之依依至别后之怅怅,次第写来,情景宛然。"斜阳只送平波远"一句,平淡闲远之中有多少韵致!送别之意、相思之意写来醇厚、蕴藉,是晏殊的得意之作。此一意象在其他词中也多次出现,如《蝶恋花》"消息未知归早晚,斜阳只送平波远"等,皆其例也。

【辑评】

"斜阳只送平波远",又"春来依旧生芳草",淡语之有致者也。(明王世贞《艺苑卮言》)

踏 莎 行

小径红稀①,芳郊绿遍。高台树色阴阴见②。春风不解禁杨花③,濛濛乱扑行人面。　　翠叶藏莺,朱帘隔燕。炉香静逐游丝转④。一场愁梦酒醒时,斜阳却照深深院。

【注释】

① 红稀:花少。
② 见:同"现"。
③ 禁:限制,约束。
④ 游丝:飘荡在空中的昆虫所吐之丝。

【评析】

　　这首词一题作"春愁",然而全词皆是景语,只在词末点出"愁"字。虽是"愁",因是春愁,却有淡淡的喜悦流露其间,心思宛转之细腻,可意会不可言传。晏殊曾举所作"梨花院落溶溶月,柳絮池塘淡淡风"等句,说他"每吟咏富贵,从不言金玉锦绣,而唯说其气象"(宋吴处厚《青箱杂记》)。这首词中像"炉香静逐游丝转"、"斜阳却照深深院"这样的句子,也透露出这样一种"气象"。"太平宰相"、"富贵闲人"的风度,正要从这里见出。

【辑评】

　　景物不殊,运掉能离奇夭矫。"深深"妙,换不得实字。(明沈际飞《草堂诗馀·正集》)

　　"夕阳如有意,偏傍小窗明",不若晏同叔"一场愁梦酒醒时,斜阳却照深深院"更自神到。(清沈谦《填词杂说》)

　　晏殊《珠玉词》极流丽,能以翻用成语见长。如"垂杨只解惹春风,何曾系得行人住",又"春风不解禁杨花,濛濛乱扑行人面"等句是也。翻覆用之,各尽其致。(清李调元《雨村词话》)

踏 莎 行

碧海无波,瑶台有路①。思量便合双飞去。当时轻别意中人，山长水远知何处。　　绮席凝尘②，香闺掩雾。红笺小字凭谁附。高楼目尽欲黄昏，梧桐叶上潇潇雨。

【注释】

① 瑶台：神仙所居之处。　　② 绮席：华丽的筵席。

【评析】

此词抒写相思离别之情。上下片起句皆坦诚直白，表达了希望与意中人双宿双飞、琴瑟和鸣的美好心愿。但是，上片歇拍和下片结句却写得含蓄蕴藉，将满腔热情归于平淡悠长。"山长水远知何处"为读者留下了无限的遐思，"梧桐叶上潇潇雨"则读来回味无穷。正如沈义父《乐府指迷》所言："结句须要放开，含有余不尽之意，以景结情最好。"

【辑评】

起三句妙，是凭空结撰。（清陈廷焯《词则·闲情集》）

蝶 恋 花

六曲阑干偎碧树①。杨柳风轻，展尽黄金缕②。谁把钿筝移玉柱③。穿帘海燕双飞去。　　满眼游丝兼落絮。红杏开时，一霎清明雨。浓睡觉来莺乱语④。惊残好梦无寻处。

【注释】

① 六曲：曲折很多。　　　　　　　　　③ 钿筝：用金玉装饰的筝。
② 黄金缕：春天柳条色如金线，因称黄金缕。　　④ 觉来：醒来。

【评析】

此词仍写春日光景。六曲阑干，碧树相倚，鹅黄柳色，又不知谁弹起筝曲，惊起一双燕子穿帘而去，将目光牵引开。于是又看到游丝、落絮，清明雨后，红杏初开。也许是被群莺乱语惊醒吧，一场春梦，无处寻觅。晏殊很多词都是如此：眼前景，心中意，散漫写去，不能作质实的把握，却自有一种情味、韵致，耐人寻绎。

按：《全宋词》附注："冯延巳作，见《阳春集》。"

【辑评】

冯词多与欧公相乱，此实公词也。（清周济《宋四家词选》批语）

金碧山水，一片空濛。此正周氏所谓"有寄托入、无寄托出"也。（清谭献评《词辨》）

雅秀工丽，是欧公之祖。字字和雅，字字秀丽，词中正格也。（清陈廷焯《云韶集》）

忠爱缠绵，宛然《骚》、《辨》之义。延巳为人专蔽嫉妒，又敢为大言。此词盖以排间异己者，其君之所以信而弗疑也。（清张惠言《词选》）

韩缜 一首

凤箫吟

锁离愁,连绵无际,来时陌上初熏①。绣帏人念远②,暗垂珠露,泣送征轮③。长行长在眼,更重重、远水孤云。但望极楼高,尽日目断王孙④。　　消魂。池塘别后,曾行处、绿妒轻裙。恁时携素手⑤,乱花飞絮里,缓步香茵⑥。朱颜空自改,向年年⑦、芳意长新。遍绿野,嬉游醉眼,莫负青春⑧。

【注释】
① 熏:花草散发出香气。
② 绣帏:华美的帷帐。
③ 征轮:远行之人坐的车。
④ 王孙:古代贵族子弟的通称,宋人多以"王孙"指代芳草。
⑤ 恁(nèn)时:那时。素手:指女子洁白如玉的手。
⑥ 香茵:形容芳草如茵。茵,垫子。
⑦ 向:对着。
⑧ 青春:春天。

【评析】
此词是伤别之作。上片写离别及离别后相思之境,下片追忆昔日嬉游,结以时光易逝、莫负青春勉人,这都是宋词中的常调。这首词的妙处在于,借咏芳草以留别。"锁离愁连绵无际",说的当然是芳草;"陌上初熏",也是芳草;垂露如泪,泣送征轮,是写草之神;高楼望断,目力穷尽处,所见仍是萋萋芳草。旧游时，"曾行处、绿妒轻裙"说的当然是芳草；"乱花飞絮里，缓步香茵"，仍是芳草。句句有草，也句句有人，写来自然拍合，情韵悠漾。大凡中国的文人都有一种唯美的倾向，在接天的萋萋芳草的映衬下，不论离别还是欢会，都带给人美丽和伤感。

【辑评】

元丰初，虏人来议地界，韩丞相玉汝自枢密院都承旨出分画，玉汝有爱妾刘氏，将行，剧饮通夕，且作乐府词留别。翌日，神宗已密知，忽中批步军司遣兵为搬家追送之。玉汝初莫测所因，久之，方知其自乐府发也。盖上以恩礼待下，虽闺门之私，亦恤之如此，故中外士大夫无不乐尽其力。刘贡父，玉汝姻党，即作小诗寄之以戏云："嫖姚不复顾家为，谁谓东山久不归？《卷耳》幸容携婉娈，《皇华》何啻有光辉？"玉汝之词由此亦遂盛传于天下。（宋叶梦得《石林诗话》）

赋芳草笔势酣足。（世经堂康熙十七年残本《词综》批语）

《乐府纪闻》曰："元丰中，韩缜出使契丹，分割地界。韩有姬与别，姬作《蝶恋花》云：'香作风光浓着露。正恁双栖，又遣分飞去。密诉东君应不许。泪波一洒奴衷素。'神宗知之，遣使送行。刘贡父赠以诗：'《卷耳》幸容留婉恋，《皇华》何啻有光辉。'莫测中旨何自而出，后知姬人别曲传入内庭也。韩作芳草词别云（略）。此《凤箫吟》咏芳草以留别，与《兰陵王》咏柳以叙别同意。后人竟以芳草为调名，则失《凤箫吟》原唱意矣。"（清沈雄《古今词话·词话》）

《凤箫吟》一名《芳草》，韩缜词云："（略）。"盖芳草二字即题，后人误为调名耳。换头第二三句，本作"池塘别后，曾行处"，《词律》谓"曾"字上必落一"旧"字，按奚倬然词亦系四字两句，其他句读，无不相同，似以"旧曾行处"为是，于文理亦觉明顺。（清丁绍仪《听秋声馆词话》）

宋祁 一首

木兰花

东城渐觉风光好。皱縠波纹迎客棹①。绿杨烟外晓云轻,红杏枝头春意闹。　　浮生长恨欢娱少②。肯爱千金轻一笑③。为君持酒劝斜阳,且向花间留晚照④。

【注释】

① 皱縠(hú):一作"縠皱",即绉纱,形容水波细小如绉纱。
② 浮生:漂浮不定的短暂人生。语出《庄子·刻意》:"其生若浮,其死若休。"
③ 肯:怎肯。
④ 晚照:落日余晖。

【评析】

这首词在当时颇负盛名。传说宋祁任工部尚书时,约见张先,说:"尚书欲见'云破月来花弄影'郎中。"张先大呼:"得非'红杏枝头春意闹'尚书耶?"二人遂置酒尽欢。宋祁也因此获得"红杏枝头春意闹尚书"的雅号。大凡惜春伤春,常易流于伤感,此一"闹"字却将春日之繁盛、明媚点染得极为生动。所以王国维称这首词"着一'闹'字,而境界全出"(《人间词话》)。

【辑评】

人谓"闹"字甚重,我觉全篇俱轻,所以成为"红杏尚书"。(清沈雄《古今词话·词辨》)

若红杏之在枝头，忽然加一闹字，此语殊难着解。争斗有声之谓闹，桃李争春则有之，红杏闹春，予实未之见也。闹字可用，则吵字、斗字、打字，皆可用矣。宋子京当日以此噪名，人不呼其姓氏，意以此作尚书美号，岂由尚书二字起见耶。予谓闹字极粗极俗，且听不入耳，非但不可加于此句，并不当见之诗词。近日词中，争尚此字者，子京一人之流毒也。（清李渔《窥词管见》）

"红杏枝头春意闹，"一"闹"字卓绝千古。字极俗，用之得当，则极雅，未可与俗人道也。（清王又华《古今词论》）

"红杏枝头春意闹"尚书，当时传为美谈。吾友公戬极叹之，以为卓绝千古。然实本《花间》"暖觉杏梢红"，特有青蓝冰水之妙耳。（清王士禛《花草蒙拾》）

宋子京词，"红杏枝头春意闹"，"闹"字固练，然太吃力，不可学。（清李佳《左庵词话》）

词中句与字有似触著者，所谓极炼如不炼也。……宋景文"红杏枝头春意闹"，"闹"字触着之字也。（清刘熙载《艺概》）

红杏尚书，艳夺千古。为乐当及时，有心人语。（清陈廷焯《词则·别调集》）

词之用字，务在精择。腐者、哑者、笨者、弱者、粗俗者、生硬者、词中所未经见者，皆不可用。而叶韵字尤宜留意，古人名句，末字必新隽响亮，如"人比黄花瘦"之"瘦"字，"红杏枝头春意闹"之"闹"字皆是。然有同此字，而用之善不善，则存乎其人之意与笔。（清沈祥龙《论词随笔》）

"红杏枝头春意闹"，着一"闹"字，而境界全出。（王国维《人间词话》）

欧阳修 十一首

采桑子

群芳过后西湖好①,狼藉残红②。飞絮濛濛。垂柳阑干尽日风。　　笙歌散尽游人去③,始觉春空④。垂下帘栊。双燕归来细雨中。

【注释】
① 群芳:百花。
② 狼藉:杂乱。残红:落花。
③ 笙歌:奏乐唱歌。
④ 空:尽。

【评析】

欧阳修晚年退居颍州(今安徽阜阳),写了一组《采桑子》(共十首)题咏颍州西湖之作,此其一。这首词上片言游冶之盛,下片言人去之静。"始觉春空"是词眼,末句以"双燕归来细雨中"作结,含蓄温润,情味深长。

【辑评】

"始觉春空",语拙。宋人每以"春"字替人与事,用极不妥。(清先著、程洪《词洁》)

("始觉春空")四字猛省。(清陈廷焯《词则·别调集》)

诉 衷 情

　　清晨帘幕卷轻霜。呵手试梅妆①。都缘自有离恨,故画作、远山长②。　　思往事,惜流芳③。易成伤④。拟歌先敛⑤,欲笑还颦⑥,最断人肠。

【注释】

① 呵手:因天寒呵气暖手。梅妆:即梅花妆,古代妇女一种面部化妆样式,描梅花于额头。相传始于南朝宋寿阳公主。公主曾卧于含章殿檐下,梅花落在她额上,成五出之花,拂之不去。见《太平御览》卷九七〇引《宋书》。
② 远山:远山眉,古人常将妇人姣好的眉比作远山。典出《西京杂记》卷二:"文君姣好,眉色如望远山,脸际常若芙蓉。"
③ 流芳:流水般逝去的年华。
④ 成伤:引起悲伤。
⑤ 拟:想要,准备。敛:敛容,脸色变得端庄严肃。
⑥ 颦(pín):皱眉。

【评析】

　　此词是闺情之作,描摹少妇情态,最为传神。清晨微寒,呵手先试梅妆。梅妆虽好,却无人看,画眉作远山悠长。以下"拟歌先敛,欲笑还颦",种种曲意宛转,令人起无限怜惜。

　　按:《全宋词》附注:"按此首别又作黄庭坚词,见《豫章黄先生词》。"

【辑评】

　　纵画长眉,能解离恨否?笔妙,能于无理中传出痴女子心肠。(清陈廷焯《词则·闲情集》)

　　此词写眉意,刻画入微,"都缘自有离恨,故画作、远山长"二句尤妙,盖即有恨,亦何与画眉事?以画眉作使性事,真是小儿女性格也。(蔡嵩云《柯亭词评》)

踏 莎 行

候馆梅残①,溪桥柳细。草薰风暖摇征辔②。离愁渐远渐无穷,迢迢不断如春水③。　寸寸柔肠,盈盈粉泪。楼高莫近危阑倚④。平芜尽处是春山⑤,行人更在春山外。

【注释】

① 候馆:驿馆,旅舍。
② 征辔:远行之马的缰绳,也指远行之马。
③ 迢迢:悠长不断的样子。
④ 危阑:高栏。
⑤ 平芜(wú):草木丛生的平旷的原野。

【评析】

此词上片写行人离家之情,下片写闺人怀远之意,语语倩丽,情文斐然。词中善用层深递进之法,如"离愁"二句,以春水写愁,见出离愁之愈远愈浓;"平芜"二句,春山骋望,行人更在春山之外,不仅空间上翻进一层,在情感上也翻进一层。语淡情浓,极婉极切。范仲淹《苏幕遮》有"芳草无情,更在斜阳外"之句,一层意而两番曲折,均见其一往情深。

【辑评】

杜子美流离兵革中,其咏内子云:"香雾云鬟湿,清辉玉臂寒。何时倚虚幌,双照泪痕干。"欧阳文忠、范文正,矫饰风节,而欧公词云:"寸寸柔肠,盈盈粉泪。楼高莫近危阑倚。"……情之所钟,虽贤者不能免,岂少年所作耶?惟公诗词未尝作脂粉语。(宋俞文豹《吹剑三录》)

句意最工。(宋黄昇《唐宋诸贤绝妙词选》)

佛经云："奇草芳花能逆风闻薰。"江淹《别赋》"闺中风暖，陌上草薰"，正用佛经语。六一词云"草薰风暖摇征辔"，又用江淹语。今《草堂词》改"薰"作"芳"，盖未见《文选》者也。《弘明集》："地芝候月，天华逆风。"（明杨慎《词品》）

欧阳公词："平芜尽处是春山，行人更在春山外。"石曼卿诗："水尽天不尽，人在天尽头。"欧与石同时，且为文字友，其偶同乎？抑相取乎？（同上）

上叙离愁如流水，下叙别望隔山遥。春水写愁，春山骋望，极切极婉。泪滴如春水，情叠似春山，离别多怀忆，一度相思一度难。（明《新刻李于鳞先生批评注释草堂诗馀隽》伪托李攀龙评点）

正是盼不见来时路。（托名杨慎评点《草堂诗馀》）

别调有云："便做一江春水都是泪，流不尽许多情。"意同。（明董其昌《便读草堂诗馀》）

"芳草更在斜阳外"、"行人更在春山外"两句，不厌百回读。（明卓人月辑、徐士俊评《古今词统》）

"春水"、"春山"，走对妙。"望断江南山色远，人不见、草连空"，一望无际矣。"尽处是春山，更在春山外"，转望转远矣。当取以合看。（明沈际飞《草堂诗馀·正集》）

"平芜尽处是春山，行人更在春山外。"……此淡语之有情者也。（明王世贞《艺苑卮言》）

结语韵致更远。（明茅暎《词的》）

恬雅。（明陆云龙《词菁》）

逸调。（世经堂康熙十七年残本《词综》批语）

"平芜尽处是春山，行人更在春山外"，升庵以拟石曼卿"水尽天不尽，人在天尽头"，未免河汉。盖意近而工拙悬殊，不啻霄壤。且此等入词为本色，入诗即失古雅，可与知者道耳。（清王士禛《花草蒙拾》）

（"离愁"二句）较后主"离恨恰如芳草"二语，更绵远有致。（清陈廷焯《词

则·大雅集》)

此词特为赠别作耳。首阕,言时物暄妍,征辔之去,自是得意。其如我之离愁不断何。次阕,言不敢远望,愈望愈远也。语语倩丽,韶光情文斐亹。(清黄苏《蓼园词选》)

明王世贞曰:"'平芜尽处'二语,与'郴江幸自绕郴山,为谁流下潇湘去',此淡语之有情者也。"余谓欧公句目为淡语则可,若少游则痴语矣。淡语轻远,痴语沉郁,其情有别。(钟应梅《蕊园说词》)

"草薰风暖摇征辔"句,已伏春山外之行人。"离愁"二句写行人栩栩欲活。"平芜"句承"草薰"句。(蔡嵩云《柯亭词评》)

蝶 恋 花

庭院深深深几许。杨柳堆烟,帘幕无重数。玉勒雕鞍游冶处①。楼高不见章台路②。　雨横风狂三月暮③。门掩黄昏,无计留春住。泪眼问花花不语。乱红飞过秋千去④。

【注释】

① 玉勒雕鞍:代指华丽的车马。勒,马笼头。
　游冶处:指歌楼妓馆。
② 章台:妓女居住的地方。
③ 雨横:形容雨势猛烈。
④ 乱红:零乱的落花。

【评析】

此词写闺怨之情。一方是深院凝愁,一方却游冶无度,只能深闭重门,任年华老去,其凄苦如此。"泪眼"二句,有数层意:因花而有泪,一层;因泪而问花,一层;花竟不语,一层;不但不语,且又乱落,飞过秋千,此又一层。人愈伤心,花愈恼人,写闺情而极其幽怨,后来词家认为欧阳修此词别有寄托,也是有来由的。晏殊《踏莎行》有"斜阳却照深深院"之句,以叠字"深深"而佳;这首词中"庭院深深深几许"则三用叠字,后来李清照深以为妙,用其语作"庭院深深深"数阕。而她的《声声慢》"寻寻觅觅,冷冷清清,凄凄惨惨戚戚",连用七个叠字,传为古今绝唱。论本穷源,其中当有欧阳修词的启示之功。

按:《全宋词》附注:"冯延巳词,见《阳春集》。"

【辑评】

上骋望不堪极目处,下留春无限伤心泪。首句叠用三个"深"字,最新奇。问花留春,真是计无少施。写出当年游冶,真。后段形容暮春光景殆尽。(明《新刻李于鳞先生批评注释草堂诗馀隽》伪托李攀龙评点)

叠用字法,妙。(托名杨慎评点《草堂诗馀》)

末句参之"点点飞红雨"句,一若关情,一若不关情,而情思举,荡漾无边。(明沈际飞《草堂诗馀·正集》)

凄如送别。(明茅暎《词的》)

首句叠用三个"深"字最新奇,后段形容春暮光景殆尽。(明《新刻注释草堂诗馀评林》李廷机评语)

词家意欲层深,语欲浑成。然意层深,语便刻画;语浑成,意便肤浅,两难兼也。或欲举其似,偶拈永叔词云:"泪眼问花花不语。乱红飞过秋千去。"此可谓层深而浑成。何也?因花而有泪,此一层意也。因泪而问花,此一层也。花竟不语,此一层意也。不但不语,且又乱落,飞过秋千,此一层也。人愈伤心,花愈恼人,语愈浅,而意愈入,又绝无刻画之迹,谓非层深而浑成耶?然作者初非措意,直如化工生物,笋未出土而苞节已具,非寸寸为之也。若先措意便刻画,

愈深愈堕恶境矣。即此等解一经拈出后，便当扫去。（清毛先舒《鸾情词话》）

"庭院深深"，闺中既以邃远也。"楼高不见"，哲王又不寤也。"章台"、"游冶"，小人之经。"雨横风狂"，政令暴急也。"乱红飞去"，斥逐者非一人而已，殆为韩、范作乎？此词亦见冯延巳集中。李易安词序云："欧阳公作《蝶恋花》，有'庭院深深深几许'之句，余酷爱之，用其语作庭院深深数阕，其声即旧《临江仙》也。"易安去欧公未远，其言必非无据。（清张惠言《词选》）

首阕因杨柳烟多，若帘幕之重重者。庭院之深以此，即下句章台不见亦以此。总以见柳絮之迷人。加之雨横风狂，即拟闭门，而春已去矣。不见乱红之尽飞乎，语意如此。通首诋斥，看来必有所指。第词旨浓丽，即不明所指，自是一首好词。（清黄苏《蓼园词选》）

宋刻玉玩，双层浮起；笔墨至此，能事几尽。（清谭献评《词辨》）

冯正中词，极沉郁之致，穷顿挫之妙，缠绵忠厚，与温、韦相伯仲也。《蝶恋花》四章，古今绝构。《词选》本李易安《词序》，指"庭院深深"一章为欧阳公作，他本亦多作永叔词。惟《词综》独云冯延巳作。竹垞博极群书，必有所据。且细味此阕，与上三章笔墨，的是一色，欧公无此手笔。（清陈廷焯《白雨斋词话》）

正中《蝶恋花》四阕，情词悱恻，可群可怨。（同上）

（《蝶恋花》）四章云："泪眼问花花不语。乱红飞过秋千去。"词意殊怨，然怨之深，亦厚之至。盖三章犹望其离而复合，四章则绝望矣。作词解如此用笔，一切叫嚣纤冶之失，自无从犯其笔端。（同上）

连用三"深"字，妙甚。偏是楼高不见，试想千古有情人读至结处，无不泪下。绝世至文。（清陈廷焯《云韶集》）

词有与风诗意义相近者，自唐迄宋，前人巨制，多寓微旨。……冯正中"庭院深深"，《衣楚》之悯乱也。（清张德瀛《词微》）

有有我之境，有无我之境。"泪眼问花花不语，乱红飞过秋千去。""可堪孤馆闭春寒，杜鹃声里斜阳暮。"有我之境也。（王国维《人间词话》）

蝶 恋 花

谁道闲情抛弃久①。每到春来,惆怅还依旧。日日花前常病酒②。不辞镜里朱颜瘦③。　河畔青芜堤上柳④。为问新愁,何事年年有。独立小桥风满袖。平林新月人归后⑤。

【注释】

① 闲情:逸荡之情,多指男女恋情。
② 病酒:因饮酒过量而难受。
③ 不辞:不惜。
④ 青芜:青草丛生。
⑤ 平林:平原上的树林。

【评析】

春日、春花、青芜、堤柳,每年都会有的,但为什么每到春来,仍惆怅依旧呢?词人没有回答,事实上也无从回答,他只能说小桥、清风,只能说平林、新月,只能说月夜人归之后,暗自消魂。这首词的风味很像晏殊词,再早一些,也很像冯延巳词,从中我们可以看到一脉相承的关系。

按:《全宋词》附注:"冯延巳词,见《阳春集》。"

【辑评】

次章云:"谁道闲情抛弃久。每到春来,惆怅还依旧。日日花前常病酒。不辞镜里朱颜瘦。"始终不渝其志,亦可谓自信而不疑,果毅而有守矣。(清陈廷焯《白雨斋词话》)

冯中正《蝶恋花》云:"谁道闲情抛弃久。每到春来,惆怅还依旧。日日花前

常病酒。不辞镜里朱颜瘦。"可谓沉着痛快之极。然却是从沉郁顿挫来,浅人何足知之。(同上)

起得风流跌宕。"为问"二语映起笔。"独立"二语,仙境,梦境,断非凡笔也。(清陈廷焯《云韶集》)

稼轩《摸鱼儿》起处从此夺胎,文前有文,如黄河伏流,莫穷其源。(梁令娴《艺蘅馆词选》引梁启超语)

蝶 恋 花

几日行云何处去。忘了归来,不道春将暮①。百草千花寒食路②。香车系在谁家树。　　泪眼倚楼频独语。双燕来时,陌上相逢否③。撩乱春愁如柳絮。依依梦里无寻处。

【注释】

① 不道:不觉。
② 寒食:节令名,在清明前一两天。春秋时,介之推隐居绵山,晋文公焚山迫其出仕,介之推竟抱树而死。后在其忌日禁火冷食,以为悼念,相沿成俗。
③ 陌:田间小路。

【评析】

此词是伤离念远之作。离情既久,因寄语行云,托想空灵。春日将暮,又况是百草千花,不知远人究竟羁留何处,延宕不返?下片仍以问语起首,泪眼倚楼,只有独语,然而心念未已,又托言双燕,"陌上相逢否",但终究是撩乱情丝,即梦里,亦无寻处。古代词人多以女子的语气叙写闺情,难得是衷曲深藏而深心独会，一番缠绵，一阵迷乱。

按：《全宋词》附注："冯延巳词，见《阳春集》。"

【辑评】

行云、百草、千花、香车、双燕，必有所托。（清谭献评《词辨》）

遣辞运笔如许松爽。情词并茂，我思其人。（清陈廷焯《云韶集》）

低回曲折，霭乎其言，可以群，可以怨，情词悱恻。（"双燕"句）二语，映首章。（清陈廷焯《词则·大雅集》）

《织馀琐述》："元好问《清平乐》云：'飞去飞来双乳燕，消息知郎近远。'用冯延巳'双燕来时，陌上相逢否'句意。彼未定其逢否，此则直以为知，唯消息近远未定耳。妙在能变化。"（清况周颐《蕙风词话》）

"终日驰车走，不见所问津"，诗人之忧世也。"百草千花寒食路。香车系在谁家树"似之。（王国维《人间词话》）

木 兰 花

别后不知君远近。触目凄凉多少闷①。渐行渐远渐无书，水阔鱼沉何处问②。　　夜深风竹敲秋韵③。万叶千声皆是恨。故欹单枕梦中寻④，梦又不成灯又烬⑤。

【注释】

① 多少：何等，许多之意。
② 水阔鱼沉：谓没有音信，古代传说鱼可传书。
③ 秋韵：秋声。
④ 故：有意地。欹：斜身倚靠。
⑤ 烬（jìn）：烧尽。

欧阳修

【评析】

　　这是一首闺怨之词。欧词之妙在于，能将思妇极细微、迂曲的闺情表现得恰到好处；细腻，却不流于纤弱，而有温厚蕴藉的意味。但若深求，则于真切、沉至的深情有所欠缺，这是他不及晏殊词的地方。此词可为一例。

临 江 仙

　　柳外轻雷池上雨，雨声滴碎荷声。小楼西角断虹明。阑干倚处，待得月华生①。　　燕子飞来窥画栋，玉钩垂下帘旌②。凉波不动簟纹平③。水精双枕④，傍有堕钗横。

【注释】

① 月华：月光。
② 帘旌：帘端所缀之布帛，亦泛指帘幕。
③ 簟（diàn）纹：席纹。簟，竹席。
④ 水精：即水晶。

【评析】

　　此词相传是为一位家妓所作。上片写景，炎炎夏日，雷雨过后，彩虹高挂，一阵清凉。下片写睡梦中的美人，燕子飞来也不被惊扰，帘旌低垂，正酣眠入梦。她身下的凉席纹丝不动，正如平静的湖面没有一丝波纹，就连枕边掉落的发钗也没有察觉。全词无一句对女子的正面描写，而通过飞燕、帘旌、簟纹、堕钗等侧面烘托，来表现女子沉睡的场景，可谓声情并茂，别具一格。

【辑评】

　　欧文忠任河南推官，亲一妓。时先文僖罢政，为西京留守，梅圣俞、谢希深、尹师鲁同在幕下。惜欧有才无行，共白于公，屡微讽而不之恤。一日，宴于后园，客集，而欧与妓俱不至，移时方来，在坐相视以目。公责妓云："末至何也？"妓云："中暑，往凉堂睡着，觉失金钗，犹未见。"公曰："若得欧推官一词，当为偿汝。"欧即席云："柳外轻雷池上雨……"坐皆称善。遂命妓满酌赏欧，而令公库偿钗戒欧。当少戡，不惟不恤，翻以为怨。后修《五代史·十国世家》，痛毁吴越。又于《归田录》中说文僖数事，皆非美谈。（宋钱世昭《钱氏私志》）

欧公词曰"池外轻雷池上雨，雨声滴碎荷声"云云，末曰："水晶双枕，旁有堕钗横。"此词甚脍炙人口。旧说谓欧公为郡幕日，因郡宴，与一官妓茌苒，郡守得知，令妓求欧词以免过，公遂赋此词。仆观此词，正祖李商隐《偶题》诗云："小亭闲眠微醉消，石榴海柏枝相交。水纹簟上琥珀枕，旁有堕钗双翠翘。"又"池外轻雷"亦用商隐"芙蓉塘外有轻雷"之语，"好风微动帘旌"，用唐《花间集》中语。欧词又曰："栏干敲遍不应人，分明窗下闻裁剪。"此语见韩偓《香奁集》。（宋王楙《野客丛书》）

上叙首夏清和之景，下叙宫中华丽之乐。雨声花声，景色入眸。枕傍钗横，情思悠远。此词写四月夏光，而以闺情点缀，最堪玩赏。（明《新刻李于鳞先生批评注释草堂诗馀隽》伪托李攀龙评点）

雨忽虹，虹忽月，夏景尔尔，拈笔不同。玩末句，风韵直当凌厉秦、黄，一金钗曷足以偿之。（明沈际飞《草堂诗馀·正集》）

（"凉波不动"三句）不假雕饰，自成绝唱。按义山《偶题》云："水文簟上琥珀枕，傍有堕钗双翠翘。"结语本此。（清许昂霄《词综偶评》）

造词大雅，宜为文僖所赏。（清陈廷焯《词则·闲情集》）

原钞作"窥画栋"，垂帘矣，何得始窥。且此写闺人睡景，非狎语也，岂有自嘲自状之人？因垂帘不能归栋，故窥也。（清王闿运《湘绮楼评词》）

清绮自好，非不作艳词者。（清沈雄《古今词话·词评》）

此词王湘绮谓"写闺人睡景，非狎语也，岂有自嘲自状之人"，语颇近理。惟谓"窥画栋"应作"归画栋","垂帘矣,何得始窥",则殊未然。盖因帘垂不能"归"栋,故"窥"耳。且"窥"字下得极妙。燕子因"窥"栋,无意中见闺人睡景,闺人睡景却从燕子眼中写出,设想何等灵幻。(蔡嵩云《柯亭词评》)

浣 溪 沙

堤上游人逐画船。拍堤春水四垂天。绿杨楼外出秋千。　　白发戴花君莫笑,《六幺》催拍盏频传①。人生何处似尊前②。

【注释】

① 《六幺》:唐代琵琶曲名。　　② 尊前:在酒筵上。

【评析】

此词咏颍州西湖,盖词人皇祐元年(1049)知颍州时所作。上片写西湖美景,游人之乐。首句写游人如织,次句写湖水溶溶,描绘了一幅热闹的西湖游览图。歇拍笔锋陡转,目光由西湖胜景移向临水人家。前人谓"出"字用得高妙,把楼外秋千突然进入眼帘的视觉感受表现得十分贴切。下片写词人自得其乐。白头戴花是率真之乐,《六幺》催拍是歌舞之乐,杯盏频传是饮酒之乐——人生如白驹过隙,当及时行乐。

【辑评】

欧阳永叔《浣溪沙》云:"堤上游人逐画船。拍堤春水四垂天。绿杨楼外出秋千。"

此翁语甚妙绝，只一"出"字，是后人着意道不到处。（宋赵令畤《侯鲭录》）

晁无咎评乐章，欧阳永叔《浣溪沙》云："堤上游人逐画船。拍堤春水四垂天。绿杨楼外出秋千。"要皆妙绝，然只一"出"字，自是后人道不到处。余按唐王摩诘《寒食城东即事》诗："蹴鞠屡过飞鸟上，秋千竞出垂杨里。"欧阳公用"出"字盖本此。（宋吴曾《能改斋漫录》）

上是春游之景最胜，下是传杯之乐宜先。乘春行乐，万事无如杯在手矣。胸次别具乾坤，便是高人乐境。（明《新刻李于鳞先生批评注释草堂诗馀隽》伪托李攀龙评点）

不惟调句宛藻，而造理甚微，足唤醒人。（托名杨慎评点《草堂诗馀》）

一"出"字，亦后人着意道不到处，（"人生"句）达人之言。（明沈际飞《草堂诗馀·正集》）

欧公旧有春日词云："绿杨楼外出秋千。"前辈叹赏，谓止一"出"字，是人着力道不到处。他日咏秋千，作《浣溪沙》云："云曳香绵采柱高。绛旗风飐出花梢。"予谓虽同用"出"字，然视前句，其风致大段不侔。（明陈霆《渚山堂词话》）

"楼上晴天碧四垂"，本韩侍郎"泪眼倚楼天四垂"，不妨并佳。欧文忠"拍堤春水四垂天"，柳员外"目断四天垂"，皆本韩句，而意致少减。（清王士禛《花草蒙拾》）

第一阕，写世上儿女多少得意欢娱。第二阕"白发"句，写老成意趣，自在众人喧嚣之外。末句写得无限凄怆沉郁，妙在含蓄不尽。（清黄苏《蓼园词选》）

风流自赏。（清陈廷焯《词则·别调集》）

欧九《浣溪沙》词"绿杨楼外出秋千"，晁补之谓只一"出"字，便后人所不能道。余谓此本于正中《上行杯》词"柳外秋千出画墙"，但欧语尤工耳。（王国维《人间词话》）

浪淘沙

把酒祝东风。且共从容①。垂杨紫陌洛城东②。总是当时携手处,游遍芳丛。　　聚散苦匆匆③。此恨无穷。今年花胜去年红。可惜明年花更好,知与谁同。

【注释】

① 从容:流连不去。
② 紫陌:京郊的道路。洛城:洛阳。
③ 苦:太、过于。

【评析】

古代诗词,常以自然的恒常不变反衬人事之短促无常。"今年花胜去年红,可惜明年花更好,知与谁同。"即是此意。其中所流露出的对时间的敏感,对生命和青春的留恋,构成了宋词中最动人的部分。

【辑评】

上忆旧同游之处,下想来春同赏之人。过接处殊无穿凿痕。意自"明年此会知谁健"中来。(明《新刻李于鳞先生批评注释草堂诗馀隽》伪托李攀龙评点)

(末三句)虽少含蕴,不失为情语。(明沈际飞《草堂诗馀·正集》)

《柳塘词话》曰:欧阳公云:"把酒祝东风,且共从容。"与东坡《虞美人》云"持杯邀劝天边月,愿月圆无缺",同一意致。(清沈雄《古今词话·词话》)

末二句,忧盛危明之意,持盈保泰之心,在天道则亏盈益谦之理,俱可悟得。大有理趣,却不庸腐。粹然儒者之言,令人玩味不尽。(清黄苏《蓼园词选》)

(《酒泉子》司空图:"黄昏把酒祝东风,且共从容。")欧公《浪淘沙》起语本

此。然删去"黄昏"二字,便觉寡味。(清许昂霄《词综偶评》)

青 玉 案

一年春事都来几①。早过了、三之二。绿暗红嫣浑可事②。绿杨庭院,暖风帘幕,有个人憔悴③。　　买花载酒长安市。又争似、家山见桃李④。不枉东风吹客泪⑤。相思难表,梦魂无据,惟有归来是⑥。

【注释】
① 都来:算来。
② 浑:全,都。可事:小事,寻常事。
③ 个人:本人,自称之词。
④ 争似:怎似。家山:家乡。
⑤ 不枉:不怪。
⑥ 是:对。

【评析】

此词是思乡之作。"一年春事"二句,言年光已过。"绿暗红嫣"句,言春日之繁。"绿杨庭院"三句,言春日之繁,却见斯人独自憔悴。何以憔悴?因为不见家山桃李,苦欲思归耳。层层写来,毕现情致宛然。宋人多以俗语入诗词,此词中如"浑可事","有个人憔悴"之"个人","争似家山见桃李"之"争似"、"家山"等皆是,顿挫之间,俏倩可喜。

按:此词应为无名氏词,见《草堂诗馀·前集》卷上。

【辑评】

上言景繁华而人憔悴,下言空相思不如实相见。暮春易过思情转,曲尽情怀。

春深景物繁华，最能动人情意，欧阳公备言之矣。（明《新刻李于鳞先生批评注释草堂诗馀隽》伪托李攀龙评点）

离思黯然，道学人亦作此情语。（托名杨慎评点《草堂诗馀》）

问向前，犹有几多春，三之一。"有个人憔悴"，下文都在此句生出。煞落。（明沈际飞《草堂诗馀·正集》）

此词不过有不得已心事，托而思归耳。"一年"二句，言年光已去也。"绿暗"四句，言时芳非不可玩，而自己心绪憔悴也。所以憔悴，以不见家山桃李，苦欲思归耳。大意如此。但永叔亦非迫于思归者，亦有所不得已者在耶？当于言外领之。（清黄苏《蓼园词选》）

聂冠卿 一首

多 丽

想人生，美景良辰堪惜。向其间、赏心乐事，古来难是并得。况东城①、凤台沙苑②，泛晴波浅照金碧。露洗华桐，烟霏丝柳，绿阴摇曳荡春一色。画堂迥③、玉簪琼佩，高会尽词客。清歌久、重然绛蜡④，别就瑶席⑤。

有翩若、轻鸿体态，暮为行雨标格⑥。逞朱唇⑦、缓歌妖丽，似听流莺乱花隔。慢舞萦回，娇鬟低亸⑧，腰肢纤细困无力。忍分散、彩云归后，何处更寻觅。休辞醉、明月好花，莫漫轻掷。

【注释】

① 东城：汴京城的东郊，这一带湖光山色，风景优美。
② 凤台：古台名，春秋时萧史善吹箫，有凤凰止其屋。秦穆公将女儿弄玉嫁给他，并为作凤台。见汉刘向《列仙传》。这里借指华丽的楼台。沙苑：原本作"沁苑"，地名，在陕西大荔县南，唐置沙苑监。这里泛指京城东郊的园林。
③ 画堂：华丽的宫堂。
④ 然：同"燃"。绛蜡：红烛。
⑤ 瑶席：华贵的筵席。
⑥ 暮为行雨：典出宋玉《〈高唐赋〉序》。楚王游高唐，昼寝，梦遇巫山神女，自荐枕席。王幸之，神女临去之时说："妾在巫山之阳，高山之阻，旦为朝云，暮为行雨，朝朝暮暮，阳台之下。"后以"行雨"比喻美女，以"云雨"比喻男女欢会。标格：风范，风度。
⑦ 逞：张开。
⑧ 亸（duǒ）：下垂貌。

【评析】

此词原题"李良定公席上赋"，叙述北宋文人士大夫的宴游生活。上片叙事，从春日出游写到画堂夜宴，极尽华丽富贵之致。波光之金碧，桐花之粉白，柳荫之轻绿，蜡烛之绛红，色彩明丽绚烂，给人强烈的视觉享受。下片写人，从体态到神情，从朱唇到娇鬟，从缓歌到慢舞，全部采用正面描写的铺陈手法，以表现歌姬舞女的曼妙身姿和歌舞技艺。结句与起句相呼应，表达人生苦短、及时行乐之主旨。

此首按字数属词中长调，按词体应作慢词，是为北宋慢词之始。慢词的主要特点就是铺陈叙事，描写繁复，这首词已经有所体现。故黄昇评以"才情富丽"（《唐宋诸贤绝妙词选》）四字，并非虚美之辞。聂冠卿今存词仅此一首，却开北宋慢词之先河，具有重要的词史意义。

【辑评】

翰林学士聂冠卿，尝于李良定公席上赋《多丽》词云："（略）。"蔡君谟时知泉州，寄定公书云："新传《多丽》词，述宴游之娱，使病夫举首增叹耳。又近者有客至自京师，言诸公春日多会于元伯园池，因念昔游，辄形篇咏。'绿渠春水走潺湲，画阁峰峦映碧鲜。酒令已行金盏侧，乐声初认翠裙圆。清游盛事传都下，《多丽》新词到海边。曾是尊前沉醉客，天涯回首重依然。'"（宋吴曾《能改斋漫录》）

苕溪渔隐曰："冠卿词有'露洗华桐，烟霏丝柳'之句，此正是仲春天气。下句乃云'绿阴摇曳，荡春一色'，其时未有绿阴，真语病也。"（宋胡仔《苕溪渔隐丛话·后集》）

冠卿之词不多见，如此篇，亦可谓才情富丽矣。其"露洗华桐"四句，又所谓玉中之拱璧，珠中之夜光。每一观之，抚玩无斁。（宋黄昇《唐宋诸贤绝妙词选》）

用四美二难兼丽，不减唐王勃。西施醉舞娇无力，笑倚东风白玉床。才情富丽矣，其"露洗华桐"四句，又所谓玉中之拱璧，珠中之夜光，观者心赏目夺。

（明《新刻李于鳞先生批评注释草堂诗馀隽》伪托李攀龙评点）

冠卿才情富艳，一词可见，"露洗华桐"四句又玉中之拱璧，珠中之夜光。（"慢舞"句）生动。（明沈际飞《草堂诗馀·正集》）

此词情文并茂，富丽精工，汤义仍《还魂记》从此脱胎，《西厢》"彩云何在"亦是盗袭此词后阕语。长孺此篇，为词中降格，实为曲中上乘，盖元明人杂曲之祖也。起结相应。（清陈廷焯《词则·闲情集》）

有人爱比夜光珠，《多丽》词传到海隅。谁说桐花丝柳遍，仲春时候绿阴无。（清谭莹《论词绝句》其四十二）

柳　永　十三首

曲 玉 管

　　陇首云飞①，江边日晚，烟波满目凭阑久。一望关河萧索②，千里清秋。忍凝眸③。　　杳杳神京④，盈盈仙子⑤，别来锦字终难偶⑥。断雁无凭⑦，冉冉飞下汀洲⑧。思悠悠。　　暗想当初，有多少、幽欢佳会，岂知聚散难期，翻成雨恨云愁⑨。阻追游。每登山临水，惹起平生心事，一场消黯⑩，永日无言⑪，却下层楼。

【注释】

① 陇首：高丘上面，山头。
② 关河：原指函谷关和黄河，泛指关山河川。萧索：萧条冷落。
③ 忍：不忍。凝眸：注视。
④ 神京：京城汴京。
⑤ 仙子：美女，指自己的恋人。
⑥ 锦字：锦字书。前秦时苏蕙曾织锦为《回文璇玑图》诗，寄给远方的丈夫窦滔，以表思念之情，"循环以读之，词甚凄惋"。回文，修辞手法。诗词字句可以回环往复读，均能成诵。见《晋书·列女传》。偶：遇，值。
⑦ 断雁：失群孤雁。
⑧ 汀洲：水中突起的小块陆地。
⑨ 翻：反而。雨恨云愁：喻指相爱无成。
⑩ 消黯：黯然消魂。
⑪ 永日：长日。

【评析】

　　此词分三片。上片写登高望远，清秋千里，关河萧索，人亦萧瑟，"忍凝眸"，实"不忍凝眸"也。中片"杳杳"、"盈盈"二句写相思之人，观孤雁失群，冉冉独飞，更不禁思意悠悠。下片即承此而发，"想当初"总起，追忆昔日欢会，然而聚散难期,只是一场消魂。末以"永日无言,却下层楼"作结,与篇首"烟波满目凭阑久"回应,一片浑成。据载周邦彦也有一词,与柳永《曲玉管》颇为冥合。盖周词深厚绵密处,得于柳词实多,只是一者雅,一者俗,故而径庭如此。

雨 霖 铃

寒蝉凄切。对长亭晚,骤雨初歇①。都门帐饮无绪②,留恋处、兰舟催发③。执手相看泪眼,竟无语凝噎④。念去去⑤、千里烟波,暮霭沉沉楚天阔⑥。　　多情自古伤离别。更那堪⑦、冷落清秋节。今宵酒醒何处,杨柳岸、晓风残月。此去经年⑧,应是良辰、好景虚设。便纵有、千种风情⑨,更与何人说。

【注释】

① 歇:停。
② 都门帐饮:在京城门外设帐饯行。无绪:没有情绪。
③ 兰舟:木兰舟,船的美称。
④ 凝噎(yē):哽咽得说不出话来。
⑤ 去去:不断远去。
⑥ 暮霭:黄昏时的云雾之气。
⑦ 堪:忍受。
⑧ 经年:又过一年,即年复一年的意思。
⑨ 风情:指男女间互相爱悦的风流情意。

【评析】

此词一题为"秋别"。首三句写送别时之秋景;后乃言兰舟催发,留人不住,别泪沾巾,执手凝噎,皆别时情事。"念去去"二句言行舟必穿越千里烟波,向楚水湘云而去,虚空设想,极其凄楚。至"今宵"二句则推想酒醒后所历之境;"此去"四句更推想别后经年之寥落,层层折折,形容曲尽。柳词以赋笔铺陈,格不必高，境不必远，语不必奇，而尽情展衍，备足无馀，浑厚绵密，兼而有之，这与晚唐五代，以至晏、欧小令温婉蕴藉的风味，已是迥异其趣了。

【辑评】

　　东坡在玉堂，有幕士善讴，因问："我词比柳词何如？"对曰："柳郎中词，只好十七八女孩儿执红牙拍板，唱'杨柳外、晓风残月'；学士词，须关西大汉执铁板，唱'大江东去'。"公为之绝倒。（宋俞文豹《吹剑续录》）

　　文人相讥，盖自古而然。……近柳屯田云"杨柳岸、晓风残月"，最是得意句，而议者鄙之曰："此梢子野渡时节也。"尤为可笑。（宋陈善《扪虱新话》）

　　"今宵酒醒何处，杨柳外、晓风残月"，与秦少游"酒醒处、残阳乱鸦"，同一景事，而柳尤胜。（明王世贞《艺苑卮言》）

　　不知万顷波涛，来自万里，吞天浴日，古豪杰英爽都在，使屯田此际操觚，果可以"杨柳外、晓风残月"命句否？且柳词亦只此佳句，馀皆未称。而亦有本，祖魏承班《渔歌子》"窗外晓莺残月"，第改二字增一字耳。（明俞彦《爰园词话》）

　　上有临别不忍别之深情，下有欲见不得见之雅慕。一别各天，神情飞驰。此夕何处，清光对谁？"千里烟波"，惜别之情已骋；"千种风情"，期见之愿又赊，真所谓善传神者。（明《新刻李于鳞先生批评注释草堂诗馀隽》伪托李攀龙评点）

　　此词只是"酒醒何处"二句，千古脍炙人口，柳词遂为第一，与少游词"酒醒处，残阳乱鸦"同一景事，而柳犹胜。（托名杨慎评点《草堂诗馀》）

　　"今宵"二句，耆卿作词宗，实甫为曲祖，求其似之，少游"酒醒处、残阳乱鸦"。唐词"帘外晓莺残月"至矣。宋人让唐诗，而词多不让。倾吐妙。（明沈际飞《草堂诗馀·正集》）

　　词不在大小浅深，贵于移情。"晓风残月"、"大江东去"，体制虽殊，读之皆若身历其境，惝恍迷离，不能自主，文之至也。（清沈谦《填词杂说》）

柳屯田"今宵酒醒何处，杨柳岸、晓风残月"，自是古今俊句。或讥为梢公登溷诗，此轻薄儿语，不足听也。（清贺裳《皱水轩词筌》）

江尚质曰："东坡《酹江月》，为千古绝唱。耆卿《雨霖铃》，唯是'今宵酒醒何处，杨柳岸、晓风残月'，东坡喜而嘲之。沈天羽曰：'求其来处，魏承班"帘外晓莺残月"，秦少游"酒醒处、残阳乱鸦"，岂尽是登溷语？'余则为耆卿反唇曰：'大江东去，浪淘尽、千古风流人物'，死尸狼藉，臭秽何堪，不更甚于袁绹之一哂乎？"（清沈雄《古今词话·词话》）

柳屯田"晓风残月"，文洁而体清。（清谢章铤《赌棋山庄词话》）

说景要微妙。微妙则耐思，而景中有情。"寒鸦数点，流水绕孤村"，"杨柳岸、晓风残月"，所以脍炙人口也。（同上）

清真词多从耆卿脱胎，思力沉挚处，往往出蓝，然耆卿秀淡幽艳，实不可及。后人摭其乐章，訾为俗笔，真瞽说也。（清周济《宋四家词选》批语）

《乐章集》中，冶游之作居其半，率皆轻浮猥媒，取誉筝琶。如当时人所讥，有教坊丁大使意。惟《雨霖铃》之"今宵酒醒何处，杨柳岸、晓风残月"，《雪梅香》之"渔市孤烟袅寒碧"，差近风雅。（清邓廷桢《双砚斋词话》）

今人论词，动称辛、柳，不知稼轩词以"佛狸祠下，一片神鸦社鼓"为最，过此则颓然放矣。耆卿词以"关河冷落，残照当楼"与"杨柳岸、晓风残月"为佳，非是则淫以亵矣。此不可不辨。（清田同之《西圃词说》）

苏东坡"大江东去"，有铜将军铁绰板之讥。柳七"晓风残月"，谓可令十七八女郎按红牙檀板歌之。此袁绹语也。后人遂奉为美谈。然仆谓东坡词自有横槊气概，固是英雄本色。柳纤艳处，亦丽以淫耳。况"杨柳外"句，又本魏承班《渔歌子》"窗外晓莺残月"，只改二字增一字，焉得独擅千古。（清冯金伯《词苑萃编》）

送别词，清和朗畅，语不求奇，而意致绵密，自尔稳惬。（清黄苏《蓼园词选》）

词有点有染，柳耆卿《雨淋铃》云："多情自古伤离别，更那堪、冷落清秋节。今宵酒醒何处，杨柳岸、晓风残月。"上二句点出离别。"冷落"、"今宵"二句，乃就上二句意染之。点染之间，不得有他语相隔。隔则警句亦成死灰矣。（清刘熙载《艺概》）

点与染分开说，而引词以证之，阅者无不点首。得画家三昧，亦得词家三昧。（清江顺诒《词学集成》）

（"今宵"二句）预思别后情况，工于言情。（清陈廷焯《词则·大雅集》）

《雨霖铃》调，在《乐章集》中，尚非绝诣。特以"杨柳岸、晓风残月"句得名耳。（蔡嵩云《柯亭词论》）

（周邦彦《夜飞鹊》）"兔葵燕麦"二句，与柳屯田之"晓风残月"，可称送别词中双绝，皆熔情入景也。（梁令娴《艺蘅馆词选》引梁启超语）

蝶 恋 花

伫倚危楼风细细①。望极春愁，黯黯生天际。草色烟光残照里。无言谁会凭阑意②。　　拟把疏狂图一醉③。对酒当歌，强乐还无味。衣带渐宽终不悔。为伊消得人憔悴④。

【注释】
① 伫：久立。危楼：高楼。
② 会：理解，知晓。
③ 疏狂：狂放不羁。
④ 伊：她，指心中恋人。消得：值得。

【评析】
此词是怀人之作。"望极春愁"二句，不言愁生胸臆，却言"黯黯生天际";"对酒"二句,不言酒可解忧,却言"强乐还无味"。结句"衣带"二句则言情而沉着柔厚,最为人传诵。王国维曾言"古今成大事业、大学问者,必经过三种之境界",第二境便是"衣带渐宽终不悔。为伊消得人憔悴"。(《人间词话》)王国维此说虽然有"断章取义"之嫌,但经此一番宣扬,却也更加脍炙人口了。

【辑评】

　　小词以含蓄为佳,亦有作决绝语而妙者。如韦庄"谁家年少足风流。妾拟将身嫁与,一生休。纵被无情弃,不能羞"之类是也。牛峤"须作一生拚,尽君今日欢",抑亦其次。柳耆卿"衣带渐宽终不悔。为伊消得人憔悴",亦即韦意,而气加婉矣。(清贺裳《皱水轩词筌》)

　　词家多以景寓情。其专作情语而绝妙者,如牛峤之"甘作一生拚,尽君今日欢"、顾敻之"换我心为你心,始知相忆深"、欧阳修之"衣带渐宽终不悔。为伊消得人憔悴"、美成之"许多烦恼,只为当时,一饷留情",此等词,求之古今人词中,曾不多见。(王国维《人间词话删稿》)

　　前半情景夹写,后半实写春态。"衣带"二句婉曲之至。柳词抒情惯用赋笔,似此者集中尚不多见。(蔡嵩云《柯亭词评》)

采莲令

　　月华收,云淡霜天曙。西征客①、此时情苦。翠娥执手送临歧②,轧轧开朱户③。千娇面、盈盈伫立,无言有泪,断肠争忍回顾。　　一叶兰舟,便恁急桨凌波去④。

贪行色⑤、岂知离绪。万般方寸⑥，但饮恨⑦，脉脉同谁语。更回首、重城不见，寒江天外，隐隐两三烟树。

【注释】

① 西征客：西行的旅人。
② 翠娥：美女，指送行恋人。临歧（qí）：走到岔路口，指分别。
③ 轧（yà）轧：开门声。
④ 恁（nèn）：那么，如此。
⑤ 行色：出发时的情景。
⑥ 方寸：指心。
⑦ 饮恨：满含遗恨。

【评析】

此词是伤别之作。词中如"千娇面、盈盈伫立，无言有泪"、"一叶兰舟，便恁急桨凌波去"等，情境与《雨霖铃》颇有冥合之处。只是《雨霖铃》"今宵酒醒何处"以虚拟别后光景，极尽惝恍凄迷，而此词以"更回首、重城不见，寒江天外，隐隐两三烟树"作结，托意悠远，更觉有馀不尽。

浪淘沙慢

梦觉透窗风一线①，寒灯吹息。那堪酒醒，又闻空阶，夜雨频滴。嗟因循②、久作天涯客。负佳人、几许盟言，便忍把、从前欢会，陡顿翻成忧戚③。　　愁极。再三追思，洞房深处，几度饮散歌阑④，香暖鸳鸯被，岂暂时疏散，费伊心力。殢云尤雨⑤，有万般千种，相怜相惜。　　恰到如今，天长漏永⑥，无端自家疏隔⑦。知何时、却拥秦云态⑧，愿低帏昵枕，轻轻细说。与江乡夜夜⑨，数寒更思忆⑩。

【注释】

① 梦觉：梦醒。
② 因循：不振作。
③ 陡顿：突然，马上。
④ 阑：残，将尽。
⑤ 飐（tǐ）云尤雨：贪恋于男女欢情。飐、尤，都有沉迷之意。
⑥ 漏永：夜深。漏，漏壶，古代用以计时的铜制器具。
⑦ 疏隔：疏远，隔膜。
⑧ 秦云：秦楼云雨。秦楼，女子所居之处，多指妓院。
⑨ 江乡：江南。
⑩ 数（shuò）：屡次，多次。

【评析】

此词为三片。第一片写飘零萧瑟之境，触景生情，从前种种欢会，陡然间翻成忧戚之思，两相对照，哀乐毕现。第二片即追思昔日欢会，备极缠绵。第三片则自悔离散，自伤离索，结句"愿低帏昵枕，轻轻细说。与江乡夜夜，数寒更思忆"，衷曲款款，如当面絮语，消魂蚀骨，至难为情。柳永的许多词，都是从眼前情境伸发展衍，反复陈说，细密而妥帖，言近而意深，只是"鄙俗"之讥，终究是逃不过的。

【辑评】

更有一种，写的是习见景物，只将动词活用之，意境便新。如欧阳永叔之"绿杨楼外出秋千"，佳处只在一"出"字。又如柳耆卿之"梦觉透窗风一线"，下句曰"寒灯吹息"，但不用下句，即"透"字与"一线"等字，已能把户牖严闭之寒夜景物刻画出来。只着力在一二动词，而意境便新。（梁启勋《曼殊室随笔》）

定 风 波

自春来、惨绿愁红，芳心是事可可①。日上花梢，莺穿柳带，犹压香衾卧②。暖酥消③、腻云𩭖④。终日厌厌倦梳裹⑤。无那⑥。恨薄情一去⑦，音书无个⑧。　　早知恁么⑨。悔当初、不把雕鞍锁。向鸡窗⑩、只与蛮笺象管⑪，拘束教吟课。镇相随⑫，莫抛躲⑬。针线闲拈伴伊坐。和我⑭。免使年少，光阴虚过。

【注释】

① 是事：随便什么事。可可：无可无不可，无所谓。
② 衾（qīn）：被子。
③ 暖酥：喻指肌肤。消：消瘦。
④ 腻云：喻指头发。
⑤ 厌（yān）厌：倦懒，无聊。
⑥ 无那（nuò）：无可奈何。
⑦ 薄情：薄情的恋人。
⑧ 无个：没有。个，助词，无义。
⑨ 恁么：这么，这般。
⑩ 鸡窗：书房。南朝宋刘义庆《幽明录》记载，晋兖州刺史沛国宋处宗买了一只长鸣鸡，十分喜爱，养在窗间。鸡竟然能说人话，与处宗谈天说地，"极有言致，终日不辍"。处宗因此"言巧大进"。后以"鸡窗"指书房。
⑪ 蛮笺（jiān）象管：珍贵的纸笔。蛮笺，唐代高丽纸的别称，也指蜀地产名贵的彩笺。象管，象牙制的笔管，也指珍贵的毛笔。
⑫ 镇：整日。
⑬ 抛躲：抛开，分开。宋方言。
⑭ 和：陪伴。

【评析】

柳永词多疏宕跳脱之作。此词写女子相思情事，恼情郎薄幸，则言："恨薄情一去，音书无个。"相思难禁，则言："悔当初、不把雕鞍锁。"忆情郎迂腐情态，则言："只与蛮笺象管，拘束教吟课。"拟想与情郎会，则是整日相随，"针线闲拈伴伊坐"，娇憨无忌，率直泼辣，与传统的闺怨迥异其趣。而"日上花梢"以下，则让人想起《西厢记》中，张生别后，莺莺的无聊情状。俗词与元曲同为市民文化的产物，从中可以看到二者潜通暗响的关系。

传说柳永尝谒见晏殊，晏殊问："你也作曲子（词）吗？"柳永说："就像您这样的身份，不也作曲子吗？"晏殊说："我虽作曲子，却不曾道'彩线慵拈伴伊坐'。"柳遂退。这里的"彩线慵拈"就是词中的"针线闲拈"句。其实词中俗语远不止此，如"无那"、"音书无个"、"早知恁么"、"莫抛躲"等皆是。柳永于此，是不以为病的。由此，却也可以看出二人词风的分野。

【辑评】

柳三变既以调忤仁庙，吏部不放改官。三变不能堪，诣政府。晏公曰："贤俊作曲子么？"三变曰："只如相公亦作曲子。"公曰："殊虽作曲子，不曾道'绿线慵拈伴伊坐'。"柳遂退。（宋张舜民《画墁录》）

喁喁如儿女私语，意致如抽丝。千万绪尽成文理，真妍手也。（清郑文焯批校《乐章集》）

少 年 游

长安古道马迟迟①。高柳乱蝉嘶。夕阳岛外，秋风原上②，目断四天垂③。　　归云一去无踪迹，何处是前期④。狎兴生疏⑤，酒徒萧索，不似去年时。

【注释】

① 迟迟：缓慢的样子。
② 原：乐游原，在长安东南。
③ 四天垂：天地相接。
④ 前期：期约，约定。
⑤ 狎（xiá）兴：冶游之兴。狎，亲昵而轻佻。

【评析】

此词上片写景，极尽萧条；下片述情，极尽萧索。往事如水流云逝，一去无踪；前期亦徒存妄想，渺茫无绪。既无远意，又少生意，概是实况。

【辑评】

"楼上晴天碧四垂",本韩侍郎"泪眼倚楼天四垂",不妨并佳。欧文忠"拍堤春水四垂天",柳员外"目断四天垂",皆本韩句,而意致少减。(清王士禛《花草蒙拾》)

挑灯读宋人词,至柳耆卿云:"狎兴生疏,酒徒萧索,不似少年时。"语不工,甚可慨也。(清谭献《复堂日记》)

(上阕)晚唐诗中无此俊句。(清郑文焯批校《乐章集》)

戚　氏

晚秋天。一霎微雨洒庭轩。槛菊萧疏①,井梧零乱,惹残烟。凄然。望江关②。飞云黯淡夕阳间。当时宋玉悲感③,向此临水与登山④。远道迢递⑤,行人凄楚,倦听陇水潺湲⑥。正蝉吟败叶,蛩响衰草⑦,相应喧喧。　孤馆度日如年。风露渐变,悄悄至更阑⑧。长天净、绛河清浅⑨,皓月婵娟⑩。思绵绵。夜永对景⑪,那堪屈指⑫,暗想从前。未名未禄,绮陌红楼⑬,往往经岁迁延⑭。　帝里风光好⑮,当年少日,暮宴朝欢。况有狂朋怪侣,遇当歌、对酒竞留连。别来迅景如梭⑯,旧游似梦,烟水程何限。念利名、憔悴长萦绊⑰。追往事、空惨愁颜。漏箭移⑱、稍觉轻寒。渐鸣咽、画角数声残。对闲窗畔,停灯向晓⑲,抱影无眠。

【注释】

① 槛（jiàn）：防护花木的围栏。
② 江关：江南。
③ 宋玉悲感：指宋玉悲秋。宋玉，战国时楚人，其《九辩》曰："悲哉！秋之为气也。萧瑟兮，草木摇落而变衰。"是著名的悲秋之作。
④ 向：对着。
⑤ 迢递：悠远的样子。
⑥ 陇水：山间流水。潺湲（chán yuán）：河水慢流的样子。
⑦ 蛩（qióng）：蟋蟀。
⑧ 阑：晚，将尽。
⑨ 绛河：银河。
⑩ 婵娟：指月亮姿态美好的样子。
⑪ 夜永：夜长，衣深。
⑫ 屈指：弯着指头计数，形容时间短、数量少。
⑬ 绮陌：繁华的街道。红楼：华美的楼阁，犹指青楼。
⑭ 经岁：长年，长期。迁延：拖延。
⑮ 帝里：都城汴京。
⑯ 迅景：疾行的太阳，此指易逝的光阴。
⑰ 萦绊：缠绕，纠缠。
⑱ 漏箭：漏壶中的标尺，上面标有表示时辰的刻度。
⑲ 停：放置，留置。向：等待。

【评析】

　　此词分三片。上片写悲秋情绪，备极衰瑟。中片写孤馆羁旅，永夜无眠，遂起身世之感。下片追念少年时风流孟浪情事，如今韶光已逝，却仍奔波于长山远水，为名利所萦绊，空惨愁颜。末三句，孤坐而言"对闲"，孤眠却言"抱影"，羁旅无聊情境，若在眼前。这首词中，没有美人如玉，没有消魂蚀骨，没有远韵，没有空灵、蕴藉，有的只是难堪的现实、切实的生活。

【辑评】

　　前辈云："《离骚》寂寞千年后，《戚氏》凄凉一曲终。"《戚氏》，柳所作也。柳何敢知世间有《离骚》，惟贺方回、周美成时时得之。（宋王灼《碧鸡漫志》）

　　《戚氏》为屯田创调，"晚秋天"一首，写客馆秋怀，本无甚出奇，然用笔极有层次。初学慢词，细玩此章，可悟谋篇布局之法。第一遍，就庭轩所见，写到征夫前路。第二遍，就流连夜景，写到追怀昔游。第三遍，接写昔游经历，仍落到天涯孤客，竟夜无眠情况，章法一丝不乱。惟第二遍自"夜永对景"至"往往经岁迁延"，第三遍自"别来迅景如梭"至"追往事空惨愁颜"，均是数句一气贯注。屯田词，最长于行气，此等处其难学。后人遇此等处，多用死句填实，纵令

琢句工稳,其如恹恹无生气何。(蔡嵩云《柯亭词论》)

夜 半 乐

冻云黯淡天气,扁舟一叶,乘兴离江渚①。度万壑千岩,越溪深处②。怒涛渐息,樵风乍起③,更闻商旅相呼。片帆高举。泛画鹢④、翩翩过南浦⑤。　　望中酒旆闪闪⑥,一簇烟村,数行霜树。残日下,渔人鸣榔归去⑦。败荷零落,衰杨掩映,岸边两两三三,浣纱游女。避行客、含羞笑相语。　　到此因念,绣阁轻抛⑧,浪萍难驻⑨。叹后约丁宁竟何据⑩。惨离怀⑪、空恨岁晚归期阻。凝泪眼、杳杳神京路⑫。断鸿声远长天暮⑬。

【注释】

① 江渚(zhǔ):江中的小块陆地。
② 越溪:泛指越地的溪流。越,古国名,在今浙江东部。
③ 樵风:顺风。
④ 画鹢(yì):代指船。鹢,传说中的一种水鸟。
⑤ 南浦:南面的水边。后指送别之地。
⑥ 望中:视野中。酒旆(pèi):酒旗。
⑦ 鸣榔:敲击船舷发出声音,以惊鱼,使之入网;或为歌声的节拍。
⑧ 绣阁:女子住的小楼,这里代指佳人。
⑨ 浪萍:喻自己漂泊如浪中浮萍。
⑩ 后约:日后的期约。丁宁,同"叮咛"。竟:终究,到底。
⑪ 离怀:离情别绪。
⑫ 神京:见柳永《曲玉管》注④。
⑬ 断鸿:失群的孤雁。

【评析】

这首词记述一场即兴的郊游。词分三片,上片写舟行所经,"泛画鹢、翩翩过南浦","翩翩"二字用得极其逸荡。中片写舟中所见,烟村、霜树、渔人、浣女,宛然如画。下片"到此因念"以下心绪急转,因乐景而起伤情,悔不该"绣阁轻抛，浪萍难驻"，杳望汴京，乃觉不如归去。柳永长年离落，一番羁旅情怀，总是挥之不去。全词自首至尾，次第写来，收放间大气淋漓。虽是词，倒更像一篇游记，或记游之赋。

【辑评】

　　第一叠言道途所经，第二叠言目中所见，第三叠乃方言去国离乡之感。（"到此因念，绣阁轻抛"二句）接上一片。（清许昂霄《词综偶评》）

　　此篇层折最妙，始而渡江直下，继乃江尽溪行。"渐"字妙，是行路人语。盖风涛虽息，耳中风涛犹未息也。"樵风"句，点缀荒野，尚未依村落也。继见"酒斾"，继见"渔人"，继见"游女"，则已傍村落矣。因游女而触离情，不禁叹归期无据。别时邀约，不过一时强慰语耳。"绣阁轻抛，浪萍难驻"，飘零岁暮，悲从中来。继而"断鸿声远"，白日西颓，旅人当此，何以为情？层折之妙，令人寻味不尽。陈质斋谓耆卿最工于行役羁旅，信然。（清陈廷焯《词则·别调集》）

　　柳词《夜半乐》云："怒涛渐息，樵风乍起，更闻商旅相呼。片帆高举。泛画鹢、翩翩过南浦。"此种长调，不能不有此大开大阖之笔。（清陈锐《裛碧斋词话》）

　　清空流宕，天马行空，一气挥洒。为柳屯田绝唱。屡欲和之，不敢下笔。（清郑文焯批校《乐章集》）

　　柳词胜处，在气骨，不在字面。其写景处，远胜其抒情处。而章法大开大阖，为后起清真、梦窗诸家所取法，信为创调名家。如《玉蝴蝶》"望处雨收云断"、《夜半乐》"冻云黯淡天气"、《安公子》"远岸收残雨"、《倾杯乐》"木落霜洲"、《卜算子慢》"江枫渐老"、《甘州》"对潇潇暮雨洒江天"诸阕，写羁旅行役中秋景，均穷极工巧。（蔡嵩云《柯亭词论》）

　　柳耆卿"寒蝉凄切"之《雨霖铃》，其上半阕结韵曰"暮霭沉沉楚天阔"；又"冻云黯淡"之《夜半乐》，其下半阕结韵曰"断鸿声远长天暮"。一以天为阔，一以天为长,实则凡属茫无际涯者只能谓之阔,不得谓之长。"断鸿"句之"长"字乃从上文之"远"字得来,如雁过长空,亦是此类。若云雁过阔空,则不妥矣。盖雁程含有远字之意,故曰长。一物之形容词,每有因他物而变其容貌者,此类是也。(梁启勋《曼殊室随笔》)

玉 蝴 蝶

望处雨收云断,凭阑悄悄,目送秋光。晚景萧疏,堪动宋玉悲凉。水风轻、蘋花渐老,月露冷、梧叶飘黄。遣情伤①。故人何在,烟水茫茫。　　难忘。文期酒会,几孤风月②,屡变星霜③。海阔山遥,未知何处是潇湘④。念双燕、难凭音信⑤,指暮天、空识归航。黯相望⑥。断鸿声里,立尽斜阳。

【注释】

① 遣:使,令。
② 孤:同"辜",辜负。
③ 星霜:星辰一年一周天,霜每年而降,因称一年为一星霜。
④ 潇湘:原指潇水和湘水,后泛指所思之地。
⑤ 凭:凭借,托付。
⑥ 黯:黯然,心神颓伤的样子。

【评析】

柳永词善于铺叙,其长处在于绵厚深长,短处则流于鄙琐。此词"水风轻、蘋花渐老,月露冷、梧叶飘黄"两句,善状秋景,实写而佳。至如"故人何在,烟水茫茫"、"海阔山遥,未知何处是潇湘"及"断鸿声里,立尽斜阳"等句,无鄙俗之气,却于绵厚深长之外,别饶苍楚清壮之意。"指暮天、空识归航"则用谢朓"天际识归舟"(《之宣城出新林浦向板桥》),融化无痕。为柳永上乘之作。

【辑评】

结句有味,馀亦不弱。(世经堂康熙十七年残本《词综》批语)

与《雪梅香》、《八声甘州》数首,蹊径仿佛。(清许昂霄《词综偶评》)

梦窗词有是调,即次韵耆卿。(清郑文焯批校《乐章集》)

八声甘州

对潇潇暮雨洒江天①,一番洗清秋。渐霜风凄紧②,关河冷落③,残照当楼。是处红衰翠减,苒苒物华休④。惟有长江水,无语东流。　　不忍登高临远,望故乡渺邈,归思难收。叹年来踪迹,何事苦淹留⑤。想佳人、妆楼凝望⑥,误几回、天际识归舟。争知我、倚阑干处,正恁凝愁。

【注释】

① 潇潇:形容小雨。
② 凄紧:寒气逼人。
③ 关河:山河,原指函谷关和黄河。
④ 苒(rǎn)苒:即渐渐。物华:景物。
⑤ 苦:太,过于。淹留:久留。
⑥ 凝望:一作"长望"。

【评析】

此词为柳词名作。上片写清秋景致,下片触景生情,起深长之思,蹊径与《玉蝴蝶》同,苍楚清壮亦类于《玉蝴蝶》,同为柳词中气韵浑灏之作。前人对此词评价极高,至以《敕勒歌》拟之。尤以"渐霜风凄紧,关河冷落,残照当楼"

三句,苏轼以为"此语于诗句不减唐人"(《侯鲭录》)。

【辑评】

　　东坡云:"世言柳耆卿曲俗,非也。如《八声甘州》云:'霜风凄紧,关河冷落,残照当楼。'此语于诗句不减唐人高处。"(宋赵令畤《侯鲭录》)

　　晁无咎评本朝乐章,不具诸集,今载于此云:"世言柳耆卿曲俗,非也。如《八声甘州》云:'渐霜风凄紧,关河冷落,残照当楼。'此真唐人语,不减高处矣。"(宋吴曾《能改斋漫录》)

　　东坡云:"人皆言柳耆卿词俗,如'霜风凄紧,关河冷落,残照当楼',唐人佳处不过如此。"按其全篇云(略)。盖《八声甘州》也。《草堂诗馀》不选此,而选其如"愿奶奶兰心蕙性"之鄙俗,及"以文会友"、"寡信轻诺"之酸文,不知何见也。(明杨慎《词品》)

　　彼此情形,不言可喻。(明卓人月辑、徐士俊评《古今词统》)

　　词有与古诗同妙者。……"关河冷落,残照当楼",即《敕勒》之歌也。(清刘体仁《七颂堂词绎》)

　　耆卿词以"关河冷落,残照当楼"与"杨柳岸、晓风残月"为佳,非是则淫以亵矣。此不可不辨。(清田同之《西圃词说》)

　　(词)悲慨处不在叹逝伤离也,诵耆卿"渐霜风凄紧,关河冷落,残照当楼"句,自觉神魂欲断。盖皆在神不在迹也。(清沈祥龙《论词随笔》)

　　情景兼到,骨韵俱高,无起伏之痕,有生动之趣,古今杰构,耆卿集中仅见之作。"佳人妆楼"四字连用,俗极。择言贵雅,何不检点如是,致令白璧微瑕。(清陈廷焯《词则·大雅集》)

　　炼字琢句,原属词中末技。然择言贵雅,亦不可不慎。古人词有竟体高妙,而一句小疵,致令通篇减色者。如柳耆卿"对潇潇暮雨洒江天"一章,情景兼到,骨韵俱高。而有"想佳人、妆楼长望"之句。"佳人妆楼"四字,连用俗极,亦不

检点之过。(清陈廷焯《白雨斋词话》)

飞卿词"照花前后镜,花面交相映"。此词境颇似之。(梁令娴《艺蘅馆词选》引梁启超语)

若屯田之《八声甘州》,东坡之《水调歌头》,则伫兴之作,格高千古,不能以常调论也。(王国维《人间词话》)

上半写秋景,极有次序,是江楼眺望所见。"当楼"、"登高"、"倚阑",前后脉络一贯。下半写乡思,"苦淹留"以上是自己打算,"想佳人"以下是为人设想。(蔡嵩云《柯亭词评》)

迷 神 引

一叶扁舟轻帆卷。暂泊楚江南岸①。孤城暮角,引胡笳怨②。水茫茫,平沙雁③、旋惊散④。烟敛寒林簇,画屏展。天际遥山小,黛眉浅⑤。　旧赏轻抛⑥,到此成游宦⑦。觉客程劳,年光晚⑧。异乡风物,忍萧索、当愁眼⑨。帝城赊⑩,秦楼阻,旅魂乱。芳草连空阔,残照满。佳人无消息,断云远⑪。

【注释】

① 楚江:泛指南方的河流。
② 胡笳(jiā):古代少数民族乐器,状似笛子。
③ 平沙:广漠的沙原。
④ 旋:突然。
⑤ 黛眉:形容远山如女子姣好的眉毛。黛,青黑色。
⑥ 旧赏:旧日的赏心乐事。
⑦ 游宦:离开本乡到外地做官。
⑧ 年光:时光。
⑨ 当:同"挡",挡住。
⑩ 赊:远。
⑪ 断云:片云。

【评析】

此词是游宦之作,"旧赏轻抛,到此成游宦"点明题旨。游宦不易,故当日暮天寒之际,便起羁旅之愁,词意难免萧瑟。柳永精通音律,能自度曲,《迷神引》即是其一,其中如"烟敛寒林簇,画屏展。天际遥山小,黛眉浅"、"芳草连空阔,残照满。佳人无消息,断云远"等,扇对而工,音韵谐婉,在别人的词中,是较少见的。

竹 马 子

登孤垒荒凉①,危亭旷望②,静临烟渚。对雌霓挂雨③,雄风拂槛,微收残暑。渐觉一叶惊秋,残蝉噪晚④,素商时序⑤。览景想前欢,指神京,非雾非烟深处。
向此成追感,新愁易积,故人难聚。凭高尽日凝伫。赢得消魂无语⑥。极目霁霭霏微⑦,暝鸦零乱,萧索江城暮。南楼画角,又送残阳去。

【注释】

① 孤垒:孤立的堡寨。垒,军用建筑物。
② 危亭:高处的亭子。旷望:远望。
③ 雌霓:彩虹。虹有二环时,内环色彩鲜艳者为雄,名虹;外环色彩暗淡者为雌,即霓,今称副虹。
④ 噪:虫或鸟叫。
⑤ 素商:秋天。
⑥ 赢得:换得。
⑦ 霁(jì):初晴。霏(fēi)微:雾气或细雨弥漫的样子。

【评析】

清秋,薄暮,微雨初霁。暑气渐退,让人觉出一叶秋寒。而昔日的赏心乐事,都留在非雾非烟深处的帝京,徒劳追忆。暮霭弥漫,暝鸦归栖,画角声里,只见残阳沉沉落下。这是柳永词中最常见的景致,最常见的情事,人们可能会觉重复无味,然而这是柳永生活的一部分。这样的景致,这样的情事,在他总是熟悉的、亲切的,总能令他消魂无语,这就是后人所说的"尤工于羁旅行役"(陈振孙《直斋书录解题》)。

王安石　二首

桂　枝　香

　　登临送目。正故国晚秋①，天气初肃。千里澄江似练②，翠峰如簇。归帆去棹斜阳里，背西风、酒旗斜矗。彩舟云淡，星河鹭起③，画图难足。　　念往昔、繁华竞逐。叹门外楼头④，悲恨相续。千古凭高，对此漫嗟荣辱。六朝旧事如流水⑤，但寒烟、衰草凝绿。至今商女⑥，时时犹唱，《后庭》遗曲⑦。

【注释】

① 故国：指金陵（今江苏南京），为六朝旧都。
② 澄江似练：化用南朝齐谢朓《晚登三山还望京邑》："澄江静如练。"澄江，清澈的江水。
③ 星河：本指天河，此处形容星辉倒映江面。
④ 门外楼头：隋开皇九年（589），大将韩擒虎领兵伐陈，入朱雀门，生俘陈后主和张丽华等。唐代杜牧《台城曲》："门外韩擒虎，楼头张丽华。"
⑤ 六朝：指南六朝，即三国吴、东晋和南朝的宋、齐、梁、陈，相继建都于建康（吴名建业，今江苏南京）。
⑥ 商女：歌女。
⑦《后庭》：曲名，即《玉树后庭花》，陈后主作。唐代杜牧《泊秦淮》："商女不知亡国恨，隔江犹唱《后庭花》。"

【评析】

　　此为登临怀古词。首二句点题，兼引下文：上片为送目所见，下片从"故国"引出。但送目所见既有自然之实景，也有历史（"故国"）之虚景；而故国在寒烟、衰草中又仿佛依稀可见，则又由虚返实，与自然之景绾合一处，使全词浑然如一。此为词人运思细密处,用笔虚实变幻处。苏轼见此词后曾赞叹说:"此老乃野狐精也!"后人也推许此词为"绝唱"(见《历代诗馀》引《古今词话》)。

然前人所拍案叫绝者,似乎并不在此。其迥异处应先从词之"诗化"倾向谈起,然后才能深切领悟由此而造成的与众不同的艺术效果。王安石将词由享乐性的轻佻靡艳引向了历史性的深沉感喟,力大辞正,笔力雄健,在放眼千古、低回往复的悲叹中,使人仿佛看到了苏辛一派词人的影子。

【辑评】

词以意趣为主,要不蹈袭前人语意。如东坡中秋《水调歌》云:"(略)。"……王荆公金陵怀古《桂枝香》云:"(略)。"……此数词皆清空中有意趣,无笔力者未易到。(宋张炎《词源》)

"矗"字妙。清空中出意趣,无笔力者难为。(明卓人月辑、徐士俊评《古今词统》)

上描写金陵山水,恍似画图。下嗟咏六朝荣辱,浑如新曲。江似练,峰如簇,目前景色,在在堪描。怀旧事,伤新声,无限寄慨。(明《新刻李于鳞先生批评注释草堂诗馀隽》伪托李攀龙评点)

金陵怀古,诸公寄调于《桂枝香》,凡三十馀首,介甫为绝唱。东坡见之叹息曰:"此老乃野狐精也。""矗"字妙。窦巩诗:"伤心欲问南朝事,唯见江流去不回。日暮东风春草绿,鹧鸪飞上越王台。""六朝"句化此。(明沈际飞《草堂诗馀·正集》)

("叹门外楼头"二句)牧之诗:"门外韩擒虎,楼头张丽华。"结用杜牧《秦淮绝句》语意。(清许昂霄《词综偶评》)

情韵有美成、耆卿所不能道。(清端木埰《续词选》批注)

李易安谓介甫文章似西汉,然以作歌词,则人必绝倒。但此作却颉颃清真、稼轩,未可漫诋也。(梁令娴《艺蘅馆词选》引梁启超语)

王安石

千秋岁引

别馆寒砧①,孤城画角。一派秋声入寥廓。东归燕从海上去,南来雁向沙头落。楚台风②,庾楼月③,宛如昨。无奈被些名利缚。无奈被他情担阁。可惜风流总闲却。当初漫留华表语④,而今误我秦楼约。梦阑时⑤,酒醒后,思量著。

【注释】

① 别馆:客馆。寒砧:寒秋的捣衣声,多表现冷落萧条之意。
② 楚台风:典出宋玉《风赋》,用楚襄王游兰台事。
③ 庾楼月:《世说新语·容止》中记载,东晋庾亮在武昌时曾与佐吏乘月夜共上南楼理咏。南楼,又称玩月楼、庾楼。
④ 华表语:用《续搜神记》中丁令威学仙化鹤的故事。华表,古代立于宫殿、城垣或陵墓前的石柱。
⑤ 梦阑:梦醒。

【评析】

此词上片写景,下片写情。上片景是秋景,但写得并不悲凄衰飒,而是老健、醇厚。一是词人从不用单笔细描,而总是用复笔重描:"寒砧"、"画角"、"秋声"是秋声;"别馆"、"孤城"是词人所处之空间,然后与"秋声"一起融入寥廓之秋天里。"东归"二句是望中所见,亦是秋景。"楚台"、"庾楼"等典故运用,则又将历史之"风"、"月"汇入眼前之秋景中,因此才使词厚重有味。二是词人用笔外展而不内敛:"别馆"、"孤城",由近而远,一直伸向无限的空间("寥廓"),然后再由现实溯入历史,使得词境宏阔高远。下片写情,但风格略变,以鄙俚出之,此亦为前人所诟病处。但王词虽俚不鄙,虽浅不俗,因其词中"大有感慨,大是见道语"（托名杨慎评点《草堂诗馀》），实乃现实中遭过几番磨难之过来人语，即词中之"情"、"秦楼约"亦莫作男女之情等闲看过。其实王安石词中很少写及男女之情。

【辑评】

末句不言愁，使人自愁。（明卓人月辑、徐士俊评《古今词统》）

上有吟清风、弄明月之想，下有赴红楼、醉翠馆之怀。楚王披襟，庾公卜夜，亦此洒脱。倘得兰花入梦，何须浮名虚情。不着一愁语，而寂寂景色，隐隐在目，洵一幅秋光图，最堪把玩。（明《新刻李于鳞先生批评注释草堂诗馀隽》伪托李攀龙评点）

荆公此词大有感慨，大是见道语，既勘破乃尔，何执拗新法，铲灭正人哉？梦阑酒醒，正是鸡鸣平旦时。（托名杨慎评点《草堂诗馀》）

清壮。介甫有游仙之意，悟矣。悟矣。必待"梦阑"、"酒醒"、"思量着"，又何迟也。媚出于老，流动出于整齐，具笔墨自不可议。（明沈际飞《草堂诗馀·正集》）

"无奈"数语鄙俚，然首尾实是词家法门。阅北宋词，须放一线道，往往北宋人一二语，又是南渡以后丹头，故不可轻弃也。（清先著、程洪《词洁》）

是必其退居金陵时作也。意致清迥，翛然有出尘之致。（清黄苏《蓼园词选》）

王安国 一首

清 平 乐

留春不住。费尽莺儿语。满地残红宫锦污①。昨夜南园风雨。 小怜初上琵琶②。晓来思绕天涯。不肯画堂朱户,春风自在杨花③。

【注释】
① 宫锦:宫中特制锦缎,此处喻指满地落花。
② 小怜:北齐冯淑妃名小怜,善琵琶,此处泛指歌女。
③ 杨花:一作"梨花"。

【评析】

自唐五代以来,小词多以活泼直露者为尚,至北宋初仍是此种体段,但含蓄顿挫者亦日渐增多。王安国这首《清平乐》便属此种。词中抒写惜春情绪,却写得千回百转,满纸风情。上片用倒装笔法来写,内中又有许多抑扬顿挫:词劈头便是"留春不住",惊心动魄。何人留?连无情之物的"莺儿"都在留春,人之惜春自不待言。词至此已有了许多反复,许多言外之意。"满地"二句亦为倒装,是昨夜风雨吹落满地残红,"残红"、"宫锦"构成强烈的视觉效果。将词人那种惜春之百转愁肠全盘托出。下片先借歌女琵琶声来逗引,但仍含而不露,将惜春情绪从歌女手下之琵琶声引向了遥远的天涯。最后二句虽然说得漫不经心,但春天已随杨花飘落,正是人所不堪处。词意回环往复,笔力不凡,这也是周邦彦及南宋骚雅词人所擅长的本领。

【辑评】

　　大梁罗叔共为余言：顷在建康士人家，见王荆公亲写小词一纸，其家藏之甚珍。其词云："留春不住（略）。"荆公平生不作是语，而有此何也？仪真沈彦述为余言：荆公诗如"浓绿万枝红一点，动人春色不须多"、"春色恼人眠不得，月移花影上阑干"等篇，皆平甫诗，非荆公诗也。沈乃元龙家婿，故尝见之耳。叔共所见，未必非平甫词也。（宋周紫芝《竹坡诗话》）

　　（"满地"二句）倒装二句以见笔力。（末二句）品格自高，言为心声。（清谭献评《词辨》）

晏幾道 十八首

临 江 仙

梦后楼台高锁，酒醒帘幕低垂。去年春恨却来时。落花人独立，微雨燕双飞①。 记得小蘋初见②，两重心字罗衣③。琵琶弦上说相思。当时明月在，曾照彩云归④。

【注释】

① "落花"二句：借用五代翁宏《宫词》（一作《春残》）诗句。
② 小蘋（pín）：歌女名。
③ 心字罗衣：罗衣领屈曲如心字。一说指用心字香熏过之罗衣。
④ "曾照"句：化用唐代李白《宫中行乐词八首》其一："只愁歌舞散，化作彩云归。"彩云，此喻指小蘋。

【评析】

此为忆旧怀人词。据晏幾道自己说：当初沈廉叔、陈君宠家有歌妓名莲、鸿、蘋、云，词人每填一词，便草授诸妓演唱，"三人持酒听之，为一笑乐"。后繁华已过，诸人或病废，或下世，歌儿小蘋亦流转于他处。（《小山词跋》）此词便是为追忆小蘋而作。"梦后"、"酒醒"，见内心之百无聊赖；"楼台高锁"、"帘幕低垂"，见景物之凄寂悲凉。只此二句，已将无限伤心情事包蕴其中，直逼出第三句之"恨"字。写恨又层层写来：此恨为春恨，一层；为去年之春恨，一层；为却来（即又来）之春恨，又一层。层层加重、加深，既点醒前二句，又为下文张本。但词人偏不说破,却以景收住;而景中独立之人与落花、微雨、双飞燕成一对照,尤见深情。万不料翁宏平凡两句诗,用在此处,竟如此恰切!下片回忆过去与小蘋初见之时。服饰、弦声,既见小蘋之多情,亦见词人之重情,更见词人与小蘋两情欢好。但人去楼空,只有当时照着小蘋归来之月尚在。语至此,便戛然而止。是景语,亦是情语,无限柔情,无穷伤感,尽在不言中。全词闲婉沉着,隐曲摇曳,当时更无敌手。

【辑评】

　　近世词人,闲情之靡,如伯有所赋,赵武所不得闻者,有过之无不及焉。是得为好色而不淫乎?惟晏叔原云"落花人独立,微雨燕双飞",可谓好色而不淫矣。(宋杨万里《诚斋诗话》)

　　("落花"二句)晚唐丽句。(明卓人月辑、徐士俊评《古今词统》)

　　"落花人独立,微雨燕双飞",晏叔原《临江仙》中隽语也。按:二句乃五代翁宏《宫词》,见《雅言系述》。宏字大举,桂岭人,不仕,能诗。(清王初桐《小嫏嬛词话》)

　　小山词,如"去年春恨却来时。落花人独立,微雨燕双飞"。又,"当时明月在,曾照彩云归"。既闲婉,又沉着,当时更无敌手。(清陈廷焯《白雨斋词话》)

　　"落花"十字,工丽芊绵。结笔依依不尽。(清陈廷焯《云韶集》)

　　"落花"十字,自是天生好言语。(结句)回首可怜。(清陈廷焯《词则·大雅集》)

　　名句千古,不能有二。所谓柔厚在此。(清谭献评《词辨》)

　　康南海谓起二句纯是《华严》境界。(梁令娴《艺蘅馆词选》引梁启超语)

　　此词殆追思蘋、云而作。前半写现在,后半写当年。前后结两名句可入锦囊,故至今脍炙人口。(蔡嵩云《柯亭词评》)

　　吐属华贵,脱口而出。(夏敬观《彊村丛书》批语)

蝶 恋 花

梦入江南烟水路。行尽江南,不与离人遇①。睡里消魂无说处②。觉来惆怅消魂误。　欲尽此情书尺素③。浮雁沉鱼④,终了无凭据。却倚缓弦歌别绪。断肠移破秦筝柱⑤。

【注释】

① "梦入"三句:化用唐代岑参《春梦》:"枕上片时春梦中,行尽江南数千里。"
② 消魂:魂魄离散,形容极度愁苦、悲伤。
③ 尺素:古人写信或文章用一尺左右长白绢,称尺素。汉乐府《饮马长城窟行》:"客从远方来,遗我双鲤鱼。呼儿烹鲤鱼,中有尺素书。"
④ 浮雁沉鱼:古代有鱼、雁传书的传说和记载,因此诗文中常以鱼雁代指信使。
⑤ 秦筝:即筝,传为秦国蒙恬所造,故称。

【评析】

　　此词写一女子离别相思之情,极尽婉约之致。上片从虚空处写来:不言醒时不见离人,只说梦中不遇。可见女主人现实中企盼重聚,总成空幻;现实既不可期,故托之于梦,而梦中亦不可得矣!失望之深,用情之婉,何以过此?尤可说者,是词中化虚为实之手段。梦本虚幻,却出之以实:"入"、"行"、"不遇"写行止;"烟水路"既见道路之阻隔,又见人物心情之迷惘,大有"蒹葭苍苍"之意;一个"尽"字又将多少辛酸故事包容其中!掩卷而思,一个千里万里风餐露宿寻觅情人的痴情形象跃然纸上。换头总上入"情"字,分别以二事来写:一是将此情尽托书简,而鸿雁高飞,鱼沉深渊,书信难寄;二是寄情于弦歌,然移破筝柱,仍是愁绪满怀。破实为虚,柔厚婉曲。

【辑评】

("行尽"二句)人必说梦中相会,何等陈腐。(明卓人月辑、徐士俊评《古今词统》)

(末句)滋味。(明沈际飞《草堂诗馀·续集》)

蝶 恋 花

醉别西楼醒不记。春梦秋云,聚散真容易①。斜月半窗还少睡。画屏闲展吴山翠②。　衣上酒痕诗里字。点点行行,总是凄凉意。红烛自怜无好计。夜寒空替人垂泪③。

【注释】

① "春梦"二句:化用唐代白居易《花非花》:"来如春梦不多时,去似秋云无觅处。"
② 吴山:又名胥山,在杭州西湖东南。
③ "红烛"二句:化用唐代杜牧《赠别》:"蜡烛有心还惜别,替人垂泪到天明。"

【评析】

开头即写醉别。醒后何以"不记"?因酒醉,饮酒何至于沉醉?因惜别。可见惜别之痛苦。然则词人是否真"不记"?非也。不仅"记",而且记得很深、很牢,观下文自知。"春梦"二句写醉别感受,从自然与人生之类似性说起,但其含义已远过于男女之情,而是具有了生命、历史意味的人生无常的感喟。"斜月"二句写醒后无眠,斜月半窗、画屏吴山,都是无眠人眼中所见,而人物思绪却早已飞向远方。下片写别后相思。衣上酒痕、诗里文字,都在唤醒词人记忆。"总"字说明相思无处不在与无法排遣。末二句以物拟人，将红烛拉来作陪衬，翻进一层，设想无情（红烛）之多情，益显多情人之不堪。

鹧 鸪 天

彩袖殷勤捧玉钟。当年拚却醉颜红①。舞低杨柳楼心月，歌尽桃花扇底风。　　从别后，忆相逢。几回魂梦与君同。今宵剩把银𤧛照，犹恐相逢是梦中②。

【注释】

① 拚（pàn）却：不惜，甘愿。
② "今宵"二句：化用唐代杜甫《羌村》："夜阑更秉烛，相对如梦寐。"剩把，尽把。银𤧛（gāng），灯。

【评析】

上片写当年，突出一个"情"字。"彩袖"应指莲、鸿、蘋、云之属。"殷勤"写对方之情重，"拚却"写自己之情真，两情笃好，于此可见。"舞低"二句虽从字面看是在写歌妓舞女，其实又何尝不是在写词人？"低"、"尽"二字，尽显当年之疯狂，而情亦在其中，极为缠绵浓至。下片写今日相逢。结尾处情境前人多次描写过，如杜甫《羌村》"夜阑更秉烛，相对如梦寐"等，但此处又不同。刘体仁曾将杜诗与晏词比较，认为"此诗与词之分疆也"（《七颂堂词绎》），确实如此，诗是陈述语气，而词用描述口吻，加之此前有魂梦相同之映带，更显出一直（诗）一婉（词）。此外，词中彩、玉、醉、红、歌、舞、杨柳、桃花、风、月之类，使词风香艳、婉丽，大有六朝宫掖之风，亦是小晏早年繁华生活之写照。

【辑评】

晁无咎言:"晏叔原不蹈袭人语,而风调闲雅,自是一家。如'舞低杨柳楼心月,歌尽桃花扇底风',自可知此人不生在三家村中也。"(宋赵令畤《侯鲭录》)

《雪浪斋日记》云:"晏叔原工小词,如'舞低杨柳楼心月,歌尽桃花扇底风',不愧六朝宫掖体。"(宋胡仔《苕溪渔隐丛话·前集》)

晏叔原"今宵剩把银釭照,犹恐相逢是梦中",盖出于老杜"夜阑更秉烛,相对如梦寐"、戴叔伦"还作江南梦,翻疑梦里逢"、司空曙"乍见翻疑梦,相悲各问年"之意。(宋王楙《野客丛书》)

上言歌舞以尽酒怀,下是相逢犹恐非真。"舞低"、"歌尽"、"相逢"、"梦中",何等迫真。独抒心得,不袭人口吻,赵氏品叔原,于此词窥见矣。(明《新刻李于鳞先生批评注释草堂诗馀隽》伪托李攀龙评点)

("今宵"句)唐诗"乍见翻疑梦,相悲各问年"即此意。("舞低"句)工而艳,不让六朝。(托名杨慎评点《草堂诗馀》)

美秀,不愧六朝宫掖体。惊喜俨然。(明沈际飞《草堂诗馀·正集》)

晏元献公诗,不用珍宝字,而自然有富贵气象。……晏叔原,公侄也。词云:"舞低杨柳楼心月,歌罢桃花扇底风。"盖得公所传也。此二句,勾栏中多用作门对。(明瞿佑《归田诗话》)

"夜阑更秉烛,相对如梦寐",叔原则云:"今宵剩把银釭照,犹恐相逢是梦中。"此诗与词之分疆也。(清刘体仁《七颂堂词绎》)

"从别后,忆相逢。几回魂梦与君同。今宵剩把银釭照,犹恐相逢是梦中。"曲折深婉,自有艳词,更不得不让伊独步。视永叔之"笑问双鸳鸯字怎生书"、"倚阑无绪更兜鞋"等句,雅俗判然矣。(清陈廷焯《白雨斋词话》)

仙乎。丽矣。后半阕一片深情,低回往复,真不厌百回读也。言情之作,至斯已极。(清陈廷焯《词则·闲情集》)

"舞低"二句,比白香山"笙歌归院落,灯火下楼台",更觉浓至。惟愈浓情

愈深，今昔之感，更觉凄然。（清黄苏《蓼园词选》）

陈梦弼和石湖《鹧鸪天》云："指剥春葱去采蘋。衣丝秋藕不沾尘。眼波明处偏宜笑，眉黛愁来也解颦。　　巫峡路，忆行云。几番曾梦曲江春。相逢细把银釭照，犹恐今宵梦似真。"歇拍用晏叔原"今宵剩把银釭照，犹恐相逢是梦中"句，恐梦似真，翻新入妙，不特不嫌沿袭，几于青胜于蓝。（清况周颐《蕙风词话》）

前半写当年，后半写现在。文势直泻而下，非有前后二名句衬托章法，未免平直，学者须知。（蔡嵩云《柯亭词评》）

鹧　鸪　天

醉拍春衫惜旧香①。天将离恨恼疏狂。年年陌上生秋草，日日楼中到夕阳。　　云渺渺，水茫茫。征人归路许多长。相思本是无凭语，莫向花笺费泪行②。

【注释】

① 旧香：旧情。　　　　　　　　② 花笺：精美的信笺。

【评析】

本篇描写羁旅途中的相思之情。上片起句，睹物思人，引出相思主题。次句表现离恨之深沉，相思之恼人。这种别离之思，如陌上之秋草，年年如此；又如楼外之夕阳，日复一日。然而，似乎又没有任何盼头，因为征人在外，云水茫茫，不知何时才能归来。上片从时间的角度来表现相思之绵长，下片则从空间的角度来表现相思之无奈。所以，这种幽深的相思之情并非无法表达，而是不知从何表达,即使提笔写信也只能泪洒花笺。

【辑评】

"费"字本于"学书纸费,学医人费"。(明卓人月辑、徐士俊评《古今词统》)

"费",周美成"衣润费炉烟",谢勉仲"心情费消遣",晏小山"莫向花笺费泪行",本于学书费纸之费。(清沈雄《古今词话·词品》)

"拍"字生而炼熟,"恼"字新。(夏敬观《彊村丛书》评语)

生查子

金鞍美少年,去跃青骢马①。牵系玉楼人②,绣被春寒夜。　消息未归来,寒食梨花谢。无处说相思,背面秋千下③。

【注释】

① 青骢马:毛色青白相杂的骏马。
② 玉楼人:指闺阁中人。
③ "背面"句:借用唐代李商隐《无题》:"十五泣春风,背面秋千下。"

【评析】

此首描写相思别离之情,贵在含蓄蕴藉。起句写英俊少年,宝马金鞍,飞驰而去,心中却念念不忘闺中玉人。想象她寒夜深闺,孤单一人,独自拥衾,孤灯枯坐。下片写闺中女子等待少年,但是等到寒食节的梨花也凋谢了,也没有等来少年归来的消息。这种相思离苦,无处诉说,只能默默压在心底,留下一个秋千架下的背影。词中,少年之思以寒夜春被作寄托,少女之思以秋千背影来表现。

词中无一句正面描写，却起到了"不着一字，尽得风流"的艺术效果。

【辑评】

　　晏叔原小词："无处说相思，背面秋千下。"吕东莱极喜诵此词，以为有思致。此语本李义山诗，云："十五泣春风，背面秋千下。"（宋曾季貍《艇斋诗话》）

　　虽少年语，尽有佳思，俊逸颇类太白。唐人有诗云："侍妇倚妆奁，故故惊人睡。那知本未眠，背面偷垂泪。懒卸凤头钗，羞入鸳鸯被。时复见残灯，和烟坠金穗。"与此词格相同，意致亦佳，未知孰胜也。（明张綖《草堂诗馀别录》）

　　上言春景最是恼人，下言相思无从自解。玉楼春寒夜，相思千秋下。刺心疏眉之词。春寒夜雨秋千下，自是闺中景，自是闺中情，种种可掬。（明《新刻李于鳞先生批评注释草堂诗馀隽》伪托李攀龙评点）

　　可怜人度可怜宵。（托名杨慎评点《草堂诗馀》）

　　味在言外。（明沈际飞《草堂诗馀·正集》）

　　律诗如"春城月出人皆醉"及"罗绮晴娇绿水洲"之句，诗馀如"无处说相思，背面秋千下"一词，生平竭力摹拟，竟不能到。（明宋徵璧《抱真堂诗话》引陈子龙语）

　　"去跃"二字，从妇人目中看出，深情挚语。末联"无处"二字，意致凄然，妙在含蓄。（清黄苏《蓼园词选》）

　　俊爽已极。（夏敬观《彊村丛书》批语）

生　查　子

关山魂梦长①，塞雁音书少②。两鬓可怜青，只为相思老。　归傍碧纱窗，说与人人道③。真个别离难④，不似相逢好。

【注释】

① 关山：关隘和山川。
② 塞雁：边塞之雁。秋日南来，春日北去，常以之表达对亲友的思念。
③ 人人：宋代俗语，多用作对爱人之昵称，犹如说"人儿"。
④ 真个：的确。

【评析】

此词以口语入词，绝类民歌风格，可代表小晏词的另一面，所谓"淡语皆有味，浅语皆有致"（冯煦《蒿庵论词》）。上片首二句说音信难通，连魂梦都很难到达，极言路途迥远。后二句说相思难耐。用青丝变白表达刻骨相思，化抽象为形象。"只为"二字见出相思笼罩一切的分量。下片摹写梦中相会情境，引人物口语入词，逼肖人物口吻、情态。上片悲苦，下片惊喜。但下片乃梦境，愈写惊喜，则愈见其悲矣。

木 兰 花

东风又作无情计。艳粉娇红吹满地①。碧楼帘影不遮愁，还似去年今日意。　谁知错管春残事。到处登临曾费泪。此时金盏直须深②，看尽落花能几醉。

【注释】

① 艳粉娇红：指落花。
② 直须：直要，一定要。

【评析】

见落花而伤感,此亦词中常见之题。小晏词之迥异处在于化无情为有情。风本无情之物,却说"东风又作无情计",似风为有情;"又作"可见非止一次。风吹花落,直使碧楼人伤心欲绝,去年情,今日意,齐上心头,却希望碧楼深深、帘影重重可遮挡愁绪,可谓痴情人之奇想。"去年今日意",照应开头"又"字。下片仍从情上生发,"错"字浓郁之至,悔恨、伤感、无奈,是极伤心人语。结处故作豪放旷达,愈显情之伤人。词虽短,意则深婉,字外盘旋,句中吞吐,小词之能事备矣。

木 兰 花

秋千院落重帘暮。彩笔闲来题绣户①。墙头丹杏雨馀花,门外绿杨风后絮。　　朝云信断知何处。应作襄王春梦去②。紫骝认得旧游踪③,嘶过画桥东畔路。

【注释】

① 彩笔:据史书记载,南朝梁江淹少时,梦人授以五色笔,从此文思大进。晚年梦中有人索还其笔,后再无佳句。后以"彩笔"形容词藻华丽的文笔。绣户:雕饰华美的门户,多指女子居处。
② "朝云"二句:用楚王梦遇巫山神女事。见前聂冠卿《多丽》(想人生)注⑥。
③ 紫骝(liú):良马名,又称枣骝。

【评析】

此词深婉含蓄,多用曲笔,或以景映衬,或旁敲侧击。上片写别后。首二句为想象之词,设想别后情景,全不着一"愁"、"闷"之字,而女子之孤寂无聊如见。三、四句以景喻人,"墙头"句言女子如雨后之花,凋残在即;"门外"句言行人似风后之絮，漂泊无定。其情均在极深处。下片起二句写别后音讯皆无，"朝云"、"襄王"云云是男子猜疑口吻，亦暗点女子身份。末二句为故地重游。不言人有情，只说马有情。用笔动荡迷离，以虚写实，深得词家三昧。

【辑评】

"雨馀花"，"风后絮"，"入江云"，"粘地絮"，如出一手。（明沈际飞《草堂诗馀·正集》）

意寄紫骝，松倩。（同上）

填词结句，或以动荡见奇，或以迷离称隽，著一实语，败矣。康伯可"正是销魂时候也，撩乱花飞"、晏叔原"紫骝认得旧游踪，嘶过画桥东畔路"、秦少游"放花无语对斜晖，此恨谁知"，深得此法。（清沈谦《填词杂说》）

"馀"、"后"二字有意味。（清陈廷焯《词则·闲情集》）

题为忆归而作。前阕首二句，别后想其院宇深沉，门阑谨闭。接言墙内之人，如雨馀之花。门外行踪，如风后之絮。次阕起二句，言此后杳无音信。末二句言重经其地，马尚有情，况于人乎？似为游冶思其旧好而言。然叔原尝言其先公不作妇人语，则叔原又岂肯为狭邪之事，或亦有所寄托言之也。（清黄苏《蓼园词选》）

清 平 乐

留人不住。醉解兰舟去。一棹碧涛春水路。过尽晓莺啼处。　　渡头杨柳青青。枝枝叶叶离情。此后锦书休寄[①]，画楼云雨无凭。

【注释】

① 锦书：锦字书，指前秦苏蕙寄给丈夫窦滔的织锦回文诗。见前柳永《曲玉管》（陇首云飞）注⑥。此指情人间的书信。

【评析】

词为送行人口吻。"醉"字暗示行人不得不行之无奈与此时心情之郁闷。"一棹"二句为想象之词，设想行人所经行之处，碧涛春水，流莺啼晓，一片烂漫宜人景色，而离人对此，徒增烦恼。所谓以乐景写哀、以哀景写乐，倍增其哀乐。下片写行人去后情景。"渡头"二句点送别之地，行人已杳，举目四顾，只见杨柳青青，枝枝叶叶，无不引人伤感，是以景写情。结二句是怨语，照应开头，是送别归来后日日倚楼怅望之情景。爱之愈深，怨之愈深，故周济说："结语殊怨，然不忍割。"（《宋四家词选》批语）

【辑评】

怨语，然自是凄绝。（清陈廷焯《词则·别调集》）

阮 郎 归

旧香残粉似当初。人情恨不如。一春犹有数行书。秋来书更疏。　　衾凤冷①，枕鸳孤。愁肠待酒舒。梦魂纵有也成虚。那堪和梦无②。

【注释】

① 衾凤：即"凤衾"之倒装，"枕鸳"亦同。　② 和：介词，连。

【评析】

　　此词写相思之情，妙在层层递进，层层加深，其情其意亦随之愈加深婉、曲折。香粉为人所用之物，物依旧，而人情已变，此以物与人相比照，增进一层。"恨"字情深。三、四句以少衬无，一春只有书信数行，已是不堪，而秋来连此数行亦无，加进一层。下片先从感受写起，从外在感受（冷）到心理感受（孤），后再由内而外抒发出来。"凤"、"鸳"怨深。结二句退一步进两步，仍用层深加倍法：知相聚之不可得，故托之于梦；梦本虚幻，借此聊以自慰耳（足见情深），哪知连梦也无一个，情何以堪！

阮　郎　归

　　天边金掌露成霜①。云随雁字长。绿杯红袖趁重阳②。人情似故乡。　　兰佩紫，菊簪黄③。殷勤理旧狂。欲将沉醉换悲凉。清歌莫断肠。

【注释】

① 金掌：金铜仙人手掌。汉武帝在建章宫立铜柱，上有仙人手托承露盘。唐代李贺作有《金铜仙人辞汉歌》。
② 绿杯：杯中酒为绿色，故称绿杯。红袖：代指歌女。重阳：农历九月九日为重阳节，有登高游宴等习俗。
③ "兰佩紫"二句：即佩紫兰，簪黄菊。

【评析】

　　此词写重阳节思乡，其情又非一端。起二句景，已含情蕴意；"绿杯"句从首句中来，"人情"句从次句中来。有绿杯，有红袖，又正值重阳，本是喜庆欢乐之际，而加一"似"字，遂将欢庆喜乐换作悲凉沉重，其意又极其蕴藉绵厚。换头接重阳意而直下,只是上片重在叙事,下片重在抒情。明知不是故乡,反而佩紫、簪黄,狂态可掬;此狂本为旧狂,可知词人作风一贯如此;今则重理之,且殷勤理之,则无可奈何有意为之也。结尾二句将前三句句意直接点出,但"清歌莫断肠"使句意又加曲折,含不尽之意,使人顿觉通体空灵。

【辑评】

"绿杯"二句,意已厚矣。"殷勤理旧狂",五字三层意。"狂"者,所谓一肚皮不合时宜,发见于外者也。狂已旧矣,而理之,而殷勤理之,其狂若有甚不得已者。"欲将沉醉换悲凉",是上句注脚。"清歌莫断肠",仍含不尽之意。此词沉着厚重,得此结句,便觉竟体空灵。小晏神仙中人,重以名父之贻,贤师友相与沆瀣,其独造处,岂凡夫肉眼所能见及。"梦魂惯得无拘管,又逐杨花过谢桥",以是为至,乌足与论小山词耶?(清况周颐《蕙风词话》)

六幺令

绿阴春尽,飞絮绕香阁。晚来翠眉宫样①,巧把远山学②。一寸狂心未说,已向横波觉③。画帘遮匝④。新翻曲妙⑤,暗许闲人带偷掐⑥。　　前度书多隐语⑦,意浅愁难答。昨夜诗有回纹,韵险还慵押⑧。都待笙歌散了,记取来时霎。不消红蜡。闲云归后,月在庭花旧阑角。

【注释】

① 翠眉:古代女子用黛螺(一种青黑色颜料)画眉,又称黛眉。宫样:宫中流行的服饰样式,三国时魏宫人好画长眉。
② 远山:指远山眉或远山黛。

③ 横波：形容女子眼神流动，如水闪波。
④ 遮匝：环绕遮掩。
⑤ 新翻：按照旧曲谱制作新词。
⑥ 掐：用拇指点别指来暗记。
⑦ 隐语：此处指未明说的话。
⑧ 韵险：韵字艰僻难押的诗韵。

【评析】

　　此词写与一歌妓之恋情。上片重在写往日与歌妓之相聚。"绿阴"二句点时地，"晚来"二句点人物。"一寸"二句写多情，"画帘"三句写多才艺，但都不离歌妓身份。下片从男子一方来写，是别后之相思，但句句写来，总见女子之情深义重。"前度"、"昨夜"四句应对看，互文见义，既见女子之情深，又见其多才艺。最后设想将来，以景写情事，意极含蓄。此词押入声韵，"觉"韵与"合"韵通押，且韵字多为闭口音，使词之声韵更为峭拔。

【辑评】

　　十韵都可矜许。隐跃。（明沈际飞《草堂诗馀·别集》）

　　款密竭情。（同上）

　　晏小山"绿阴春尽"，辛稼轩"酒群花队"，实与《霓裳羽衣》殊绝，然则并非六博之义可知。词有与《六幺》调名无干者，如晏小山《六幺》令词：（略）。（清沈雄《古今词话·词辨》引杨慎语）

　　此倒押韵之法，甚峭拔。（夏敬观《彊村丛书》批语）

御　街　行

　　街南绿树春饶絮①。雪满游春路②。树头花艳杂娇云③，树底人家朱户。北楼闲上，疏帘高卷，直见街南树。

阑干倚尽犹慵去。几度黄昏雨。晚春盘马踏青苔,曾傍绿阴深驻。落花犹在,香屏空掩,人面知何处④。

【注释】

① 饶:多。
② 雪:喻指飞絮。
③ 娇云:娇艳可爱的云彩,喻指花。
④ "人面"句:化用唐代崔护《题都城南庄》:"去年今日此门中,人面桃花相映红。人面不知何处去,桃花依旧笑春风。"

【评析】

此词写与一"人面桃花"女子的恋情故事,用笔平缓而情意浓郁。上片写当年相聚,却句句是景;景中则以"街南树"为核心意象,由大而小,层层写来,从街南绿树到春絮满路,从树头如云之花到树底朱户人家,然后点出相会之处北楼,再归到街南树,都是词人当年熟知之处,处处充满温馨回忆。下片写旧地重游,仍以景为主,不过用词较讲究,如"倚尽"、"慵去"、"几度"、"盘马"等,均饱含情感。结尾三句语淡而意浓,惆怅之情令人神伤。

虞　美　人

曲阑干外天如水。昨夜还曾倚。初将明月比佳期。长向月圆时候、望人归。　　罗衣著破前香在。旧意谁教改①。一春离恨懒调弦②。犹有两行闲泪、宝筝前。

【注释】

① 教:能。
② 调弦:此指弹筝。

【评析】

　　此词颇类南唐后主词风，语句明白如话而情意浓至。词写离别之相思。起笔二句写等待之情形。"初将"二句以明月比佳期，本为虚幻，则长向月圆望人归更不可凭信，以无望写希望，愈见其悲苦。下片以物写情，以物衬情，罗衣香在与旧意改相对，一春恨、两行泪与闲置的宝筝相对，烘衬出人情之不堪。

留　春　令

　　画屏天畔，梦回依约①，十洲云水②。手捻红笺寄人书③，写无限、伤春事。　　别浦高楼曾漫倚④。对江南千里。楼下分流水声中，有当日、凭高泪。

【注释】

① 依约：隐约。
② 十洲：神仙所居之处，在八方大海之中。
③ 捻（niǎn）：执，以手持物。
④ 别浦：河流汇入江海之处。

【评析】

　　此词写相思。"画屏"三句写梦醒，神驰天外，夭矫灵动，一片痴情，流溢纸上。因梦之惝恍迷离不可凭信，故托之于书。"手捻"二句写寄书。"手捻"二字见郑重，"红笺"见情深，"无限伤春事"见幽怨。上片行文流动，咫尺千里，而语意则婉曲回环，耐人咀嚼。下片寄情于物。"别浦"二句写楼上远望，"楼下"三句写楼下近观；远望者凄迷，近观者伤感。此词结尾"水中有泪"之构思最为后人称道，亦唐五代及宋人常用之意象。

【辑评】

晁元忠诗:"安得龙湖潮,驾回安河水。水从楼前来,中有美人泪。人生高唐观,有情何能已。"晏小山《留春令》云:"别浦高楼曾漫倚。对江南千里。楼下分流水声中,有当日、凭高泪。"全用其语。(明杨慎《升庵诗话》)

("楼下"二句)有人如此认取,何必红绡裹来。(明卓人月辑、徐士俊评《古今词统》)

晏小山《留春令》"楼下分流水声中,有当日、凭高泪"二语,亦袭冯延巳《三台令》:"流水。流水。中有伤心双泪。"宋人所承如是,但乏质茂气耳。(清郑文焯评《小山词》)

思 远 人

红叶黄花秋意晚,千里念行客。飞云过尽,归鸿无信,何处寄书得。　　泪弹不尽临窗滴,就砚旋研墨①。渐写到别来,此情深处,红笺为无色②。

【注释】

① 旋:不久,立即。　　② 红笺:有红色线格的信纸。

【评析】

此词为闺中念远之作。凡伤别念远者多以春起兴,此处则以秋景来写。红叶、黄花,极写秋晚,然后点题。年光已尽,而行人未归,是触动人情处。"飞云"三句由念远人而盼信,由盼信而寄信,思绪层叠而愈转愈悲。"过尽"二字是极失望语。下片就"寄书"上生发。过片直承上意而暗转。以泪研墨，则墨中有情；墨中有情，则书中有意矣。结尾三句奇警，不言红笺因泪湿而无色，而谓因情深而无色，则情之深不待言而可知。

【辑评】

笺则一时无色，字则三岁不灭。（明卓人月辑、徐士俊评《古今词统》）

就"泪"、"墨"二字渲染成词，何等姿态。（清陈廷焯《词则·闲情集》）

凡倒押韵处，皆峭绝。（夏敬观《彊村丛书》批语）

满 庭 芳

南苑吹花①，西楼题叶②，故园欢事重重。凭阑秋思，闲记旧相逢。几处歌云梦雨，可怜便、流水西东。别来久，浅情未有，锦字系征鸿③。　　年光还少味，开残槛菊，落尽溪桐。漫留得，尊前淡月凄风。此恨谁堪共说，清愁付、绿酒杯中。佳期在，归时待把，香袖看啼红④。

【注释】

① 南苑：指玉津园，是都人出城探春游赏之所。
② 西楼：汴京的一处歌楼，词中歌女所居之处。
　题叶：在树叶上题诗，以寄托情思。
③ 征鸿：征雁。指秋天南飞之雁。
④ 啼红：泪痕。

【评析】

此词为一位西楼歌女而作。晏几道在《采桑子》中叙述了与这位歌女相识的场景："西楼月下当时见，泪粉偷匀。"又在《少年游》中描绘了他们分别的情境：

"西楼别后,风高露冷,无奈月分明。"这首词则从回忆往事写起。南苑踏春赏花,西楼红叶题诗,这些欢娱的往事都随流水一般去不复返。分别许久,鸿雁传书也不能表达内心的思念之情。下片借景抒情,写别后相思。"开残槛菊,落尽溪桐",是"槛菊开残,溪桐落尽"之倒装,不仅对仗工整,而且表现了深秋残花败叶的萧条景象,烘托出内心的凄清愁苦。结句通过虚写和想象,表达了祈盼相聚的美好愿望。

【辑评】

柔情蜜意。(清陈廷焯《词则·闲情集》)

苏 轼 十二首

水调歌头

丙辰中秋①,欢饮达旦②,大醉③,作此篇,兼怀子由④。

明月几时有,把酒问青天⑤。不知天上宫阙⑥,今夕是何年。我欲乘风归去,惟恐琼楼玉宇⑦,高处不胜寒。起舞弄清影⑧,何似在人间。 转朱阁,低绮户⑨,照无眠。不应有恨,何事长向别时圆⑩。人有悲欢离合,月有阴晴圆缺,此事古难全。但愿人长久,千里共婵娟⑪。

【注释】

① 丙辰:宋神宗熙宁九年(1076),岁次丙辰。
② 达旦:到天亮。
③ 大醉:原本缺。
④ 子由:苏轼之弟苏辙,字子由。
⑤ "明月"二句:化用唐代李白《把酒问月》:"青天有月来几时?我今停杯一问之。"
⑥ 宫阙:古时帝王所居宫门双阙,故称宫阙。阙,皇宫前两边的楼。
⑦ 琼楼玉宇:用美玉建造的宫殿。此指月中宫殿。
⑧ "起舞"句:化用唐代李白《月下独酌》:"我歌月徘徊,我舞影零乱。"
⑨ 绮(qǐ)户:雕镂着各种花纹的门窗。
⑩ 何事:为何。长向:总向,常向。
⑪ 婵娟:美好的样子,此指明月。

【评析】

这是一首脍炙人口的中秋词。词人通过月的阴晴圆缺,联想到人的聚散离合,抒发了深挚的手足之情，并表达了"但愿人长久，千里共婵娟"的人类普遍的美好愿望。在苏轼这首词出现以前，虽然北宋词人如张先、晏殊等也有一定数量的中秋词创作，但内容却不外乎"宴饮"和"咏月"两个方面。这首词虽然也从月亮起笔，却并没有落入咏月的俗套，而是笔锋一转，立刻进入"问天"的环节："不知天上宫阙，今夕是何年。"通过此问，直接引出词人内心的激烈矛盾："我欲乘风归去，惟恐琼楼玉宇，高处不胜寒。"他想要脱离这纷争的现实社会，又担心世外高境之凄清苦寒，故处于进退维谷之间。这不仅是词人面对现实和理想的矛盾，也是对出世还是入世这一人生抉择的矛盾。他对此也没有明确的答案，只能在月光下翩翩起舞，以暂时的洒脱来排解心中的苦闷。词的下片仍从月亮写起，却也不拘于月，而是由月亮引出一个深刻的人生哲理："人有悲欢离合，月有阴晴圆缺，此事古难全。"人生的有限与无限，人间的圆满与残缺，自古以来一直都是如此，非人力所能克服。所以在词尾只能以美好的祝愿来宽慰自己："但愿人长久，千里共婵娟。"体现了他乐观旷达的人生境界。

这首词格调清丽，思绪婉转，意蕴丰厚，一改此前中秋词凄清悲凉的沉重基调。不仅为后来的中秋词奠定了整体基调，而且其艺术高度也是后人所难以企及的，正所谓"清空中有意趣，无笔力者未易到"（宋张炎《词源》）。

【辑评】

歌者袁绹，乃天宝之李龟年也。宣和间，供奉九重，尝为吾言："东坡公昔与客游金山，适中秋夕，天宇四垂，一碧无际，加江流顷涌，俄月色如昼，遂共登金山山顶之妙高台，命绹歌其《水调歌头》曰：'明月几时有，把酒问青天。'歌罢，坡为起舞，而顾问曰：'此便是神仙矣。'"吾谓文章人物，诚千载一时，后世安所得乎？（宋蔡绦《铁围山丛谈》）

苏东坡在黄州，有词云："我欲乘风归去，惟恐琼楼玉宇，高处不胜寒。"惟高处旷阔则易于生寒耳，故黄州城上筑一堂，以高寒名之。其名极佳。今士大夫

书问中,往往多用"高寒"二字,虽云本之东坡,然既非高处,二字亦难兼也。(宋袁文《甕牖闲评》)

是词乃东坡居士以丙辰中秋,欢饮达旦,大醉,作《水调歌头》兼怀子由。时丙辰,熙宁九年也。元丰七年,都下传唱此词。神宗问内侍外面新行小词,内侍录此进呈。读至"又恐琼楼玉宇,高处不胜寒",上曰:"苏轼终是爱君。"乃命量移汝州。(宋陈元靓《岁时广记》引鲖阳居士《复雅歌词》)

先君尝云:柳词"鳌山彩构蓬莱岛"当云"彩缔",坡词"低绮户",当云"窥绮户",二字既改,其词益佳。(宋胡仔《苕溪渔隐丛话·前集》)

中秋词自东坡《水调歌头》一出,馀词尽废。(同上)

东坡《水调歌头》"但愿人长久,千里共蝉娟",本谢庄《月赋》"隔千里兮共明月"。(宋曾季狸《艇斋诗话》)

词以意趣为主,要不蹈袭前人语意。如东坡中秋《水调歌头》云:"(略)。"……此数词皆清空中有意趣,无笔力者未易到。(宋张炎《词源》)

《水调歌头》版行者末云:"但愿人长久。"真迹云:"但得人长久。"以此知前辈文章为后人妄改亦多矣。(宋赵彦卫《云麓漫钞》)

东坡《水调歌头》:"我欲乘风归去,只恐琼楼玉宇,高处不胜寒。起舞弄清影,何似在人间。"一时词手,多用此格。如鲁直云:"我欲穿花寻路,直入白云深处,浩气展虹霓。只恐花深里,红露湿人衣。"盖效坡语也。近世闲闲老人亦云:"我欲骑鲸归去,只恐神仙官府,嫌我醉时真。笑拍群仙手,几度梦中身。"(元李冶《敬斋古今黈》)

子瞻"与谁同坐,明月清风我","明月几时有,把酒问青天",快语也。(明王世贞《艺苑卮言》)

画家大斧皴,书家擘窠体。(明卓人月辑、徐士俊评《古今词统》)

若子瞻"低绮户","低"改"窥",则善矣。(明俞彦《爰园词话》)

词有与古诗同义者……"琼楼玉宇",《天问》之遗也。(清刘体仁《七颂堂

词绎》）

"我欲乘风归去，唯恐琼楼玉宇，高处不胜寒。起舞弄清影，何事在人间"，盖言居朝之忧悄，不如在外之潇散也。与韩退之"天门九扇相当开，上界真人足官府。岂如散仙鞭笞，鸾凤终日相追陪"同意。旧闻神庙见之，以为爱君。固然，然尚未究其意之所在耳。换头"转朱阁，低绮户，照无眠"，胡苕溪欲改"低"字作"窥"字，且云："此字既改，其词益佳。"愚谓此正未得坡翁语意耳，盖三言用力处全在末句"照"字上，谓此月色"转朱阁、低绮户"而"照"我"无眠"也。"绮户"深邃，非月之低不能照，正妙在"低"字。若改为"窥"字，则与"照"同意，殊失本旨，略无意致矣。昔坡翁尝谓陶渊明"采菊东篱下，悠然见南山"，妙在"见"字，昭明改作"望"字，遂使一篇索然，谓其为小儿强作解事。苕溪妄改坡字，得无似之乎？（明张綖《草堂诗馀别录》）

上是问月弄月之怀，下是别情离情之惨。用"不胜寒"最切坡公实事。安得长久共婵娟，无限寄慨。此词都下传唱，内侍录呈，神宗独吟"琼楼玉宇不胜寒"，上曰："苏轼终是爱君。"仅移汝州。（明《新刻李于鳞先生批评注释草堂诗馀隽》伪托李攀龙评点）

此等词，翩翩羽化，岂是烟火人道得只字？中秋词，古今绝唱。（托名杨慎评点《草堂诗馀》）

谪仙再来。"高处不胜寒"，轲氏"一暴十寒"之"寒"也。神宗读而叹曰："苏轼终是爱君。"可谓悟矣，仅移汝州。何哉！苕溪改丁词"鳌山彩结蓬莱岛"为"彩缔"，苏词"低绮户"为"窥绮户"，似稳。然"窥"与"照"何异？谢无逸、寇平仲亦云"千里共月"，谢、寇兴悲，坡老增忭。（明沈际飞《草堂诗馀·正集》）

"宇"与"去"，"缺"与"合"均是一韵。坡公此调凡五首，他作亦不拘。然学者终以用韵为好，较整炼也。（清端木埰《续词选》批注）

忠爱之言，恻然动人。神宗读"琼楼玉宇，高处不胜寒"之句，以为"终是

爱君"，宜矣。（清董毅《续词选》）

词以不犯本位为高，东坡《满庭芳》"老去君恩未报，空回首，弹铗悲歌"，语诚慷慨，然不若《水调歌头》"我欲乘风归去，又恐琼楼玉宇，高处不胜寒"，尤觉空灵蕴藉。（清刘熙载《艺概》）

通首只是咏月耳。前阕，是见月思君，言天上宫阙，高不胜寒，但仿佛神魂归去，几不知身在人间也。次阕，言月何不照人欢洽，何似有恨，偏于人离索之时而圆乎。复又自解，人有离合，月有圆缺，皆是常事，惟望长久共婵娟耳。缠绵惋恻之思，愈转愈曲，愈曲愈深。忠爱之思，令人玩味不尽。（清黄苏《蓼园词选》）

凡兴象高，即不为字面碍。此词前半，自是天仙化人之笔。惟后半"悲欢离合"、"阴晴圆缺"等字，苛求者未免指此为累。然再三读去，抟捖运动，何损其佳。少陵《咏怀古迹》诗云："支离东北风尘际，漂泊西南天地间。"未尝以风尘、天地、西南、东北等字窒塞，有伤是诗之妙。诗家最上一乘，固有以神行者矣，于词何独不然。题为中秋对月怀子由，宜其怀抱俯仰，浩落如是，录坡公词若并汰此作，是无眉目矣。亦恐词家疆宇狭隘，后来作者，惟堕入纤秋一队，不可以救药也。后村二调亦极力能出脱者，取为此公嗣响，可以不孤。（清程洪、先著《词洁》）

大开大合之笔，亦他人所不能。才子才子，胜诗文字多矣。（清王闿运《湘绮楼评词》）

发端从太白仙心脱化，顿成奇逸之笔。（清郑文焯手批《东坡乐府》）

前半从天上写月，后半自人间写月，寓意高远，运笔空灵，寄慨无端，别有天地。（蔡嵩云《柯亭词评》）

苏　轼

水　龙　吟

次韵章质夫《杨花》词①

似花还似非花，也无人惜从教坠②。抛家傍路，思量却是，无情有思。萦损柔肠③，困酣娇眼，欲开还闭。梦随风万里，寻郎去处，又还被、莺呼起④。　　不恨此花飞尽，恨西园、落红难缀。晓来雨过，遗踪何在，一池萍碎⑤。春色三分，二分尘土，一分流水。细看来，不是杨花点点，是离人泪⑥。

【注释】

① 次韵：唱和时依原韵字及韵字顺序，亦称"步韵"。章质夫：名楶（jié），字质夫，浦城（今属福建）人。官至资政殿学士。
② 从教：任随，听凭。
③ 萦损柔肠：因情思萦绕而使柔肠愁损。
④ 被莺呼起：此处暗用唐代金昌绪《春怨》："打起黄莺儿，莫教枝上啼。啼时惊妾梦，不得到辽西。"
⑤ 一池萍碎：意谓杨花落水为萍。苏轼自注："杨花落水为浮萍，验之信然。"
⑥ "细看"三句：化用唐人诗："君看陌上梅花红，尽是离人眼中血。"

【评析】

　　此为唱和章质夫词而作。章词咏杨花，工于体物，清丽可喜，如"傍珠帘散漫"数句，曲尽微风中杨花妙处。但与苏词相比，似稍逊一筹。何则？章词上片纯为体物，下片虽有"玉人"云云，但人、物两分，终隔一层，不若苏词之人、物两忘，亦物亦人，"盖不离不即也"（清刘熙载《艺概》）。

　　苏词上片写杨花飘坠，却以拟人笔法写之，因而既有状写物性之工，亦有体贴人情之妙，非章词就物写物之可比。"似花还似非花"是杨花身份，亦可为全词总评。"坠"字是词眼,全词均由此生发。"抛家"三句写杨花坠落,亦是写情人分离。"萦损"三句写杨花之形,亦是相思人之情态。"梦随"三句写风中杨花,更是思妇心理之揭示。一层深似一层,愈转愈奇。下片直抒胸臆。"不恨"正见其有恨;恨落红难缀,正见其恨不在落红。此三句总上启下。上片是杨花飘落时情态,下片是杨花飘落后之情思,故有"遗踪何在"之追问。"春色"三句淡淡写来,却有无限幽怨、伤感、沉痛。煞拍二句点醒全篇,直觉满纸幽怨缠绵,直是言情,非复赋物。尽管此词亦有可议之处,如"抛家傍路"失之不雅,但构思之奇警,词风之婉约,运笔之自然,不愧为词中妙品。

【辑评】

　　章粢质夫作《水龙吟》咏杨花,其命意用事,清丽可喜。东坡和之,若豪放不入律吕,徐而视之,声韵谐婉,便觉质夫词有织绣工夫。晁叔用云:"东坡如毛嫱、西施,净洗却面,与天下妇人斗好,质夫岂可比耶?"(宋朱弁《曲洧旧闻》)

　　东坡和章质夫《杨花》词云"思量却是,无情有思",用老杜"落絮游丝亦有情"也。"梦随风万里,寻郎去处,依前被莺呼起",即唐人诗云:"打起黄莺儿,莫教枝上啼。几回惊妾梦,不得到辽西。""细看来,不是杨花点点,是离人泪",即唐人诗云:"时人有酒送张八,惟我无酒送张八。君有陌上梅花红,尽是离人眼中血。"皆夺胎换骨手。(宋曾季貍《艇斋诗话》)

　　词不宜强和人韵,若倡者之曲韵宽平,庶可赓歌。倘韵险又为人所先,则必牵强赓和,句意安能融贯?徒费苦思,未见有全章妥溜者。东坡次章质夫杨花《水龙吟》韵,机锋相摩,起句便合让东坡出一头地,后片愈出愈奇,真是压倒今古。(宋张炎《词源》)

　　上是柳底莺声,惊起相思梦;下是春暮花残,添来离别泪。如虢国夫人不施粉黛,而一段天姿,自是倾城。(明《新刻李于鳞先生批评注释草堂诗馀隽》伪托李攀龙评点)

人谓"大江东去"之粗豪，不如"晓风残月"之细腻。如此词，又进柳妙处一尘矣。（明卓人月辑、徐士俊评《古今词统》）

坡公词潇洒出尘，胜质夫千倍。（托名杨慎评点《草堂诗馀》）

随风万里寻郎，悉杨花神魂。读他文字，精灵尚在文字里面。坡老只见精灵，不见文字。（明沈际飞《草堂诗馀·正集》）

邻人之笛，怀旧者感之；斜谷之铃，溺爱者悲之。东坡《水龙吟·和章质夫咏杨花》云："细看来，不是杨花点点，是离人泪。"亦同此意。（清刘熙载《艺概》）

东坡杨花词虽和质夫作，而结句确不同章词读法。此十三字一气，大抵用一五两四句法者居多，而作一七两三者，亦非绝无之事也。苏词句法本是如此，语意何等明快。若依红友一定铁板，则既云"细看来不是"矣，下文当直云"点点是离人泪"耳，何复赘"杨花"二字也。且颓然于"是"字断句，语气亦拦拉不住。（清厉鹗手批《词律》）

煞拍画龙点睛，此亦词中一格。（清郑文焯手批《东坡乐府》）

东坡《水龙吟》咏杨花，和韵而似原唱。章质夫词，原唱而似和韵。才之不可强也如是。（王国维《人间词话》）

咏物之词，自以东坡《水龙吟》为最工。（同上）

念奴娇

赤壁怀古①

大江东去，浪淘尽、千古风流人物②。故垒西边人道是③，三国周郎赤壁。乱石崩云④，惊涛裂岸，卷起千堆雪⑤。江山如画，一时多少豪杰。　　遥想公瑾当年，小乔初嫁了，雄姿英发⑥。羽扇纶巾谈笑间⑦，强虏灰飞烟灭。故国神游⑧，多情应笑我，早生华发。人间如梦，一尊还酹江月⑨。

【注释】

① 赤壁：指湖北黄冈的赤鼻矶，并非三国赤壁之战的旧址。
② 风流人物：指英雄人物。
③ 故垒：古代的营垒遗迹。
④ 崩云：高耸入云。
⑤ 雪：指浪花似雪。
⑥ 雄姿：身材高大健壮。英发：谈吐不凡，见识卓越。
⑦ 纶（guān）巾：用丝带作的头巾。
⑧ 故国：旧地，指赤壁古战场。
⑨ 酹（lèi）：洒酒祭奠。

【评析】

　　此词很可能写于元丰三年（1080），即苏轼到黄州的第一年。词题怀古，却并不议论史实，而是由凭吊古战场的雄伟景象，进入对英雄人物的缅怀赞颂。特别是词的下片，词人着力刻画了一个少年得志、雄才大略而又风流儒雅的少年将军，表达出由衷的追慕之情。与此相比，苏轼想到自己年近半百，"乌台诗案"之后，除了早生的华发，又有何成就？虽是一片无奈唏嘘，但在这无奈的多情之中，仍能感受到未曾泯灭的壮志豪情。

【辑评】

　　东坡赤壁词"灰飞烟灭"之句，《圆觉经》中佛语也。（宋邵博《邵氏闻见后录》）

　　孙权破曹操于赤壁，今沔、鄂间皆有之。黄州徙治黄冈，俯大江，与武昌县相对。州治之西，距江名赤鼻矶，俗呼鼻为弼，后人往往以为赤壁。武昌寒溪，正孙氏故宫，东坡词有"人道是周郎赤壁"之句，指赤鼻矶也。坡非不知自有赤壁，故言"人道是"者，以明俗记尔。（宋朱彧《萍州可谈》）

苕溪渔隐曰："东坡'大江东去'赤壁词，语意高妙，真古今绝唱。"（宋胡仔《苕溪渔隐丛话·前集》）

苕溪渔隐曰："《后山诗话》谓'退之以文为诗，子瞻以诗为词，如教坊雷大使之舞，虽极天下之工，要非本色。'余谓后山之言过矣，子瞻佳词最多，其间杰出者，如'大江东去，浪淘尽、千古风流人物'，赤壁词……凡此十馀词，皆绝去笔墨畦径间，直造古人不到处，真可使人一唱而三叹。若谓以诗为词，是大不然。"（宋胡仔《苕溪渔隐丛话·后集》）

苏文忠《赤壁赋》不尽语，裁成"大江东去"词，过处云："人道是三国周郎赤壁。"赤壁有五处，嘉鱼、汉川、汉阳、江夏、黄州，周瑜以火败操在乌林，《后汉书》、《水经》载已详悉。陆三山《入蜀记》载韩子苍云："此地能令阿瞒走。"则直指为公瑾之赤壁。又黄人谓赤壁曰赤鼻，后人取词中"酹江月"三字名之。（宋张侃《拙轩词话》）

"大江东去"词三"江"，三"人"，二"国"，二"生"，二"故"，二"如"，二"千"字，以东坡则可，他人固不可。然语意到处，他字不可代，虽重无害也。今人看文字，未论其大体如何，先且指点重字。（宋俞文豹《吹剑续录》）

歌者多因避讳，辄改古词本文，后来者不知其由，因此疵议前作者多矣。如苏词"乱石崩空"，讳"崩"字，改为"穿空"。（宋项安世《项氏家说》）

东坡长短句云："故垒西边，人道是三国周郎赤壁。"则亦是传疑而已。今岳阳之下，嘉鱼之上，有乌林赤壁。盖公瑾自武昌列舰，风帆便顺，溯流而上，逆战于赤壁之间也。杜牧有《寄岳州李使君》诗云："乌林芳草远，赤壁健帆开。"则此真败魏军之地也。（宋张邦基《墨庄漫录》）

东坡"大江东去"词，其中云："人道是三国周郎赤壁。"陈无己见之，言："不必道三国。"东坡改云"当日"。今印本两出，不知东坡已改之矣。（宋曾季狸《艇斋诗话》）

歌赤壁之词，使人抵掌激昂，而有击楫中流之心。（宋詹效之《燕喜词序》）

淮东将领王智夫言：尝见东坡亲染所制《水调词》，其间谓"羽扇纶巾，谈笑处、樯橹灰飞烟灭"，知后人讹为"强虏"。仆考《周瑜传》，黄盖烧曹公船，时风猛，悉延烧岸上营落，烟焰涨天，知"樯橹"为信然。（宋王楙《野客丛书》）

李季章奉使北庭，房伴云："东坡作文，爱用佛书语。"李答云："曾记赤壁词云'谈笑间，狂虏灰飞烟灭'。所谓'灰飞烟灭'四字，乃《圆觉经》语，云：'火出木烬，灰飞烟灭。'"北使默无语。（宋张端义《贵耳集》）

夏口之战，古今喜称道之。东坡赤壁词，殆戏以周郎自况也。词才百馀字，而江山人物无复馀蕴，宜其为乐府绝唱。（金元好问《题闲闲书赤壁赋后》）

"大江东去，浪淘尽、千古风流人物"，壮语也。昔人谓铜将军、铁绰板，唱苏学士"大江东去"，十八九岁好女子唱柳屯田"杨柳外、晓风残月"，为词家三昧。（明王世贞《艺苑卮言》）

赤壁周、曹之战，千古英雄遗迹也，东坡既作赋以吊曹公，复作此词以吊周瑜。赋后云："自其变者而观之，则天地曾不能一瞬。自其不变者而观之，则物与我皆无尽也。"及此词结句"人生如梦，一樽还酹江月"，其旷达之怀，直吞赤壁于胸中，不知区区周、曹何物。不如是，何以为雄视千古乎？（明张綖《草堂诗馀别录》）

古今词多脂软纤媚取胜，独东坡此词感慨悲壮，雄伟高卓，词中之史也。铜将军铁拍板唱公此词，虽优人谑语，亦是状其雄卓奇伟处。固一世之雄也，而今安在哉？（托名杨慎评点《草堂诗馀》）

语语高妙闲冷，初不以英气凌人。介甫"六朝旧事随流水，但寒烟衰草凝绿"，亦此旨。李白《赤壁歌》云"楼船扫地空"，则"樯橹"二字优于"强虏"。三国诸人竟成一时豪杰，吾辈不举杯酹月，何愚乎？按东坡在黄，黄之赤壁，土本赤鼻矶也。东坡云"人道是"，亦传疑之意。今岳阳之下、嘉鱼之上有乌林赤壁，是公瑾遇战之所。杜牧《寄岳州李使君》诗"乌林芳草远，赤壁健帆开"可证。（明沈际飞《草堂诗馀·正集》）

子瞻词无一语着人间烟火，此自大罗天上一种，不必与少游、易安辈较量体裁也。其豪放亦止"大江东去"一词。何物袁绹，妄加品骘，后代奉为美谈，似欲以概子瞻生平。不知万顷波涛，来自万里，吞天浴日，古豪杰英爽都在，使屯田此际操觚，果可以"杨柳外晓风残月"命句否。（明俞彦《爰园词话》）

此阕各本异同甚多，此从《容斋随笔》录出。容斋南渡人，去东坡不远，又本山谷手书，必非伪托。又按《词综》谓他本"浪声沉"作"浪淘尽"，与调未协。考谱，"浪淘尽"三字，平仄未尝不协，觉"浪声沉"更沉着耳。又谓"小乔初嫁"，宜句绝，"了"字属下句乃合。此正如村学究说书，不顾上下语意联络，可一喷饭也。（清张宗橚《词林纪事》）

坡公才高思敏，有韵之言多缘手而就，不暇琢磨。此词脍炙千古，点检将来，不无字句小疵，然不失为大家。《词综》从《容斋随笔》改本，以"周郎"、"公瑾"伤重，"浪声沉"较"淘尽"为雅。予谓"浪淘"字虽粗，然"声沉"之下不能接"千古风流人物"六字。盖此句之意全属"尽"字，不在"淘"、"沉"二字分别。至于赤壁之役，应属"周郎"、"孙吴"二字反失之泛。惟"了"字上下皆不属，应凑字。"谈笑"句甚率，其他句法伸缩，前人已经备论。此仍从旧本，正欲其瑕瑜不掩，无失此公本来面目耳。（清先著、程洪《词洁》）

杨升庵《词品》云："词人语意所到，间有参差，或两句作一句，或一句作两句。惟妙于歌者，上下纵横取协。"此是笃论，如曲子家之有活板眼也。东坡"小乔初嫁了，雄姿英发"，"细看来，不是杨花点点，是离人泪"等处，皆当以此说通之。若契舟胶柱，徐虹亭所谓"髯翁命宫磨蝎，身后又硬受此差排"矣。（清吴衡照《莲子居词话》）

词不在大小浅深，贵于移情。"晓风残月"、"大江东去"，体制虽殊，读之皆若身历其境，惝恍迷离，不能自主，文之至也。（清沈谦《填词杂说》）

苏东坡"大江东去"，有铜将军铁绰板之讥。柳七"晓风残月"，谓可令十七

八女郎按红牙檀板歌之。此袁绹语也。后人遂奉为美谈。然仆谓东坡词自有横槊气概，固是英雄本色。（清冯金伯《词苑萃编》）

东坡词如《水龙吟·咏杨花》、《水调歌头》丙辰中秋作，皆极清新。最爱其《念奴娇·赤壁怀古》云："（略）。"淋漓悲壮，击碎唾壶，洵为千古绝唱。（清李佳《左庵词话》）

江尚质曰：东坡《酹江月》为千古绝唱。耆卿《雨霖铃》，惟是"今宵酒醒何处，杨柳岸晓风残月"，东坡喜而嘲之。沈天羽曰：求其来处，魏承班"帘外晓莺残月"，秦少游"酒醒处，残阳乱鸦"，岂尽是登溷语？余则为耆卿反唇曰："'大江东去，浪淘尽、千古风流人物'，死尸狼藉，臭秽何堪，不更甚于袁绹之一哂乎？"（清沈雄《古今词话·词话》）

一起真如太原公子裼裘而来。若"乱石"数语，则人人知其工矣。"一时多少豪杰"，应上生下；"故国神游"二句，自叙；"一尊还酹江月"，仍收归赤壁。（清许昂霄《词综偶评》）

词名多取诗句之佳者，如《夏云峰》则取"夏云多奇峰"句，《黄莺儿》则取"打起黄莺儿"句是也。独《酹江月》、《大江东去》，则因东坡《念奴娇》词内有"大江东去"、"一樽还酹江月"二句，遂易是名。夫以词中句而反易词名，则词亦伟矣。今人不知词，动訾"大江东去"，彼亦知其词如是伟耶？（清毛奇龄《西河词话》）

滔滔莽莽，其来无端，千古而下更有何人措手？大笔摩天，自是东坡本色。后来惟陈其年有此气概，他手皆未能到此。东坡词句调多不尊古法，不可为训，然正是此老神明变化处，后人不能学也。（清陈廷焯《云韶集》）

题是怀古，意是谓自己消磨壮心殆尽也。开口"大江东去"二句，叹浪淘人物，是自己与周郎俱在内也。"故垒"句至次阕"灰飞烟灭"句，俱就赤壁写周郎之事。"故国"三句，是就周郎拍到自己，"人生似梦"二句，总结以应起二句。总而言之，题是赤壁，心实为己而发。周郎是宾，自己是主。借宾定主，寓主于宾。是主是宾，离奇变幻，细思方得其主意处。不可但诵其词，而不知其命意所

在也。（清黄苏《蓼园词选》）

通首出韵，然自是豪语，不必以格求之。"与"旧作"了"，"嫁了"是嫁与他人也，故改之。（清王闿运《湘绮楼评词》）

永遇乐

彭城夜宿燕子楼①，梦盼盼，因作此词。

明月如霜，好风如水，清景无限。曲港跳鱼，圆荷泻露，寂寞无人见。紞如三鼓②，铿然一叶③，黯黯梦云惊断④。夜茫茫，重寻无处，觉来小园行遍。　　天涯倦客⑤，山中归路，望断故园心眼。燕子楼空，佳人何在⑥，空锁楼中燕。古今如梦，何曾梦觉，但有旧欢新怨。异时对⑦、黄楼夜景⑧，为余浩叹。

【注释】

① 燕子楼：唐尚书张建封徐州旧第中楼名。张有爱姬关盼盼，张死后，盼盼念旧爱而不嫁，居燕子楼十馀年。
② 紞（dǎn）：鼓声。
③ 铿然：金石相击声。此处化用唐代韩愈《秋怀诗》其九："空阶一片下，琤若摧琅玕。"
④ 黯黯：深黑色。
⑤ 天涯倦客：词人自指。
⑥ 佳人：指盼盼。
⑦ 异时：他时，将来。
⑧ 黄楼：楼名。《大清一统志·徐州府》："黄楼，在铜山县城东门，宋郡守苏轼建。"

【评析】

此词为夜宿燕子楼梦盼盼而作。但词中用事而不为事所使，故能轶迈超宕，卓然不群。上片写夜梦景况。"明月"六句是梦境中燕子楼景致，清幽旷远，宛然可视。"寂寞无人见"是梦中所见，亦为盼盼当年独居写照，又含无限情韵，为下片议论张本。"纮如"、"铿然"写夜之静，是惊梦人耳中听来之声音。"夜茫茫"三句写梦后，情境逼真，亦见词人心中之茫然、惆怅，可谓形、神俱化。过片陡转，由历史而眼前，由古人而自身，直写天涯归思。"燕子楼空"三句空灵蕴藉，情浓意深，又从眼前、自身溯入历史、古人，其间全无过渡，似亦无理脉可寻。下"古今如梦"一句遂将历史与现实、古人与今人、情感与哲理贯通。而"异时"云云又将未来融入，不惟其心胸气度博大超逸，即其感喟之沉郁亦令人难以释怀。

【辑评】

东坡守徐州，作《燕子楼》乐章，方具稿，人未知之。一日，忽哄传于城中。东坡讶焉。诘其所从来，乃谓发端于逻卒。东坡召而问之。对曰："某稍知音律，尝夜宿张建封庙，闻有歌声，细听，乃此词也，记而传之，初不知所谓。"东坡笑而遣之。（宋曾敏行《独醒杂志》）

燕子楼未必可宿，盼盼更何必入梦，东坡居士断不作此痴人说梦之题，亟宜改正。公以"燕子楼空"三句语秦淮海，殆以示咏古之超宕，贵神情不贵迹象也。余尝深味是言，若发奥悟。昨赋吴小城观梅《水龙吟》，有句云："对此茫茫，何曾西子，能倾一顾。又水漂花出，无人见也，回阑绕，空怀古。"自信得清空之致，即从此词悟得法门，以视旧咏吴小城词，竟有仙凡之判。（清郑文焯手批《东坡乐府》）

洞仙歌

余七岁时，见眉州老尼，姓朱，忘其名，年九十岁。自言尝随其师入蜀主孟昶宫中①，一日大热，蜀主与花蕊夫人夜纳凉摩词池上②,作一词③,朱具能记之。今四十年,朱已死久矣,人无知此词者,但记其首两句,暇日寻味,岂《洞仙歌》令乎?乃为足之云。

冰肌玉骨,自清凉无汗。水殿风来暗香满④。绣帘开、一点明月窥人,人未寝、欹枕钗横鬓乱。　起来携素手,庭户无声,时见疏星度河汉⑤。试问夜如何,夜已三更,金波淡⑥、玉绳低转⑦。但屈指、西风几时来,又不道、流年暗中偷换⑧。

【注释】

① 孟昶:五代时后蜀后主,934年至965年在位。
② 花蕊夫人:孟昶的妃子,姓徐,号花蕊夫人。摩诃池:池名,在后蜀宣华苑中。
③ 作一词:《漫叟诗话》载孟昶作《玉楼春》词:"冰肌玉骨清无汗,水殿风来暗香暖。帘开明月独窥人,欹枕钗横云鬓乱。　起来琼户启无声,时见疏星渡河汉。屈指西风几时来,只恐流年暗中换。"苏轼所记即此词,或以为非。
④ 水殿:近水的宫殿。
⑤ 河汉:银河。
⑥ 金波:指月光。
⑦ 玉绳:星名,为北斗七星中之斗杓(biāo)。
⑧ 不道:不料。流年:如流水的年华。

【评析】

　　此词虽为代古人拟作,但体贴人情物理,细腻逼肖,正是苏轼所长,非所传孟昶词之可比。下面试作比较:苏词起首加一"自"字,不仅文意较孟词舒缓,且情意顿生。"水殿"句,"暗香满"原作"暗香暖","暖"字亦无不可,但既为纳凉,"暖"则逊于"满"意,与苏词清越情调亦合。下加"一点"来写月,甚奇,是孟词所无;加"人未寝"叙当时情境,亦曲尽其妙。上片写纳凉,下片写月夜携手。过片合孟昶与花蕊夫人来写。"携素手"见二人之情厚,此层意思不见于孟词。"试问"四句亦为孟词所无,自问自答,是夜深情境。结尾四句与孟词末二句相对,但多有转折,"又不道"较"只恐"为胜,见出不知不觉中年光流逝的惊心动魄之感。此词中所咏之事，须婉曲尽意方妙，而所传孟词为其整齐句式所缚，不得展开，而苏词正得以展其所长，曲尽其意，绘形得神，宜其为后人所称道。

【辑评】

钱塘有一老尼，能诵后主诗首章两句，后人为足其意以填此词。余尝见一士人诵全篇云："冰肌玉骨清无汗，水殿风来暗香暖。帘开明月独窥人，欹枕钗横云鬓乱。　起来琼户启无声，时见疏星渡河汉。屈指西风几时来，只恐流年暗中换。"（宋杨绘《时贤本事曲子集》）

"冰肌玉骨清无汗，水殿风来暗香满。绣帘一点月窥人，欹枕钗横云鬓乱。起来庭户悄无声，时见疏星渡河汉。屈指西风几时来，不道流年暗中换。"世传此诗为花蕊夫人作，东坡尝用此诗作《洞仙歌》曲。或谓东坡托花蕊以自解耳，不可不知也。（宋周紫芝《竹坡诗话》）

东坡《秋怀》诗："苦热念秋风，常恐来无时。及兹遂凄凛，又作徂年悲。"即补《洞仙歌》结语。（宋叶寘《爱日斋丛钞》）

杜诗："关山同一点。""点"字绝妙。东坡亦极爱之，作《洞仙歌》云："一点明月窥人。"用其语也。（明杨慎《词品》）

杜诗："关山同一点。""点"字绝妙，东坡亦极爱之，作《洞仙歌》云："一点明月窥人。"用其语也。《赤壁赋》云："山高月小。"用其意也。今书坊本改"点"作"照"，语意索然。且关山一照，小儿也能之，何必杜公也。载《草堂诗馀注》可证。案《草堂诗馀》苏子瞻《洞仙歌》云："（略）。"杜诗非"点"字，余已详辨《诗薮》中。第杨引坡词"一点明月窥人"，乃"绣帘开一点"。"点"字句绝者。读本词，杨之误，不辨自明。（明胡应麟《少室山房笔丛·丹铅新录》）

按苏子瞻《洞仙歌》，本隐括此词，然未免反有点金之憾。（清朱彝尊《词综》评孟昶《玉楼春》）

后蜀主孟昶,令罗城上尽种芙蓉,周四十里,盛开。时语左右曰:"古以蜀为锦城,今观之,真锦城也。"尝夜同花蕊夫人避暑摩诃池上,因作《玉楼春》云:"(略)。"此即苏长公因忆朱姓老尼所述,而衍为《洞仙歌》者。(清叶申芗《本事词》)

　　东坡《洞仙歌》,只就孟昶原词敷衍成章,所感虽不同,终是依人作嫁。《词综》讥其有点金之憾,固未为知己,而《词选》必推为杰构,亦不可解。(清陈廷焯《白雨斋词话》)

　　词韶丽处,不在涂脂抹粉也。诵东坡"冰肌玉骨,自清凉无汗,水殿风来暗香满"句,自觉口吻俱香。(清沈祥龙《论词随笔》)

　　摩诃池上夜如何,玉骨清凉语未多。别出旧词全隐括,细吟那及《洞仙歌》。(清宋翔凤《论词绝句》其五)

　　原本皆七言,以宜作词,故加成此,不必以续凫断鹤讥之。然原所谓"疏星",即此"玉绳"也,此则以为流星。又有下三句,痴男不若慧女,信矣。(清王闿运《湘绮楼评词》)

　　坡老改添此词数字,诚觉气象万千,其声亦如空山鸣泉,琴筑竞奏。(清郑文焯手批《东坡乐府》)

卜　算　子

黄州定惠院寓居作①

　　缺月挂疏桐,漏断人初静②。谁见幽人独往来③,缥缈孤鸿影④。　　惊起却回头,有恨无人省⑤。拣尽寒枝不肯栖，寂寞沙洲冷。

【注释】

① 黄州：今湖北黄州市。苏轼自元丰三年（1080）被贬至黄州，至元丰七年始离黄州赴汝州。定惠院：在黄州市东南。
② 漏断：漏声断，指夜深。
③ 幽人：幽居之人。
④ 缥缈：隐隐约约的样子。
⑤ 省（xǐng）：领会，理解。

【评析】

  此词之妙有二：词境超逸奇特，词意幽婉深邃，二者又浑然结为一体。起二句述背景，缺月、疏桐见其清高，漏断、人静显其孤独，正为下文张本。三、四句点出背景中人物。人为"幽人"，鸿为"孤鸿"，虽不言情，其情自见。下片以两个细节写情：一是惊起回头。一瞥惊鸿，幽恨无眠，"有恨无人省"包含多少幽怨、孤独！二是拣尽寒枝。"不肯栖"，言其无处可栖，亦无意栖止。无处可栖，故寂寞；无意栖止，故独守寂寞。清高而孤独，不与流俗为伍。词为咏物（咏鸿），其实亦咏人，人、物于词中已浑然而化，非泛泛拟人之可比。黄庭坚谓此词："语意高妙，似非吃烟火食人语。"（《跋东坡东府》）就其意境风格论，此说自无不可；若以立意而言，似有未妥。何则？此词作于苏轼被贬黄州时，正以此见意，写其胸中彷徨苦闷、无所趋止而又不肯低眉顺目求媚于时之倔强孤独耳，非飘飘欲仙之意。至于温氏女之附会、鲖阳居士之牵强，听之一笑可也。

【辑评】

  东坡道人在黄州时作。语意高妙，似非吃烟火食人语。非胸中有万卷书，笔下无一点尘俗气，孰能至此？（宋黄庭坚《山谷集·跋东坡乐府》）

  东坡此词出《高唐》、《洛神》、《登徒》诸赋之右，以出三界人，游戏三界中，故其笔力蕴藉超脱如此。山谷屡书之，且谓非食烟火人语，可谓妙于立言矣。盖

东坡词如《国风》，山谷跋如小序，字画之工，亦不足言也。（宋王之望《汉滨集·跋鲁直书东坡卜算子词》）

苕溪渔隐曰："'拣尽寒枝不肯栖'之句，或云：'鸿雁未尝栖宿树枝，惟在田野苇丛间，此亦语病也。'此词本咏夜景，至换头但只说鸿。正如《贺新郎》词'乳燕飞华屋'，本咏夏景，至换头但只说榴花。盖其文章之妙，语意到处即为之，不可限以绳墨也。"（宋胡仔《苕溪渔隐丛话·前集》）

山谷曰："东坡在黄州所作《卜算子》云云，词意高妙，非吃烟火食人语。"吴曾亦曰："东坡谪居黄州，作《卜算子》云云，其属意王氏女也。读者不能解。张文潜继贬黄州，访潘邠老，得其详，尝题诗以志其事。"仆谓二说如此，无可疑者。然尝见临江人王说梦得，谓此词东坡在惠州白鹤观所作，非黄州也。惠有温都监女，颇有色，年十六，不肯嫁人。闻东坡至，喜谓人曰："此吾婿也。"每夜闻坡讽咏，则徘徊窗外。坡觉而推窗，则其女逾墙而去。坡从而物色之，温具言其然。坡曰："吾当呼王郎与子为姻。"未几，坡过海，此议不谐，其女遂卒，葬于沙滩之侧。坡回惠日，女已死矣，怅然为赋此词。坡盖借鸿为喻，非真言鸿也。"拣尽寒枝不肯栖"者，谓少择偶不嫁。"寂寞沙洲冷"者，指其葬所也。说之言如此。其说得之广人蒲仲通，未知是否，姑志于此，以俟询访。渔隐谓鸿雁未尝栖宿树枝，惟在田苇间，"拣尽寒枝不肯栖"，此语亦病。仆谓人读书不多，不可妄议前辈诗句，观隋李元操《鸣雁行》曰："夕宿寒枝上，朝飞空井旁。"坡语岂无自邪？（宋王楙《野客丛书》）

苏东坡谪黄州，邻家一女子甚贤，每夕，只在窗下听东坡读书。其后，家欲议亲，女子云："须得读书如东坡者乃可。"竟无所谐而死。故东坡作《卜算子》以记之。（宋袁文《甕牖闲评》）

本朝太平二百年，乐章名家纷如也。文忠苏公文章妙天下，长短句特绪馀耳，犹有与道德合者。"缺月疏桐"一章，触兴于惊鸿，发乎情性也。收思于洲冷，归乎礼义也。黄太史相多，尤以为非口食烟火之人语。余恐不食烟火之人，口所出

仅尘外语，于礼义遑计欤。（宋曾丰《知稼翁词序》）

鲁直跋东坡道人黄州所作《卜算子》词云："语意高妙，似非吃烟火食人语。"此真知东坡者也。盖"拣尽寒枝不肯栖"，取兴鸟择木之意，所以谓之高妙。而《苕溪渔隐丛话》乃云："鸿雁未尝栖宿树枝，惟在田野苇丛间，此亦语病。"当为东坡称屈可也。（宋陈鹄《西塘集耆旧续闻》）

东坡先生谪居黄州，作《卜算子》云："（略）。"其属意盖为王氏女子也。读者不能解。张右史文潜继贬黄州，访潘邠老，尝得其详，题诗以志之："空江月明鱼龙眠，月中孤鸿影翩翩。有人清吟立江边，葛巾藜杖眼窥天。""夜冷月堕幽虫泣，鸿影翘沙衣露湿。仙人采诗作步虚，玉皇饮之碧琳腴。"（宋吴曾《能改斋漫录》）

东坡《雁》词云："拣尽寒枝不肯栖。"以其不栖木，故云尔。盖激诡之致，词人正贵其如此。而或者以为语病，是尚可与言哉！近日张吉甫复以"鸿渐于木"为辨，而怪昔人之寡闻，此益可笑。《易》象之言，不当援引为证也。其实雁何尝栖木哉？（金王若虚《滹南诗话》）

"拣尽寒枝不肯栖"，苕溪谓鸿雁未尝栖树枝，欲改"寒枝"为"寒芦"，大方家寓意之作，正不必如此论。且"芦"独不可言"枝"耶？李太白《鸣雁行》"一一衔芦枝"是也，苕溪无益之辩类如此。（明张綖《草堂诗馀别录》）

上以鸿影与人影俱寂起，下有时举时集无人省到。鸿举缥缈，寒枝莫栖，见几之审。闻鸟盖能色举翔集，此吴江冷鸿，何异山果雌雉，人可不如鸟乎？（明《新刻李于鳞先生批评注释草堂诗馀隽》伪托李攀龙评点）

（"有恨"句）以下皆说孤鸿，词家别是一格。（托名杨慎评点《草堂诗馀》）

或以鸿雁未尝栖宿树枝，欲改作"寒芦"。夫拣尽则不栖枝矣，子瞻不误也。通篇无一点尘俗气。宋儒解传时事，已成恶套，"枫落"句又崔信明诗，与篇中不相应，作"吴江冷"，非。（明沈际飞《草堂诗馀·正集》）

此词本咏夜景，至换头但只说鸿，正如《贺新郎》词"乳燕飞华屋"本咏夏

景,至换头但只说榴花。盖其文章之妙,语意到处即为之,不可限以绳墨也。(清王初桐《小嫏嬛词话》)

前半泛写,后半专叙,盖宋词人多此法。如子瞻《贺新凉》,后段只说榴花;《卜算子》后段只说鸿雁;周清真寒食词,后段只说邂逅,乃更觉意长。(清王又华《古今词论》引毛稚黄语)

坡孤鸿词,山谷以为不吃烟火食人语,良然。鲖阳居士云:"缺月,刺明微也。漏断,暗时也。幽人,不得志也。独往来,无助也。惊鸿,贤人不安也。此与《考槃》诗相似云云。"村夫子强作解事,令人欲呕。韦苏州《滁州西涧》诗,叠山亦以为小人在朝,贤人在野之象。令韦郎有知,岂不叫屈。仆尝戏谓坡公命宫磨蝎,湖州诗案,生前为王珪、舒亶辈所苦,身后又硬受此差排耶?(清王士禛《花草蒙拾》)

此词乃东坡自写在黄州之寂寞耳。初从人说起,言如"孤鸿"之冷落。第二阕,专就鸿说,语语双关。格奇而语隽,斯为超诣神品。(清黄苏《蓼园词选》)

此亦有所感触,不必附会温都监女故事,自成馨逸。(清郑文焯手批《东坡乐府》)

青 玉 案

送伯固归吴中①

三年枕上吴中路。遣黄犬②、随君去。若到松江呼小渡③。莫惊鸳鹭,四桥尽是④,老子经行处⑤。 《辋川图》上看春暮⑥。常记高人右丞句⑦。作个归期天定许。春衫犹是，小蛮针线⑧，曾湿西湖雨。

【注释】

① 伯固：苏坚，字伯固，博学能诗，曾为临濮县主簿，监杭州在城商税。此时随苏轼在杭已三年未归家。吴中：泛指春秋时吴国地。
② 黄犬：晋陆机有犬名黄耳，陆在洛阳时曾使黄耳捎信至松江家中。
③ 松江：即吴淞江，在今上海西。
④ 四桥：指苏州四桥。苏轼自京赴杭时曾游苏州。
⑤ 老子：苏轼自称。
⑥《辋川图》：唐代诗人王维有辋川别业，曾于蓝田清凉寺作壁画《辋川图》，绘别业二十胜景。
⑦ 右丞：王维官至尚书右丞，世称"王右丞"。
⑧ 小蛮：唐代白居易舞妓名，此指苏轼家人。

【评析】

此为和韵，淋漓纵横，自为机杼。从内容上说，又是送别，但讲古论今，忽人忽己，若断若续，纯是送行人絮絮叨叨咛咛珍重口吻，尤见其情。上片写送。"三年"，时间之长；"枕上吴中路"，思家之切；"遣黄犬、随君去"，情意之殷勤。看似平易，用意极深。"若到"以下四句加入词人经行吴中事。写词人对经行吴中事念念不忘，见其对吴中之情深；对吴中情深，对行人之情则已不待言。过片用王维《辋川图》事，突兀而至，出人意表。歇拍写盼归，人尚未行，已盼其归，二人情谊不同。"天定许"，是企盼，是希望，不容置疑。"春衫"云云，写二人友情深厚。读此等词，既要体悟其烂漫率真处，又要观其用笔之灵变，方知词之神妙，所谓"天仙化人"，正在此处。

【辑评】

又世传《江城子》、《青玉案》二词，皆东坡所作。然《西清诗话》谓《江城子》乃叶少蕴作，《桐江诗话》谓《青玉案》乃姚进道作。四词皆佳，今并录之。（宋胡仔《苕溪渔隐丛话·前集》）

风流自赏，气骨高绝。较"襟上杭州旧酒痕"更觉有味。（清陈廷焯《云

韶集》）

　　东坡词《青玉案·用贺方回韵送伯固归吴中》歇拍云："作个归期天已许。春衫犹是，小蛮针线，曾湿西湖雨。"上三句，未为甚艳。"曾湿西湖雨"是清语，非艳语。与上三句相连属，遂成奇艳、绝艳，令人爱不忍释。坡公天仙化人，此等词犹为非其至者，后学已未易模昉其万一。（清况周颐《蕙风词话》）

临 江 仙

　　夜饮东坡醒复醉①，归来仿佛三更。家童鼻息已雷鸣。敲门都不应，倚杖听江声。　　长恨此身非我有②，何时忘却营营③。夜阑风静縠纹平。小舟从此逝，江海寄馀生。

【注释】

① 东坡：本为营地，元丰四年（1081）苏轼开垦，因慕唐代白居易忠州东坡垦地种花事，取名"东坡"，且以之为号，并建雪堂。
② 此身非我有：语出《庄子·知北游》："舜曰：'吾身非吾有也，孰有之哉？'曰：'是天地之委形也……'"
③ 营营：指为名利而纷扰忙碌。

【评析】

　　以长短句写仕隐、用舍之矛盾心理，在他人词中少见，于苏词却为多。苏词风格之独特，与此不无关系。此词作于黄州，正是仕隐交战于心之时，看他遣词造句、运思弄笔，自有人所不及处。上片叙事，下片抒情。"醒复醉"，可知非止一回，亦见其内心之苦闷。"家童"三句是词人当时处境之写照，孤独寂寞之感，充盈于天地间。换头直点"恨"字，恨而曰"长恨"，见"恨"之重。"何时忘却"

正见其不能忘却,故"恨"益深益浓。"夜阑"句写景,照应上片,亦为歇拍蓄势。"小舟"二句是愤激语,未可以真出世语目之。盖语愈平淡,意愈精深;愈从容轻松,则愈沉重浓郁。读苏词于此等处须留意。

【辑评】

　　子瞻在黄州,病赤眼,逾月不出。或疑有他疾,过客遂传以为死矣。有语范景仁于许昌者,景仁绝不置疑,即举袂大恸,召子弟具金帛,遣人赒其家。子弟徐言:"此传闻未审,当先书以问其安否。得实,吊恤之未晚。"乃走仆以往。子瞻发书,大笑。故后量移汝州谢表有云:"疾病连年,人皆相传为已死。"未几,复与数客饮江上,夜归,江面际天,风露浩然,有当其意,乃作歌辞,所谓"夜阑风静縠纹平。小舟从此逝,江海寄馀生"者,与客大歌数过而散。翌日,喧传子瞻夜作此辞,挂冠服江边,拏舟长啸去矣。郡守徐君猷闻之,惊且惧,以为州失罪人,急命驾往谒,则子瞻鼻鼾如雷,犹未兴也。然此语卒传至京师,虽裕陵亦闻而疑之。(宋叶梦得《避暑录话》)

定 风 波

　　　　三月三日①,沙湖道中遇雨②,雨具先去,同行皆狼狈,余不觉。已而遂晴,故作此。

　　莫听穿林打叶声。何妨吟啸且徐行。竹杖芒鞋轻胜马③。谁怕。一蓑烟雨任平生。　　料峭春风吹酒醒④。微冷。山头斜照却相迎。回首向来萧瑟处⑤。归去。也无风雨也无晴。

【注释】

① 三月三日：指元丰五年（1082）三月三日。《彊村丛书》本《东坡乐府》作"三月七日"。
② 沙湖：湖名，在黄州东南三十里。
③ 芒鞋：草鞋。
④ 料峭：形容风寒。
⑤ 萧瑟处：指先前风雨经过、林叶瑟瑟作响处。

【评析】

苏词好议论，多哲理，于此词可见一斑。上片写道中遇雨，纯以议论出之，是为他人词中所少见。而议论又从外物（雨）与人之关系处着眼，二者并举，以见人情。"穿林打叶声"之外物，而词人对之以"吟啸且徐行"；满川"烟雨"，对之以"竹杖芒鞋"、"一蓑"，人、物（雨）相对，而人胜于物。其中"莫听"、"何妨"、"谁怕"、"任"，见词人性情之豪逸。"一蓑"句从当下之风雨上升为人生之沉思，化具象为抽象，从描写叙事为哲理理趣，遂使上片（其实也是全词）尽化为象喻。下片写雨后。多叙事，亦多理趣："料峭春风"似乎微冷，但斜阳相迎却给人以暖意；风雨处萧瑟，而重回首，既无风雨亦无晴矣！语带玄机，故令人回味，其实亦是苏轼豪迈个性之表露。

【辑评】

此足征是翁坦荡之怀，任天而动。琢句亦瘦逸，能道眼前景，以曲笔直写胸臆，倚声能事尽之矣。（清郑文焯手批《东坡乐府》）

江 城 子

乙卯正月二十日夜记梦①

十年生死两茫茫②。不思量。自难忘。千里孤坟③，无处话凄凉。纵使相逢应不识，尘满面，鬓如霜。　　夜来幽梦忽还乡。小轩窗。正梳妆。相顾无言，惟有泪千行。料得年年肠断处，明月夜，短松冈④。

【注释】

① 乙卯：指宋神宗熙宁八年（1075）。
② 十年：苏轼妻王弗卒于宋英宗治平二年（1065）五月，至此恰好十年。
③ 千里孤坟：据苏轼《亡妻王氏墓志铭》载：苏妻王氏"葬于眉之东北彭山县安镇乡可龙里"，苏轼此时在密州，故云。
④ 短松冈：指王氏葬处。古人常于墓地植松柏。

【评析】

此词为悼亡。以词写悼亡，宋词中，应以苏轼此词为最早。此词有两点颇可注意：一是情之浓挚，二是虽为悼亡，亦是自伤身世。前者是字面文章，写得感人；后者是字后文意，写得似有若无，而沉着抑郁。上片写十年生死之隔。"十年"之长，"生死"之隔，"两茫茫"之沉痛，人所不堪。"不思量，自难忘"，是深情语，亦是梦之所由。"千里"二句补足上文之意；"无处话凄凉"是说亡者，亦是自说。"纵使"三句是拟想之词，"尘满面，鬓如霜"，是自伤自悼语，见出词人在世间之坎坷不如意。下片记梦。过片"忽"字入得快疾，是梦中情景。"小轩窗，正梳妆"，写梦境逼真。"相顾"二句从上片"相逢不识"中来，其意有二：在词人，是因亡妻去世十年之久，话不知从何说起，故无言；在亡妻，则因词人此时满面灰尘，鬓如霜雪，百感交集，故无言而有泪。此境虽虚，此情则痛。"料得"二句由梦而转入现实，仍作预想之语，与"千里孤坟"相应。反观全词，则语语沉痛，字字惊心。

木 兰 花

次欧公西湖韵①

霜馀已失长淮阔②。空听潺潺清颍咽③。佳人犹唱醉翁词④，四十三年如电抹⑤。　　草头秋露流珠滑。三五盈盈还二八⑥。与余同是识翁人，惟有西湖波底月。

【注释】

① 西湖：颍州西湖。
② 长淮：指淮河。
③ 清颍：颍水。咽：原本作"歇"。
④ 醉翁词：欧阳修有《玉楼春》（西湖南北烟波阔）词。
⑤ 四十三年：欧阳修于皇祐五年（1049）知颍州，作《玉楼春》词，据此时正好四十三年。抹：逝去。
⑥ 三五、二八：十五月圆，十六月缺。南朝谢灵运《怨晓月赋》："昨三五兮既满，今二八兮将缺。"

【评析】

欧阳修于苏轼有知遇之恩，故此词名为次韵，实为怀人。欧公词从颍州西湖写起，苏轼词则从淮河、颍水入手，既是写实，又有寄托。长淮失阔，喻斯人已逝；颍水幽咽，表心中哀思。妙在似有似无之间，正恰到好处。耳畔忽然响起欧公当年所作的词篇，还在当地传唱，转眼已过四十三年。古人诗词凡涉及数字一般都用约数，苏轼在这里却用实数，正表明他对恩公的尊敬和惦念。下片从秋草寒露写起，以月亮贯串全片。月盈月缺喻示了人生的反复无常，月亮和我又同为欧公知己，最后只能将心中的情愫付与这一弯湖心秋月。全词以霜露、湖水、月光等冷色调渲染笼罩，明净空灵，无一点尘俗气，是为欧、苏二人师徒情谊之见证。

贺新郎

乳燕飞华屋①。悄无人、槐阴转午,晚凉新浴。手弄生绡白团扇②,扇手一时似玉。渐困倚、孤眠清熟。帘外谁来推绣户,枉教人、梦断瑶台曲③。又却是,风敲竹④。

石榴半吐红巾蹙⑤。待浮花、浪蕊都尽⑥,伴君幽独。秾艳一枝细看取⑦,芳意千重似束。又恐被、西风惊绿⑧。若待得君来向此⑨,花前对酒不忍触⑩。共粉泪、两簌簌⑪。

【注释】

① 华屋:雕饰美丽的房屋。
② 生绡:没有漂煮过的丝织品,古时多用以作画。
③ 曲:幽僻处。
④ 风敲竹:化用唐代李益《竹窗闻风寄苗发司空曙》:"开门复动竹,疑是故人来。"
⑤ 红巾蹙:形容半吐的石榴犹如皱缩的红巾。
⑥ 浮花、浪蕊:指寻常的花草。
⑦ 看取:看。取,助词。
⑧ 惊绿:花落后只剩绿叶。
⑨ 向此:对着被秋风吹落后的石榴。
⑩ 不忍触:不忍心去看。
⑪ 簌(sù)簌:流泪的样子。

【评析】

此词不仅于苏词中为别一风格,即于宋词中亦为创制。词之上片写人,而下片写物,于结句方归到一处,故而别开生面。起四句写居处之华美、清幽;"手弄"二句写人物之美;"渐困倚"三句写人之慵懒情态;"枉教人"四句写闺中人午梦乍惊、惆怅无聊之心理。层次清晰,其中用事用典,随手点染,而令人不觉。换头即单咏榴花,意到笔到,突兀而来,莫测其源。用拟人法,"红巾蹙"喻夏时榴花乍开。"待浮花"三句将花、人合而点之。"秾艳"三句状半吐榴花之态,拟之于人之芳意幽怀未伸之时。"惊绿",从年光易逝处想来。末四句亦花亦人,芳意粉泪,奇特而贴切,婉曲缠绵,令人咀嚼不尽。

苏词横放纵逸,人或讥其"短于情"。观此等篇,柔婉而不媚,秾艳而不俗,一往情深而止于雅正,岂无情者耶?但行文间无绳墨,无规矩,纵横为之,仍是东坡本色,是他家不能到处。

【辑评】

《古今词话》云:"苏子瞻守钱塘,有官妓秀兰,天性黠慧,善于应对。湖中有宴会,群妓毕至,惟秀兰不来。遣人督之,须臾方至。子瞻问其故,具以'发结沐浴,不觉困睡。忽有人叩门声,急起而问之,乃乐营将催督之,非敢怠忽,谨以实告'。子瞻亦恕之。坐中倅车属意于兰,见其晚来,恚恨未已。责之曰:'必有他事,以此晚至。'秀兰力辩,不能止倅之怒。是时榴花盛开,秀兰以一枝藉手告倅,其怒愈甚。秀兰收泪无言,子瞻作《贺新凉》以解之,其怒始息。其词曰:'(略)。'子瞻之作,皆纪目前事,盖取其沐浴新凉,曲名《贺新凉》也。后人不知之,误为《贺新郎》,盖不得子瞻之意也。子瞻真所谓风流太守也,岂可与俗吏同日语哉。"苕溪渔隐曰:"野哉,杨湜之言,真可入《笑林》。东坡此词,冠绝古今,托意高远,宁为一娼而发邪。'帘外谁来推绣户,枉教人、梦断瑶台曲。又却是,风敲竹',用古诗'卷帘风动竹,疑是故人来'之意。今乃云'忽有人叩门声,急起而问之,乃乐营将催督',此可笑者一也。'石榴半吐红巾蹙。待浮花、浪蕊都尽,伴君幽独。秾艳一枝细看取,芳心千重似束。'盖初夏之时千花事退,榴花独芳,因以中写幽闺之情,今乃云'是时榴花盛开,秀兰以一枝藉手告倅,其怒愈甚',此可笑者二也。此词腔调寄《贺新郎》,乃古曲名也。今乃云'取其沐浴新凉,曲名《贺新凉》,后人不知之,误为《贺新郎》',此可笑者三也。《词话》中可笑者甚众,姑举其尤者。第东坡此词,深为不幸,横遭点污,吾不可无一言雪其耻。宋子京云:'江左有文拙而好刻石者,谓之诒嗤符。'今杨湜

之言俚甚，而锓板行世，殆类是也。"（宋胡仔《苕溪渔隐丛话·后集》）

公（指陆子逸）尝谓余曰："曾看东坡《贺新郎》词否？"余对以世所共歌者。公云："东坡此词，人皆知其为佳，但后擫用榴花事，人少知其意。某尝于晁以道家见东坡真迹，晁氏云：东坡有妾名曰朝云、榴花，朝云死于岭外，东坡尝作《西江月》一阕，寓意于梅，所谓'高情已逐晓云空'是也。惟榴花独存，故其词多及之。观'浮花浪蕊都尽，伴君幽独'，可见其意矣。"（宋陈鹄《西塘集耆旧续闻》）

曩见陆辰州，语余以《贺新郎》词用榴花事，乃妾名也。退而书其语，今十年矣，亦未尝深考。近观顾景蕃续注，因悟东坡词中用"白团扇"、"瑶台曲"，皆侍妾故事。按晋中书令王珉好执白团扇，婢作《白团扇歌》以赠珉。又《唐逸史》，许澶暴卒，复寤，作诗云："晓入瑶台露清气，坐中惟见许飞琼。尘心未尽俗缘重，十里下山空月明。"复寝，惊起，改第二句，云："昨日梦到瑶池，飞琼令改之，云不欲世间知有我也。"按《汉武帝内传》所载董双成、许飞琼，皆西王母侍儿，东坡用此事，乃知陆辰州得榴花之事于晁氏为不妄也。《本事词》载榴花事，极鄙俚，诚为妄诞。（同上）

苏公"乳燕飞华屋"之词，兴寄最深，有《离骚经》之遗法，盖以兴君臣遇合之难，一篇之中，殆不止三致意焉。瑶台之梦，主恩之难常也。幽独之情，臣心之不变也。恐西风之惊绿，忧谗之深也。冀君来而共泣，忠爱之至也。其首尾布置，全类《邶·柏舟》。或者不察其意，多疑末章专赋石榴，似与上章不属，而不知此篇意最融贯也。（宋项安世《项氏家说》）

东坡《贺新郎》，在杭州万顷寺作。寺有榴花树，故词中云石榴。又是日有歌者昼寝，故词中云："渐困倚、孤眠清熟。"其真本云"乳燕栖华屋"，今本作"飞"字，非是。（宋曾季狸《艇斋诗话》）

东坡《贺新郎》词"乳燕飞华屋"云云，后段"石榴半吐红巾蹙"以下皆咏榴。《卜算子》"缺月挂疏桐"云云，"缥缈孤鸿影"以下皆说鸿，别一格也。（元

吴师道《吴礼部诗话》）

上是午梦难成之抑郁，下是新花共赏之襟期。敲门唤起瑶台梦，恼人！恼人！邀朋酌酒，新枝最堪爱惜。坡公此词冠绝古今，苕溪之论诚矣。杨湜谓其为风流太守，岂虚语哉。但其以"贺新郎"当改为"贺新凉"，更迫真。（明《新刻李于鳞先生批评注释草堂诗馀隽》伪托李攀龙评点）

恍惚轻儇。本咏夏景，至换头单说榴花，高手作文，语意到处即为之，不当限以绳墨。榴花开，榴花谢，似芳心，共粉泪，想象、咏物妙境。凡作词，或具深衷，或即时事，工与不工，则作手之本色，自莫可掩。《贺新凉》一解，苕溪正之，诚然，而为秀兰非为秀兰，不必论也。两家纷然，子瞻在泉，不笑其多事耶？（明沈际飞《草堂诗馀·正集》）

此坡咏夏景也。《古今词话》云坡守钱塘，为妓秀兰作《贺新凉》，以解府倅之怒者，苕溪一一正之，诚是。至于为秀兰非为秀兰，可不必论，假使坡老有灵，当必发一大噱，以为两家解纷矣。盖词到高绝处，真无所不可。（明潘游龙《精选古今诗馀醉》）

《贺新郎》调一百十六字，或名《贺新凉》，或名《乳燕飞》，均因东坡词而起。其词寄托深远，与咏雁《卜算子》云"（略）"同一比兴。乃杨湜《词话》谓为酒间召妓、铺叙实事之作，谬妄殊甚。词云："（略）。"计一百十五字。窃意"若待得君来向此"，下直接"花前对酒不忍触"，语气未洽，必系"花前"上脱一字。虽韩淲词此句亦仅七字，恐同一残缺，非全本也。其"蕊"字乃以上作平，与"两簌簌"句中"簌"字以入作平同。（清丁绍仪《听秋声馆词话》）

刘体仁曰：换头处不欲全脱，不欲明粘。能如画家开阖之法，一气而成，则神味自足，有意求之不得也。宋人多于过变处言情，然其气已全于上段矣。另作头绪，便不成章。至如东坡《贺新郎》（乳燕飞华屋），其换头"石榴半吐"，皆咏石榴。《卜算子》（缺月挂疏桐），其换头"缥缈孤鸿影"，皆咏鸿，又一变也。（清沈雄《古今词话·词品》）

北宋有无谓之词以应歌,南宋有无谓之词以应社。然美成《兰陵王》、东坡《贺新凉》,当筵命笔,冠绝一时。(清周济《介存斋论词杂著》)

颇欲与少陵《佳人》一篇互证。(清谭献评《词辨》)

情节相生,笔致婉曲。东坡笔墨自有东坡心事。此中大有怨情,但怨而不怒,哀而不伤。词骨词品,高绝卓绝。(清陈廷焯《云韶集》)

东坡《贺新凉》词,后段单说榴花。荆公咏榴花,有"万绿丛中红一点,动人春色不须多"之句。(清许昂霄《词综偶评》)

前一阕,是写所居之幽僻。次阕,又借榴花,以比此心蕴结,未获达于朝廷,又恐其年已老也。末四句,是花是人,婉曲缠绵,耐人寻味不尽。(清黄苏《蓼园词选》)

黄庭坚 二首

鹧鸪天

坐中有眉山隐客史应之和前韵①，即席答之

黄菊枝头生晓寒。人生莫放酒杯干。风前横笛斜吹雨，醉里簪花倒著冠②。　身健在，且加餐③。舞裙歌板尽清欢。黄花白发相牵挽，付与时人冷眼看④。

【注释】

① 史应之：名铸，四川眉山人。宋代黄庭坚《史应之赞》称其"爱酒而滑稽"，并与之多有唱和。
② 倒著（zhuó）冠：倒戴冠帽。这里用魏晋时山简之典，表现不拘世俗、风流自赏的生活态度。
③ 加餐：多吃饭。
④ 冷眼：平静地对待事物。

【评析】

这是一首即席唱和之作，极尽游宴之乐。从饮酒到吹笛，从簪花到歌舞，全篇始终贯串着及时行乐的主题。但是，我们不禁要问，词人为什么会产生如此消极的生活态度？"倒著冠"一语，道出了词人的苦衷。其实，词人并非胸无大志，贪图享乐，而是遭遇仕途不顺，感慨人生失意，所以不得不以这种傲兀疏狂的姿态来面对生活。满腹牢骚，也只能借此加以排遣。故黄苏评曰："末二句，尤有牢骚。然自清迥出，骨力不凡。"（《蓼园词选》）

【辑评】

上是衔杯对菊雅况,下是尽欢饮酒情怀。风前笛,醉里衣,景色凝眸。身健加餐,冷眼看他世上人。将名利关头勘破无遗,而种种见道名言溢于楮上。(明《新刻李于鳞先生批评注释草堂诗馀隽》伪托李攀龙评点)

此词全把老杜诗翻出,自妙。(托名杨慎评点《草堂诗馀》)

"横笛"、"簪花",仙,仙。(明沈际飞《草堂诗馀·正集》)

东坡"破帽多情却恋头"翻龙山事,特新。山谷"风前横笛斜吹雨,醉里簪花倒着冠",尤用得幻。(清沈谦《东江集钞》)

山谷此词,颇似稼轩率意之作。(清陈廷焯《词则·放歌集》)

菊称其耐寒则有之,曰"破寒",更写得精神出。曰"斜吹雨"、"倒着冠",则有傲兀不平气在。末二句,尤见牢骚。然自清迥独出,骨力不凡。(清黄苏《蓼园词选》)

定 风 波

次高左藏使君韵①

万里黔中一漏天②。屋居终日似乘船③。及至重阳天也霁。催醉。鬼门关外蜀江前④。　莫笑老翁犹气岸⑤。君看。几人黄菊上华颠⑥。戏马台前追两谢⑦。驰射。风情犹拍古人肩⑧。

【注释】

① 高左藏:名羽。左藏,官名,即左藏库使。绍圣四年(1097),高羽为黔州守,词亦作于本年。

② 黔中:即黔中郡,治今重庆彭水苗族土家族

③ 乘船：因下雨不止而长时间居于室内，如同乘船。
④ 鬼门关：又名石门关，在今重庆奉节东。
⑤ 气岸：气概高傲。
⑥ 黄菊：原本作"白发"。华颠：白头。
⑦ 戏马台：古台名，在今江苏徐州境内，据说是西楚霸王项羽所建。两谢：南朝诗人谢灵运、谢瞻，两人均有赋戏马台诗。
⑧ 拍古人肩：追随古人，欲与古人比肩同游。

【评析】

  这首次韵之作，作于绍圣二年（1095）。本年黄庭坚坐修《神宗实录》不实的罪名，贬为涪州别驾、黔州安置。虽然是贬谪之作，但词中却为我们呈现了一个意气风发、风流骑射的高士形象。起二句，连用两个比喻写黔地气候，不仅风趣幽默，而且形象贴切。接三句写雨后天晴，登高大醉，境界豁然为之开朗。下片接写疏狂醉态。华发簪菊，不仅点出重阳时节，同时也表现了词人的岸然气概。故结句化用二谢典故，以表达追慕古人的风流意趣。全词慷慨激昂，乐观旷达，没有流露出一丝贬谪之后的压抑情绪。

秦　观　九首

望　海　潮

　　梅英疏淡，冰澌溶泄①，东风暗换年华。金谷俊游②，铜驼巷陌③，新晴细履平沙。长记误随车④。正絮翻蝶舞，芳思交加⑤。柳下桃蹊，乱分春色到人家。　　西园夜饮鸣笳⑥。有华灯碍月，飞盖妨花⑦。兰苑未空⑧，行人渐老⑨，重来是事堪嗟⑩。烟暝酒旗斜。但倚楼极目，时见栖鸦。无奈归心，暗随流水到天涯。

【注释】

① 冰澌（sī）：解冻时流动的冰水。
② 金谷：金谷园，西晋石崇所建，在今河南洛阳西北。
③ 铜驼：汉代在洛阳宫南四会道铸二铜驼，夹路相对，其巷称铜驼巷，与金谷园同为洛阳游赏胜地。
④ 误随车：用唐代韩愈《游城南十六首·嘲少年》："只知闲信马，不觉误随车。"
⑤ 芳思：指春天的情思。
⑥ 西园：曹操在邺都（今河北临漳）所建铜雀园，亦名西园。此处借指洛中园林。
⑦ 飞盖：飞驰的车子。盖，车盖。
⑧ 兰苑：美丽的园林，此指西园。
⑨ 行人：出行之人，词人自指。
⑩ 是事：所有的事。

【评析】

　　此词以赋法写归思，故不可着眼于字面，应从行文转折顿宕处寻绎其理脉，方见词意深厚沉着。上片以"梅英"领起春色：由梅英、冰澌而东风，而新晴，而柳絮，而直至上片歇拍处之桃花，将春色皴染得烂漫一片。摹景状物中又时时以词语略加逗引,故意脉浑然而不断,如"换"字惊心,为一篇之眼,词中今昔对比之情、时光流逝之意,俱从此生出。又如"长记"之顿宕感慨,"芳思交加"之缭乱,时时提挈,至"柳下"二句,思路幽绝,情最迷离,妙处有不可言说者。下片忆旧。"西园"三句写昔日游宴,夜饮鸣笳,华灯碍月,飞盖妨花,极尽豪奢之能事。"兰苑"三句陡转,乐极而悲。"烟暝"句以景点染;"倚楼极目"愈见衰飒,愈不可堪;结尾点出主旨。以百媚之春光,衬满目凄凉之旅况,归思之意不言而自明,其深厚沉着正在此处。

【辑评】

上言邀游广野,春色入山家。下言沉酣旅舍,归心随流水。借桃花缀梅花,风光百媚。停杯骋望,有无限归思隐跃言先。自梅英吐年花说到春色乱分处,兼以华灯飞盖酒旌,一寓目尽是旅客增怨,安得不归思如流耶?(明《新刻李于鳞先生批评注释草堂诗馀隽》伪托李攀龙评点)

春光满楮,与梅无涉。(明沈际飞《草堂诗馀·正集》)

("梅英疏淡")壮丽,非此不称。此调怀古,"广陵"、"越州"及"别意"一首,皆当录。(世经堂康熙十七年残本《词综》批语)

"金谷"以下与后"兰苑"以下同。"俊"字、"未"字用去声,是定格。歌至此要振得起,用不得平声。观自来宋金元名词,无不用去,惟有石孝友一首用"摇"、"生"二字,乃是败笔。其别作一首,即用"命"、"荐"二字矣。(清万树《词律》)

可人风味在此,语意殊绝。(清秦元庆评《淮海后集长短句》)

两两相形,以整见动。以两"到"字作眼,点出"换"字精神。(清周济《宋四家词选》批语)

("长记"句)顿宕。("柳下桃蹊"二句)旋断仍连。(下阕)陈、隋小赋缩本,填词家不以唐人为止境也。(清谭献评《词辨》)

少游词最深厚,最沉着,如"柳下桃蹊,乱分春色到人家",思路幽绝,其妙令人不能思议。较"郴江幸自绕郴山,为谁流下潇湘去"之语,尤为入妙。世人动訾秦七,真所谓井蛙谤海也。(清陈廷焯《白雨斋词话》)

八 六 子

倚危亭①。恨如芳草,萋萋刬尽还生②。念柳外青骢别后,水边红袂分时③,怆然暗惊。　　无端天与娉婷。夜月一帘幽梦,春风十里柔情④。怎奈向⑤、欢娱渐随流水,素弦声断,翠绡香减⑥,那堪片片飞花弄晚,濛濛残雨笼晴。正消凝⑦。黄鹂又啼数声。

【注释】

① 危亭:高处的亭子。
② 刬(chǎn)尽:铲尽。
③ 红袂(mèi):红衣袖,代指女子。
④ "无端"三句:化用唐代杜牧《赠别二首》其一:"娉娉袅袅十三馀,豆蔻梢头二月初。春风十里扬州路,卷上珠帘总不如。"无端,无缘无故。娉婷,姿态美好的样子。
⑤ 怎奈向:怎奈,奈何。
⑥ 翠绡(xiāo):绿色丝巾。
⑦ 消凝:伤感,凝神。

【评析】

此词语句清丽,意旨缠绵,音调凄婉,甚得倚声家推赏。观其用力处,"全在情景交炼,得言外意"(宋张炎《词源》)。上片由倚楼凝望溯入别离时情景。发端以草喻人情,此种手法,秦观之前已有之,如唐代白居易《赋得古原草送别》诗,还可追溯到南朝梁江淹《别赋》中的名句:"春草碧色,春水渌波,送君南浦,伤如之何!"但秦观词不仅具体,而且加以转折:先说恨如芳草,这是比;"萋萋"既状草,亦写情;"刬尽还生",以草生命之强喻恨之强且不绝,故前人誉之为"神来之笔"。"念"字领起下文,"柳外青骢"与"水边红袂"相对,是深印于词人脑海中之别离情景,而今思之,不觉怆然。下片由回忆往昔欢娱之时转入眼前凄凉之景。"无端"句写女子之美;"夜月"二句写当年欢娱。"怎奈向"一转,以流水、弦断、香减、飞花、残雨,写美好往日一去不复,亦状眼前之孤凄。一番景色,一番愁绪,情在景中。歇拍仍以景结,不言愁而愁自在,不言恨而恨自生,馀音袅袅,有含蓄不尽之妙。

【辑评】

《古今词话》以古人好词,世所共知者,易甲为乙。称其所作,仍随其词牵合为说,殊无根蒂,皆不足信也。如秦少游……《八六子》"倚危亭。恨如芳草,萋萋刬尽还生"者,《浣溪沙》"脚上鞋儿四寸罗"者,二词皆见《淮海集》,乃以《八六子》为贺方回作,以《浣溪沙》为涪翁作。……皆非也。(宋胡仔《苕溪渔隐丛话·后集》)

秦少游《八六子》词云:"片片飞花弄晚,濛濛残雨笼晴。正销凝。黄鹂又啼数声。"语句清峭,为名流推激。予家旧有建本《兰畹曲集》,载杜牧之一词,但记其末句云:"正销魂,梧桐又移翠阴。"秦公盖效之,似差不及也。(宋洪迈《容斋四笔》)

秦淮海词,古今绝唱,如《八六子》前数句云:"倚危亭。恨如芳草,萋萋刬尽还生。"读之愈有味。又李汉老《洞仙歌》云:"一团娇软,是将春揉做,撩乱随风到何处。"此有腔调散语,非工于词者不能到。毛友达可诗"草色如愁滚滚来",用秦语。(宋张侃《拙轩词话》)

秦少游《八六子》云:"(略)。"离情当如此作,全在情景交炼,得言外意,有如"劝君更尽一杯酒,西出阳关无故人",乃为绝唱。(宋张炎《词源》)

少游《八六子》尾阕云:"正销凝。黄鹂又啼数声。"唐杜牧之一词,其末云:"正销魂,梧桐又移翠阴。"秦词全用杜格。然秦首句云:"倚危亭。恨如芳草,萋

萋刬尽还生。"二语妙甚，故非杜可及也。（明陈霆《渚山堂词话》）

语缓而意至，结句尤悠雅蕴藉。朱淑真诗"欲将郁结心头事，付与黄鹂叫几声"，便不成语。（明张綖《草堂诗馀别录》）

周美成词"愁如春后絮，来相接"，与"恨如芳草"，"刬尽还生"，可谓极善形容。（托名杨慎评点《草堂诗馀》）

上忆别多情之语，下难会深思之情。别后分时，忆来情多。"花弄晚"，"雨笼晴"，又是一番景色一番愁。全篇句句写个愁意，句句未曾露个"愁"字，正合"诗可以怨"。（明《新刻李于鳞先生批评注释草堂诗馀隽》伪托李攀龙评点）

恨如刬草还生，愁如春絮相接；言愁，愁不可断；言恨，恨不可已。（明沈际飞《草堂诗馀·正集》）

秦少游《八六子》云："（略）。"与李演词云："乍鸥边，一番腴绿，流红又怨蘋花。看晚吹、约晴归路，夕阳分落渔家。轻云半遮。　紫情芳草无涯。还报舞香一曲，玉瓢几许春华。正细柳青烟，旧时芳陌，小桃朱户，去年人面，谁知此日重来系马，东风淡墨皷鸦。黯窗纱。人归绿阴自斜。"字句平仄如一，惟李词首句不起韵，第五句用韵，与秦稍异。《词律》谓秦词恐有讹处，未必然也。至秦词"奈回首"作"怎奈向"，李词"玉瓢"作"玉飘"，均系传钞之误。（清丁绍仪《听秋声馆词话》）

神来之作。（清周济《宋四家词选》批语）

寄托耶？怀人耶？词旨缠绵，音调凄婉如此。（清黄苏《蓼园词选》）

若淮海《八六子》词之"断"、"晚"与"减"，本不同部，必非韵协。（清陈锐《裒碧斋词话》）

寄慨无端。（清陈廷焯《词则·大雅集》）

满 庭 芳

　　山抹微云，天粘衰草，画角声断谯门①。暂停征棹②，聊共引离尊③。多少蓬莱旧事④，空回首、烟霭纷纷。斜阳外，寒鸦万点，流水绕孤村⑤。　　消魂⑥。当此际，香囊暗解⑦，罗带轻分⑧。漫赢得青楼，薄幸名存⑨。此去何时见也，襟袖上、空惹啼痕。伤情处，高城望断，灯火已黄昏⑩。

【注释】

① 谯（qiáo）门：建有瞭望楼的城门。
② 征棹：指远行之舟。
③ 离尊：饯别的酒杯。
④ 蓬莱旧事：秦观曾游会稽，住蓬莱阁，于郡守宴上悦一歌妓，自此不能忘情。
⑤ "寒鸦"二句：化用隋炀帝《野望》："寒鸦千万点，流水绕孤村。"
⑥ 消魂：魂魄离散，形容极度悲伤、愁苦。
⑦ 香囊：香袋。古时男女离别时常解香囊相赠以为纪念。
⑧ 罗带：古时男女用罗带打同心结以示相爱，用解罗带示分离。
⑨ "漫赢"二句：化用唐代杜牧《遣怀》："十年一觉扬州梦，赢得青楼薄幸名。"漫，枉，徒然。青楼，妓女所居处。
⑩ "高城"二句：用唐代欧阳詹《初发太原途中寄太原所思》："高城已不见，况复城中人。"

【评析】

　　此词在秦观诸作中最负盛名，秦观亦因此被人称为"山抹微云秦学士"。此词之作法与柳永为近（故苏轼谓秦"学柳七作词"），所可说者，为其赋事有法度，言情能蕴藉；所不可说者，在言语酸咸之外，所谓天心月胁、情韵兼胜者也。开头以对句起调，从容整炼。"抹"、"粘"二字用力。然后出画角、谯门，点明离别场景。此三句虽为别离时所闻见，但前二句为远景，暗示行人去处，故凄迷；后一句为近景，是分袂处，故惆怅。"暂停"二句出人物。"聊"字见人心中之无聊赖。"多少"一句提起，似有无限话语欲待倾诉；但接之以"空回首"云云，陡然打住，然后引情入景。提起又放下，欲说还休，正是秦词吞吐能留之法，极其含蓄蕴藉。"斜阳"数句为人称赏，亦为即景即情、景中含情之故。换头以"消魂"领起，其情转为激烈。"当此际"五句写分别时刻，"暗解"、"轻分"、"漫赢得"，语淡而意深，是无奈语，是感伤语。周济谓此词"将身世之感，打并入艳情"（《宋四家词选》批语），可于此处留意。"此去"二句想象别后；"伤情处"三句又转入眼前，仍是欲说又止。含泪呜咽，以景结住。而此情此景，实令伤心人肝肠断绝矣！读此词，方知盛名之下，必有所归。

【辑评】

《艺苑雌黄》云：程公阐守会稽，少游客焉，馆之蓬莱阁。一日，席上有所悦，自尔眷眷，不能忘情，因赋长短句，所谓"多少蓬莱旧事，空回首、烟霭纷纷"也。其词极为东坡所称道，取其首句，呼之为"山抹微云君"。中间有"寒鸦万点，流水绕孤村"之句，人皆以为少游自造此语，殊不知亦有所本。予在临安，见平江梅知录云："隋炀帝诗云：'寒鸦千万点，流水绕孤村。'少游用此语也。"……苕溪渔隐曰："晁无咎云：'少游如《寒景词》云："斜阳外，寒鸦万点，流水绕孤村。"虽不识字人，亦知是天生好言语。'其褒之如此，盖不曾见炀帝诗耳。"（宋胡仔《苕溪渔隐丛话·后集》）

又温（指范仲温）尝预贵人家会，贵人有侍儿善歌秦少游长短句，坐间略不顾。温亦谨，不敢吐一语。及酒酣欢洽，侍儿始问："此郎何人耶？"温遽起，叉手而对曰："某乃'山抹微云'女婿也。"闻者多绝倒。（宋蔡絛《铁围山丛谈》）

后秦少游自会稽入京，见东坡，坡云："久别当作文甚胜，都下盛唱公'山抹微云'之词。"秦逊谢，坡遽云："不意别后，公却学柳七作词。"秦答曰："某虽无识，亦不至是，先生之言，无乃过乎？"坡云："'销魂。当此际'，非柳词句法乎？"秦惭服，然已流传，不复可改矣。（宋黄昇《唐宋诸贤绝妙词选》）

杭之西湖，有一倅闲唱少游《满庭芳》，偶然误举一韵云："画角声断斜阳。"妓操琴在侧云："画角声断谯门，非'斜阳'也。"倅因戏之曰："尔可改韵否？"琴即改作"阳"字韵云："山抹微云，天连衰草，画角声断斜阳。暂停征辔，聊共饮离觞。多少蓬莱旧侣，频回首、烟霭茫茫。孤村里，寒鸦万点，流水绕低墙。

魂伤。当此际，轻分罗带，暗解香囊。漫赢得青楼，薄倖名狂。此去何时见也，襟袖上、空有馀香。伤心处，长城望断，灯火已昏黄。"东坡闻而称赏之。（宋吴曾《能改斋漫录》）

秦观少游亦善为乐府，语工而入律，知乐者谓之作家歌。元丰间盛行于淮楚。"寒鸦万点，流水绕孤村"，本隋炀帝诗也，少游取以为《满庭芳》辞，而首言"山抹微云，天粘衰草"，尤为当时所传。苏子瞻于四学士中最善少游，故他文未尝不极口称善，岂特乐府？然犹以气格为病，故常戏云："山抹微云秦学士，露花倒影柳屯田。""露花倒影"，柳永《破阵子》语也。（宋叶梦得《避暑录话》）

少游一觉扬州梦，自作清歌自写成。流水寒鸦总堪画，细看疑有断肠声。（宋陈克《大年〈流水绕孤村图〉》）

"寒鸦千万点，流水绕孤村"，隋炀帝诗也。"寒鸦数点，流水绕孤村"，少游词也。语虽蹈袭，然入词尤是当家。（明王世贞《艺苑卮言》）

"寒鸦"二句，朱希真又化作小词云："看到水如云，送尽鸦成点。"（明卓人月辑、徐士俊评《古今词统》）

上惜别时有怀旧事之情思，下相思处有望高城之精神。回首处，科场远眺，情何殷也。伤情处，黄昏独坐，情难缱矣。少游叙旧事，有"寒鸦流水"之语，已令人赏目赏心，至下"襟袖啼痕"，只为秦楼薄幸，情思迫切，坡公最爱此词。（明《新刻李于鳞先生批评注释草堂诗馀隽》伪托李攀龙评点）

"粘"字工，且有出处。赵文鼎"玉关芳草粘天碧"、刘叔安"暮烟细草粘天远"、叶梦得"浪粘天、蒲桃涨绿"，屡用之。晁无咎谓"寒鸦数点"二句，即不识字人，知是天然好语。苕溪云："无咎褒之，不曾见炀帝诗耳。"弇州云："语固

蹈袭，入词尤当家。"人之情，至少游而极。结句"已"字，情波几叠。（明沈际飞《草堂诗馀·正集》）

偶披《淮海集》，书"寒鸦数点，流水绕孤村"，不意乃作情语，亦《闲情赋》之流也。（明董其昌《跋少游〈满庭芳〉词》）

秦少游"斜阳外，寒鸦万点，流水绕孤村"，晁无咎云此语虽不识字者，亦知是天生好言语。渔隐云无咎不见炀帝诗耳。盖以隋炀帝有"寒鸦千万点，流水绕孤村"之句也。余谓此语在隋炀帝诗中，只属平常，入少游词特为妙绝。盖少游之妙，在"斜阳外"三字，见闻空幻。又"寒鸦"、"流水"，炀帝以五言划为两景，少游词用长短句错落，与"斜阳外"三景合为一景，遂如一幅佳图。此乃点化之神。必如此，乃可用古语耳。（清贺贻孙《诗筏》）

（"晚色云开"）只用平淡写法，却酸酸楚楚。"寒鸦"二句，虽用隋炀帝句，恰当自然，真色见矣。（世经堂康熙十七年残本《词综》批语）

按"山抹微云"，少游客会稽，席上有所悦，所赋《满庭芳》词也。（清徐釚《词苑丛谈》）

词有袭前人语而得名者，虽大家不免。如方回"梅子黄时雨"，耆卿"杨柳岸、晓风残月"，少游"寒鸦数点，流水绕孤村"，幼安"是他春带愁来，春归何处？却不解，带将愁去"等句。惟善于调度，正不以有蓝本为嫌。（清吴衡照《莲子居词话》）

将身世之感，打并入艳情，又是一法。（清周济《宋四家词选》批语）

钮玉樵云："少游词'山抹微云，天粘衰草'，其用意在'抹'字、'粘'字。况庾阐赋'浪势粘天'，张祜草诗'草色粘天鹭鸶恨'，俱有来历。俗以'粘'作'连'，益信其谬。"（清张宗橚《词林纪事》）

寒鸦数点正斜阳，淮海当年独断肠。何意西湖湖水上，尊前重改《满庭芳》。（清宋翔凤《论词绝句》其八）

诗情画景，情词双绝。此词之作，其在坐贬后乎？（清陈廷焯《词则·大雅集》）

少游《满庭芳》诸阕，大半被放后作。恋恋故国，不胜热中。其用心不逮东坡之忠厚，而寄情之远，措语之工，则各有千古。（清陈廷焯《白雨斋词话》）

宋人如"红杏尚书"、"贺梅子"、"张三影"、"山抹微云秦学士"、"露华倒影柳屯田"、"晓风残月柳三变"、"滴粉搓酥左与言"之类，皆以一语之工，倾倒一世。宋与柳、左无论矣，独惜张、秦、贺三家，不乏杰作，而传诵者转以次乘，岂《白雪》、《阳春》，竟无和者与？为之三叹。（同上）

淮海在北宋，如唐之刘文房。下阕不假雕琢，水到渠成，非平钝所能藉口。（清谭献评《词辨》）

（"空回首，烟霭纷纷"）四字引起下文。自起至换头数语，俱是追叙，玩结处自明。（清许昂霄《词综偶评》）

《满庭芳》一曲，唱遍歌楼。（清邓廷桢《双砚斋词话》）

少游入京见东坡，坡曰："久别，作文甚胜。都下盛唱公'山抹微云'之词。"少游逊谢。坡曰："不意别后，公却学柳七作辞。"游曰："某虽无识，亦不至是。"坡曰："'销魂当此际'，非柳句法乎。"又问别作何词，游举"小楼连苑横空，下窥绣毂雕鞍骤"。坡曰："十三个字，只说得一个人骑马楼前过。"秦问坡近著，坡举"燕子楼空，佳人何在，空锁楼中燕"。无咎在座，谓三句说尽张建封一段事，大以为奇。词之不易工如此。蔡伯世云："子瞻辞胜乎情，耆卿情胜乎词，情辞相称者，惟少游而已。"其推重如此。张绖云：少游多婉约，子瞻多豪放。当以婉约为主。沈曰："粘"字工，且有出处。赵文鼎"玉关芳草粘天碧"，刘叔安"暮烟细草粘天远"，叶梦得"浪粘天满桃涨绿"，皆用之。沈曰：人之情，至少游而极，结句"已"字情波几叠。（清黄苏《蓼园词选》）

诗重发端，惟词亦然，长调尤重。有单起之调，贵突兀笼罩，如东坡"大江东去"是；有对起之调，贵从容整炼，如少游"山抹微云，天粘衰草"是。（清沈祥龙《论词随笔》）

满 庭 芳

晓色云开①，春随人意，骤雨才过还晴。古台芳榭，飞燕蹴红英②。舞困榆钱自落，秋千外、绿水桥平。东风里，朱门映柳，低按小秦筝。　　多情。行乐处，珠钿翠盖，玉辔红缨。渐酒空金榼③，花困蓬瀛④。豆蔻梢头旧恨，十年梦、屈指堪惊⑤。凭阑久，疏烟淡日，寂寞下芜城⑥。

【注释】

① 晓：原本作"晚"。
② 蹴（cù）：踏。红英：指落花。
③ 金榼（kē）：金制的酒杯。
④ 蓬瀛：蓬莱和瀛洲，传说中的仙山。
⑤ "豆蔻"三句：化用唐杜牧《赠别二首》其一"娉娉袅袅十三余，豆蔻梢头二月初"、《遣怀》"十年一觉扬州梦，赢得青楼薄幸名"。
⑥ 芜城：指扬州。南朝宋竟陵王据此反，兵败，城中荒芜，鲍照作《芜城赋》讽之，故而得名。

【评析】

此词写游春。敖陶孙曾评秦观诗"如时女步春"，用于此词，甚觉贴切。看他先写天气宜人，景色迷人，至歇拍，渐次说到人事，犹是朱门映柳，低按秦筝，一派清柔婉媚光景，恰如步春女郎之旖旎景象。其中"飞燕蹴红英"之细节、"舞困榆钱自落"之奇想，都写得春色逼人；尤其"秋千外"二句，景语中而有无限情韵。换头"多情"是下片主旨，先写行乐，"珠钿翠盖"、"玉辔红缨"，见游赏之盛况；金榼酒空、"花困蓬瀛"，见游宴之豪奢。"豆蔻"三句陡转，以"十年"一笔抹倒，乐极而生悲，以"恨"、"梦"、"惊"形容之，惊心动魄。最后三句以景结情，与起处成一对比，苍茫旷远中情思正浓。全词写春色，写游春，却是在黯然自伤，其章法极绵密。

【辑评】

上叙景物繁华，下见人当及时行乐。"秋千外"，"东风里"，字工奇巧。"疏烟淡月"，此时之情还堪远眺否？就暗中描出春色，林峦欲滴。就远处描出春情，城郭隐然如无。（明《新刻李于鳞先生批评注释草堂诗馀隽》伪托李攀龙评点）

景胜于情。（托名杨慎评点《草堂诗馀》）

"秋千外、绿水桥平"，又"地卑山近，衣润费炉烟"，淡语之有情者也。（明王世贞《艺苑卮言》）

敖陶孙评少游诗"如时女步春，终伤婉弱"，其在于词，正相宜耳。（明卓人月辑、徐士俊评《古今词统》）

（上片）悠淡语，不觉其妙而自妙。"微映百层城"，景亦不少；"寂寞"句，感慨过之。（明沈际飞《草堂诗馀·正集》）

《满庭芳》填词易俗，乃深秀如许。（世经堂康熙十七年残本《词综》批语）

此必少游被谪后作。雨过还晴，承恩未久也。"燕蹴红英"，喻小人之谗构也。"榆钱"，自喻也。"绿水桥平"，喻随所适也。"朱门"、"秦筝"，彼得意者自得意也。前一阕叙事也。后一阕则事后追忆之词。"行乐"三句，追从前也。"酒空"二句，言被谪也。"豆蔻"三句，言为日已久也。"凭栏"二句结。通首黯然自伤也，章法极绵密。（清黄苏《蓼园词选》）

（上片）君子因小人而斥。（下片）一笔挽转。（末句）应首句不忘君也。（清周济《宋四家词选》批语）

"秋千外、绿水桥平"，景语却无限清婉。（清秦元庆评《淮海后集长短句》）

（"晚色云开"三句）天气。（"高台芳榭"四句）景物。（"东风里"三句）渐说到人事。（"珠钿翠盖"二句）会合。（"渐酒空金榼"四句）离别。（"疏烟淡日"二句）与起处反照作收。（清许昂霄《词综偶评》）

减字木兰花

天涯旧恨。独自凄凉人不问。欲见回肠①。断尽金炉小篆香②。　　黛蛾长敛。任是春风吹不展。困倚危楼。过尽飞鸿字字愁③。

【注释】

① 回肠：比喻愁闷不解，郁结于心。
② 篆香：香的一种，盘曲如篆文。
③ "过尽"句：鸿雁飞行有序，常呈"一"、"人"等字形，故云"字字愁"。

【评析】

此词上、下片可对照来看：上片写天涯人旧恨，下片写闺中人离情，两相映照，尤见其情。写天涯人，突出其孤独之感，既在天涯，又无人存问，其悲苦可知。接以篆香状愁肠，形象而奇警。写闺中人，则从情态、行止处着眼。"黛蛾长敛"写愁态，以"春风吹不展"写愁之深、之浓。"困倚危楼"写行止，而以飞鸿点离情。"字字愁"奇绝。上、下片写两种场景，两地相思，其离愁别恨却同样浓重。

【辑评】

闲情之作，虽属词中下乘，然亦不易工。……盖摹色绘声，碍难着笔，第言姚冶，易近纤佻。兼写幽贞，又病迂腐。然则何为而可，曰："根柢于《风》《骚》，涵泳于温、韦，以之作正声也可，以之作艳体亦无不可。"古人词如……秦少游之"欲见回肠。断续薰炉小篆香"。……似此则婉转缠绵，情深一往，丽而有则，耐人玩味。（清陈廷焯《白雨斋词话》）

踏 莎 行

雾失楼台,月迷津渡①。桃源望断无寻处②。可堪孤馆闭春寒③,杜鹃声里斜阳暮。　驿寄梅花④,鱼传尺素⑤。砌成此恨无重数。郴江幸自绕郴山⑥,为谁流下潇湘去⑦。

【注释】

① 津渡:渡口。
② 桃源:出自晋陶渊明《桃花源记》,此处借指避世仙境。
③ 可堪:哪堪,哪里禁受得住。
④ 驿寄梅花:通过驿站寄送梅花。《太平御览》卷九七〇引南朝宋盛弘之《荆州记》:陆凯与范晔交好,从江南寄了一枝梅花到长安给范晔,并赠诗曰:"折花逢驿使,寄与陇头人。江南无所有,聊赠一枝春。"后以"寄梅"指对亲友的思念。
⑤ 尺素:书信。
⑥ 郴(chēn)江:即郴水,发源于黄岑山,流入湘江。幸自:本来就是。
⑦ 潇湘:湘水在湖南零陵县西与潇水合流,故称潇湘。

【评析】

此词作于绍圣四年(1097),写词人贬谪后心情。起三句,写眼前景物,虚幻迷茫,喻指仕途坎坷,人生无所寄托。接二句写客馆春寒,杜鹃啼鸣,斜阳日暮,表达心中的失意怅惘。下片起首,本欲通过"驿寄梅花"和"鱼传尺素"的方式来排遣这种失落的情绪,反而更加深了这种闲愁苦闷。正如郴江和郴山一样,永远紧密地联系在一起,最后归入潇水和湘水的怀抱。这首词的结句当有所寄托,黄庭坚也说秦观"多顾有所属而作"(《跋秦少游〈踏莎行〉》),苏轼则"绝爱此词尾二句,自书于扇曰:'少游已矣,虽万人何赎!'"(明张綖《草堂诗馀别录》)全篇哀婉凄厉,怆恻悲苦,体现了淮海词的另一种艺术风貌。

【辑评】

右少游发郴州回横州，多顾有所属而作。语意极似刘梦得楚蜀间诗也。（宋黄庭坚《跋秦少游〈踏莎行〉》）

《诗眼》云："后诵淮海小词云：'杜鹃声里斜阳暮。'公曰：'此词高绝。但既云"斜阳"，又云"暮"，则重出也。欲改"斜阳"作"帘栊"。'余曰：'既言"孤馆闭春寒"，似无帘栊。'公曰：'亭传虽未必有帘栊，有亦无害。'余曰：'此词本模写牢落之状。若曰"帘栊"，恐损初意。'先生曰：'极难得好字，当徐思之。'然余因此晓句法不当重叠。"（宋胡仔《苕溪渔隐丛话·前集》）

诗话谓"斜阳暮"语近重叠，或改"帘栊暮"；既是"孤馆闭春寒"，安得见所谓"帘栊"？二说皆非。尝见少游真本乃"斜阳树"，后避庙讳，故改定耳。（宋张端义《贵耳集》）

黄山谷以此词"斜阳暮"为重出，欲改"斜阳"为"帘栊"。余以"斜阳"属日，"暮"属时，未为重复。坡公"回首斜阳暮"、周美成云"雁背斜阳红欲暮"可证。（宋何士信《草堂诗馀》）

作诗作词虽曰殊体，然作词亦须要不粘皮着骨方高。秦少游词好者，如"郴江幸自绕郴山，为谁流下潇湘去"，自是有一唱三叹之味。何必语意必着，而后足以写此情。然作词亦须要艳丽之语。观此，诗之高者，须要刮去脂粉方是，此则其不同也。（宋陈模《怀古录》）

《诗眼》载前辈有病少游"杜鹃声里斜阳暮"之句，谓"斜阳暮"似觉意重。仆谓不然，此句读之，于理无碍。谢庄诗曰："夕天际晚气，轻霞澄暮阴。"一联之中，三见晚意，尤为重叠。梁元帝诗："斜景落高春。"既言"斜景"，复言"高春"，岂不为赘？古人为诗，正不如是之泥。观当时米元章所书此词，乃是"杜鹃声里斜阳曙"，非"暮"字也，得非避庙讳而改为"暮"乎？（宋王楙《野客丛书》）

秦少游《踏莎行》"杜鹃声里斜阳暮"，极为东坡所赏，而后人病其"斜阳暮"似重复，非也。见斜阳而知日暮，非复也。犹韦应物诗"须臾风暖朝日暾"，既曰

"朝日",又曰"暾",当亦为宋人所讥矣。此非知诗者。古诗"明月皎夜光","明"、"皎"、"光",非复乎?李商隐诗:'日向花间留返照。'皆然。又唐诗:"青山万里一孤舟。"又:"沧溟千万里,日夜一孤舟。"宋人亦言"一孤舟"为复,而唐人累用之,不以为复也。(明杨慎《词品》)

古人有谓"斜阳暮"三字重出,然因"斜阳"而知日暮,岂得为重出乎?末二句与"衡阳犹有雁传书,郴阳和雁无"同意。(托名杨慎评点《草堂诗馀》)

上言孤馆春寒之旅况,下言音律难付江水流。春寂,而旅思更寂矣。有梅堪折,耐驿使不逢何?东坡最爱此词,为之称赏无已。(明《新刻李于鳞先生批评注释草堂诗馀隽》伪托李攀龙评点)

"平芜尽处是青山,行人更在青山外","郴江幸自绕郴山,为谁流下潇湘去",此淡语之有情者也。(明王世贞《艺苑卮言》)

坡翁绝爱此词尾两句,自书于扇,云:"少游已矣,虽万人何赎?"释天隐注《三体唐诗》,谓此二句实自"沅湘日夜东流去,不为愁人住少时"变化,然毛诗"毖彼泉水,亦流于淇",已有此意,少游盖出诸此。又《王直方诗话》载黄山谷谓此词"斜阳暮"意重,欲易之,未得其字,今《郴志》遂作"斜阳度",愚谓此亦何害,而病其重也。李太白诗"睠彼落日暮",即"斜阳暮"也。刘禹锡"乌衣巷口夕阳斜",杜工部"山木苍苍落日曛",皆此意。别如韩文公《纪梦》诗"中有一人壮非少",《石鼓歌》"安置妥帖平不颇"之类尤多,岂可亦谓之重耶?山谷尝无此言,即诚出山谷,亦一时之言,未足为定论也。(明张綖《草堂诗馀别录》)

古人好词,即一字未易弹,亦未易改。子瞻"绿水人家绕",别本"绕"作"晓",为《古今词话》所赏。愚谓"绕"字虽平,然是实境。"晓"字无饭着,试通咏全章便见。少游"斜阳暮",后人妄肆讥评,托名山谷,《淮海集》辨之详矣。又有人亲在郴州见石刻是"斜阳树","树"字甚佳,犹未若"暮"字。(明俞彦《爰园词话》)

"郴江幸自绕郴山，为谁流下潇湘去。"千古绝唱。秦殁后，坡公尝书此于扇，云："少游已矣，虽万人何赎！"高山流水之悲，千载而下，令人腹痛。（清王士禛《花草蒙拾》）

秦少游南迁至长沙，有妓生平酷爱秦学士词，至是知其为少游，请于母，愿托以终身。少游赠词，所谓"郴江幸自绕郴山，为谁流下潇湘去"者也。念时事严切，不敢偕往贬所。及少游卒于藤，丧还，将至长沙。妓前一夕得诸梦，即逆于途。祭毕，归而自缢以殉。（清赵翼《陔馀丛考》）

秦少游《踏莎行》云："（略）。"东坡绝爱尾二句。余谓不如"杜鹃声里斜阳暮"，尤堪断肠。（清徐钪《词苑丛谈》）

"斜阳暮"，犹之唐人"一孤舟"句法耳。升庵之论破的。（清先著、程洪《词洁》）

秦少游姬人边朝华，极慧丽，恐碍学道，赋诗遣之，白傅所谓"春随樊素一时归"也。未几南迁，过长沙，有妓生平酷慕少游词，至是托终身焉。少游有"郴江幸自绕郴山，为谁流下潇湘去"云云。缱绻甚至。岂情之所属，遽忘其前后之矛盾哉？藉令朝华闻之，又何以为情？及少游卒于藤，丧还，妓自缢以殉。此女固出娄琬、陶心儿上矣。（清吴衡照《莲子居词话》）

少游坐党籍，安置郴州。首一阕是写在郴，望想玉堂天上，如桃源不可寻，而自己意绪无聊也。次阕言书难达意，自己同郴水自绕郴山，不能下潇湘以向北流也。语意凄切，亦自蕴藉，玩味不尽。"雾失"、"月迷"，总是被谗写照。（清黄苏《蓼园词选》）

绍圣元年，绍述议起，东坡贬黄州，寻谪惠州。子由、鲁直相继罢去。少游亦坐此南迁，作《踏莎行》云："（略）。"东坡读之叹曰："吾负斯人。"盖古人师友之际，久要不忘如此。（清邓廷桢《双砚斋词话》）

有有我之境，有无我之境。"泪眼问花花不语，乱红飞过秋千去"，"可堪孤馆闭春寒，杜鹃声里斜阳暮"，有我之境也。"采菊东篱下，悠然见南山"，"寒波澹澹起,白鸟悠悠下",无我之境也。有我之境,以我观物,故物皆着我之色彩。无我之境,以物观物,故不知何者为我,何者为物。(王国维《人间词话》)

少游词境最为凄婉。至"可堪孤馆闭春寒,杜鹃声里斜阳暮",则变而凄厉矣。东坡赏其后二语,犹为皮相。(同上)

"风雨如晦,鸡鸣不已。""山峻高以蔽日兮,下幽晦以多雨。霰雪纷其无垠兮,云霏霏而承宇。""树树皆秋色,山山尽落晖。""可堪孤馆闭春寒,杜鹃声里斜阳暮。"气象皆相似。(同上)

浣 溪 沙

漠漠轻寒上小楼。晓阴无赖似穷秋①。淡烟流水画屏幽。　自在飞花轻似梦,无边丝雨细如愁。宝帘闲挂小银钩。

【注释】

① 无赖:无奈。

【评析】

此词可见秦观词婉转幽怨之风。上片写春寒。"漠漠"写春寒无处不在。轻寒而又晓阴,故有"似穷秋"之错位感觉,其实是百无聊赖之心境写照。然后以画屏中的淡烟流水作映衬,愈见楼中人之百无聊赖。下片写感觉,较上片为精研。"自在"二句最奇,不言梦似飞花、愁如细雨,而反言之,是化具体形象之物(花、雨)为抽象之物(梦、愁),故奇,遂使梦、愁有了飞花、丝雨的质感,而飞花、丝雨也有了梦、愁的迷离情韵。结句又以景打住，与上片结拍呼应。全词淡婉含蓄，景淡，情亦淡，却颇耐寻味。

【辑评】

"穷秋"句，鄙。钱功父曰"佳"，可见功父于此道茫然。后迭精研，夺南唐席。（明沈际飞《草堂诗馀·续集》）

"自在"二句，何减"无可奈何花落去"二句。似《花间》。（世经堂康熙十七年残本《词综》批语）

宛转幽怨，温韦嫡派。（清陈廷焯《词则·大雅集》）

境界有大小，不以是而分优劣。"细雨鱼儿出，微风燕子斜"，何遽不若"落日照大旗，马鸣风萧萧"？"宝帘闲挂小银钩"，何遽不若"雾失楼台，月迷津渡"也。（王国维《人间词话》）

（"自在"二句）奇语。（梁令娴《艺蘅馆词选》引梁启超语）

阮 郎 归

湘天风雨破寒初①。深沉庭院虚。丽谯吹罢《小单于》②。迢迢清夜徂③。　乡梦断，旅魂孤。峥嵘岁又除④。衡阳犹有雁传书⑤。郴阳和雁无⑥。

【注释】

① 湘天：泛指今湖南一带。
② 丽谯：谯楼，指城门上的更鼓楼。也指高楼。《小单（chán）于》：唐代大角曲名。
③ 徂（cú）：往，过去。
④ 峥嵘：不平凡。
⑤ "衡阳"句：湖南衡阳南衡山七十二峰之首为回雁峰，雁至此即不再南飞。
⑥ 郴（chēn）阳：今湖南郴州市。和：连。

【评析】

此词当作于秦观贬居郴州时，情调较低沉。上片写景，而情在景中。"湘天风雨"传达出贬谪人对气候之敏感。庭院深沉而虚，见出词人之孤独。丽谯吹奏《小单于》曲是耳中听来；清夜迢迢，可知词人一夜未眠。这都是以景带情、景中有情的写法。下片抒情，俱从上片景中来。换头点明无眠、孤独之意。结尾二句从鸿雁南翔不过衡山处想来，郴州在衡阳之南，故有此语。托情于物，读之伤心。

【辑评】

上言孤馆中独迎花气之芬芳，下言倦客里未适故友之情绪。夜永寂寂，盼望欲奢。客中景萧索，有夜访之思。"夏之日，冬之夜，独居幽思"，于是为切，况寓旅邸，其凄凉犹有所谓难堪者乎？（明《新刻李于鳞先生批评注释草堂诗馀隽》伪托李攀龙评点）

衡、郴皆楚湘地，故曰湘。伤心！（明沈际飞《草堂诗馀·正集》）

鹧 鸪 天

枝上流莺和泪闻。新啼痕间旧啼痕。一春鱼鸟无消息①，千里关山劳梦魂。　　无一语，对芳尊。安排肠断到黄昏。甫能炙得灯儿了②，雨打梨花深闭门。

【注释】

① 鱼鸟：即鱼雁，指书信。
② 甫能：方才。炙：烧，指点灯。了（liǎo）：结束。

【评析】

　　词写闺怨春愁。起句从宛转莺啼写起,本是欢娱之景,却掩面和泪,为下文留下悬想。次句将春恨又叠加一层,悬念亦叠加一层。至歇拍始揭示缘由,"无消息"是原因之一,"千里关山"是原因之二,"劳梦魂"是原因之三。一语之中,心绪层折,愁思之深,可见一斑。下片续写愁思。独饮无绪只是片时的,凄凉断肠却是永恒的。从白日到黄昏,从灯起到灯灭,这无数个日夜的思想,都是在梨花细雨中艰难度过的。全词因莺声起,又以雨声结,低回往复,幽咽曲折,"此非深于闺恨者不能也"(明王世贞《艺苑卮言》)。

【辑评】

　　此词形容愁怨之意最工,如后叠"甫能炙得灯儿了,雨打梨花深闭门",颇有言外之意。(宋杨湜《古今词话》)

　　秦少游"安排肠断到黄昏。甫能炙后灯儿了,雨打梨花深闭门",则十二时无间矣。此非深于闺恨者不能也。(明王世贞《艺苑卮言》)

　　上是音信杳然意,下是深夜独对景。"新痕间旧痕",一字一血。结两句有言外无限深意。形容闺中愁怨,如少妇自吐肝胆语。(明《新刻李于鳞先生批评注释草堂诗馀隽》伪托李攀龙评点)

　　尖。"安排肠断"三句,十二时中无闻矣,深于闺怨者!末用李词(宋李重元《忆王孙·春景》词),古人爱句,不嫌相袭。(明沈际飞《草堂诗馀·正集》)

　　无限含愁说不得。(托名杨慎评点《草堂诗馀》)

　　"梨花"句与《忆王孙》同,才如少游,岂亦自袭邪,抑爱而不觉其重邪?(明茅暎《词的》)

　　洒洒落落之语,悽悽宛宛之意,具见此词。(明邓志谟《丰韵情书》评语)

　　锦心绣口,出语皆菁。"安排"二字,楚绝。(明陆云龙《词菁》)

　　词虽浓丽而乏趣味者,以其但知作情景两分语,不知作景中有情、情中有景

语耳。"雨打梨花深闭门"、"落红万点愁如海",皆情景双绘,故称好句,而趣味无穷。(清沈祥龙《论词随笔》)

　　孤臣思妇,同难为情。"雨打梨花"句,含蓄得妙,超诣也。(清黄苏《蓼园词选》)

晁元礼　一首

绿 头 鸭

　　晚云收，淡天一片琉璃。烂银盘、来从海底①，皓色千里澄辉。莹无尘、素娥淡伫②，静可数丹桂参差③。玉露初零④，金风未凛⑤，一年无似此佳时。露坐久、疏萤时度，乌鹊正南飞⑥。瑶台冷、阑干凭暖，欲下迟迟。

　　念佳人、音尘别后⑦，对此应解相思。最关情、漏声正永，暗断肠花影偷移。料得来宵，清光未减，阴晴天气又争知。共凝恋、如今别后，还是隔年期。人强健、清尊素影⑧，长愿相随。

【注释】

① "烂银盘"二句：化用唐代卢仝《月蚀诗》："烂银盘从海底出。"烂银盘，月亮像灿烂的银盘。
② 素娥：指月宫中女神嫦娥，亦代指月亮。
③ 丹桂：传说月中有桂树。
④ 零：凋落，降落。
⑤ 金风：秋风。
⑥ 乌鹊正南飞：化用三国曹操《短歌行》："月明星稀，乌鹊南飞。"
⑦ 音尘：本指声音与尘埃，后借指信息。
⑧ 清尊：酒器。也借指清酒。

【评析】

　　此词写中秋，甚得后人称许。南宋胡仔曾说："中秋词，自东坡《水调歌头》一出，馀词尽废。然其后亦岂无佳词？如晁次膺《绿头鸭》一词殊清婉。"此词自不可与苏词相较，但平心而论，亦有足以称道处，其摹景状物，叙事言情，转折从容，尽有法度，是其所长。上片写月景。开端为月出前之背景；"烂银盘"三句写月出；"莹无尘"三句写月；"玉露初零"三句赞中秋之时；然后以疏萤、乌鹊作点缀，情趣盎然而生；"露坐久"与上片三句俱写赏月，流连忘返之情态可见，且为下片言情作势。层层刻画，次第井然。换头以"念"字领起，转入相思。因月之圆而思及人之团圆，故与上片扣紧。"最关情"三句写相思，此是眼前；"料得"以下六句是设想今后，最后以祝愿结。写人物情感之曲折委婉，却是脉络清晰，丝毫不乱，可见出词人结撰时之苦心。

【辑评】

苕溪渔隐曰："中秋词，自东坡《水调歌头》一出，馀词尽废。然其后亦岂无佳词？如晁次膺《绿头鸭》一词，殊清婉。但樽俎间歌喉，以其篇长惮唱，故湮没无闻焉。（宋胡仔《苕溪渔隐丛话·前集》）

赵令畤 三首

蝶 恋 花

欲减罗衣寒未去。不卷珠帘,人在深深处。红杏枝头花几许。啼痕止恨清明雨。　　尽日沉烟香一缕[①]。宿酒醒迟,恼破春情绪。飞燕又将归信误。小屏风上西江路。

【注释】

① 沉烟香:用沉香木及其树脂做成的香料,又称沉水香。

【评析】

赵令畤小词多活泼秀冶,清丽可喜,有机巧处,更有动人处。此词写离思别恨。先说春初乍暖还寒,然后托杏寄兴,"红杏枝头花几许"之问,是伤春情绪,亦含年光流逝之感,而后一层却偏不点破,说"止恨",其实正不止此也。过片三句可作"人在深深处"之注脚,而其用力处则在歇拍二句,托燕寄情,幽怨缠绵,虽不强烈,却低回往复,久久不绝。

【辑评】

上借言泪雨红杏,下借言不归飞燕。借春光误佳期,隐见词衷。托杏写兴,托燕传情,怀春几许衷肠。(明《新刻李于鳞先生批评注释草堂诗馀隽》伪托李攀龙评点)

开口澹冶松秀。末路情景,若近若远,低徊不能去。(明沈际飞《草堂诗馀·正集》)

浑是怨忆之词,观者不胜凄婉。(明邓志谟《丰韵情书》评语)

蝶 恋 花

卷絮风头寒欲尽。坠粉飘香,日日红成阵①。新酒又添残酒困。今春不减前春恨。　　蝶去莺飞无处问。隔水高楼,望断双鱼信②。恼乱横波秋一寸③,斜阳只与黄昏近。

【注释】

① 红成阵:形容落花一片。
② 双鱼:指书信,亦称双鲤。汉乐府《饮马长城窟行》:"客从远方来,遗我双鲤鱼。呼儿烹鲤鱼,中有尺素书。"
③ 横波:形容眼神流动,如水闪波。秋一寸:指眼。

【评析】

此词以情胜,语句圆转流动,语意似尽不尽,构思却从"恨"处着眼。上片是春恨。先写风吹落红,是伤春;次写酒困,是恨春,都从春光易逝之感想来,恨得无理而有情。下片是相思。换头三句写音信不通,却怪"蝶去莺飞无处问",怪得无理。结句写含情凝神远望,却又恨斜阳、黄昏,与《诗经·君子于役》中"日之夕矣,羊牛下来"之黄昏兴愁传统一脉相承。全词从恨风、恨春、恨莺燕,到恨黄昏,语语有情,句句有意,而又风致宛然。

按:《全宋词》附注:"案以上二首又见晏幾道《小山词》。此首别又作晏殊词,见杨金本《草堂诗馀·后集》卷下。"

【辑评】

妙在写情语,语不在多,而情更无穷。(明《新刻李于鳞先生批评注释草堂诗馀隽》伪托李攀龙评点)

恨春日又恨黄昏,黄昏滋味更觉难尝耳。斜阳在目,各有其境,不必相同。一云"却照深深院",一云"只送平波远",一云"只与黄昏近",句句沁入,毛孔皆透。(明沈际飞《草堂诗馀·正集》)

沈雄曰:"山谷谓:'好词惟取陡健圆转。'屯田意过久许,笔犹未休。待制滔滔溽溽,不能尽变。如赵德麟云:'新酒又添残酒病,今春不减前春恨。'陆放翁云:'只有梦魂能再遇,堪嗟梦不由人做。'又黄山谷云:'春未透。花枝瘦。正是愁时候。'梁贡父云:'拼一醉留春,留春不住,醉里春归。'此则陡健圆转之榜样也。"(清沈雄《古今词话·词品》)

清 平 乐

春风依旧。著意隋堤柳①。搓得鹅儿黄欲就②。天气清明时候。　去年紫陌青门③。今宵雨魄云魂。断送一生憔悴,只消几个黄昏④。

【注释】

① 著(zhuó)意:注意,用心。隋堤柳:隋炀帝大业初开通济渠,旁筑御道,并植杨柳。
② 鹅儿黄:即鹅黄,淡黄色,形容新柳枝条的颜色。就:成。
③ 紫陌:京郊的道路。青门:汉长安城东南门,其门色青,故名。后泛指京城城门。
④ 消:需要,用。

【评析】

此首词清超绝俗，活泼可喜。上片写春，却于隋堤柳上写出，且用拟人笔法来写：不言堤柳春日自绿，而说是"春风"、"著意"为之；不言柳条本自黄嫩，而曰春风"搓得"如何如何，见出春风有情有意。下片是伤春情绪。"去年"与"今宵"对举，"紫陌青门"之游乐与"雨魄云魂"之凄寂对举，感慨不待言而自出，故逼出尾二句来：既是感慨眼前，亦是自悼一生，更是普通人生之共伤共叹。明代王世贞称"此恒语之有情者"（《艺苑卮言》），可谓有识。

按：《全宋词》附注："案：《苕溪渔隐丛话·后集》卷四十引《复斋漫录》，以此首为刘弇作。"

【辑评】

"断送一生憔悴，能消几个黄昏。"此恒语之有情者也。（明王世贞《艺苑卮言》）

（"春风"三句）韦庄云："春雨足。染就一溪新绿。"合此可作一联："新雨染成溪水绿，旧风搓得柳条黄。"（明卓人月辑、徐士俊评《古今词统》）

上叙清明佳节，下承有追忆夜不能寐意。真写出春风依旧景，"春色恼人眠不得"差堪拟此。对景伤春，至"断送一生"语，最为悲切。（明《新刻李于鳞先生批评注释草堂诗馀隽》伪托李攀龙评点）

"能消几个黄昏"，怕语之有情者，"能"字更吃紧。（明沈际飞《草堂诗馀·正集》）

对景伤春，而言"断送一生"，最为悲切。（明邓志谟《丰韵情书》评语）

刘弇伟明丧爱妾，颇深骑省之悼。赵德麟戏赋《清平乐》云："（略）。"（清叶申芗《本事词》）

张耒 一首

风流子

　　亭皋木叶下①，重阳近，又是捣衣秋。奈愁入庾肠②，老侵潘鬓③，漫簪黄菊，花也应羞。楚天晚，白蘋烟尽处，红蓼水边头④。芳草有情，夕阳无语，雁横南浦，人倚西楼。　　玉容，知安否，香笺共锦字，两处悠悠。空恨碧云离合，青鸟沉浮⑤。向风前懊恼，芳心一点，寸眉两叶，禁甚闲愁。情到不堪言处，分付东流。

【注释】

① 亭皋：水边的平地。
② 庾肠：南北朝诗人庾信，初仕梁，出使西魏。值梁灭，遂被羁留长安。北周代西魏，庾信仕北周，虽居高位，但常常悲愁忧思，怀念故国，作《哀江南赋》以寄意。后借以代指愁肠。也称"庾愁"。
③ 潘鬓：西晋潘岳《秋兴赋》序曰："余春秋三十有二，始见二毛。"后借指中年白头。
④ 红蓼（liǎo）：一种水草，代指愁绪。
⑤ 青鸟：古代传说中传递信件的使者。

【评析】

　　此词描写离愁别绪。起句五字点明时序地点，"重阳"二字暗示聚合离散，"捣衣"二字表达闺怨愁思。"庾肠"、"潘鬓"化用典故，表达去国还乡、年华易逝的无限感慨。"漫簪黄菊"呼应重阳节序，"花也应羞"紧承"老侵潘鬓"，后以红蓼、白蘋进一步渲染气氛，烘托心情。芳草何以有情，盖因人有别情；夕阳何以无语，盖因人沉默无语。接以"雁横南浦，人倚西楼"，一动一静，相互映衬。下片展开想象，设想远处的佳人是否安好？音讯无凭，云彩离合，传信的青鸟也不知隐于何处。只能对着这瑟瑟秋风，紧蹙双眉，满腹闲愁也只能付诸流水。

词中偶句颇多，用典如"愁入庾肠，老侵潘鬓"，状景如"雁横南浦，人倚西楼"，写人如"芳心一点，寸眉两叶"，抒情如"芳草有情，夕阳无语"，皆自然工整，意味俱佳。正如夏敬观所言："词中对偶最难做，勿视为寻常而后可。"又云："对偶句要浑成，要色泽相称，要不合掌。以情景相融，有意有味为佳。"（《蕙风词话诠评》）词中对偶，此篇洵为代表。

【辑评】

张文潜十七岁作《函关赋》，从东坡游。元祐中，在秘阁，上巳日，集西池，张咏云："翠浪有声黄伞动，春风无力彩旌垂。"少游云："帘幕千家锦绣垂。"同人笑曰："又将入小石调也。"因文潜作大石调《风流子》，故云。（明蒋一葵《尧山堂外纪》）

一字字是悲秋情思，一句句是怀人怨恨。（明邓志谟《丰韵情书》评语）

前段景，后段情。有整有散。（世经堂康熙十七年残本《词综》批语）

曰"楚天晚"，必其监南岳时作也。所云"玉容知安否"，忧主之心也。曰"分付东流"，愁岂随流而去乎？亦与流俱长而已。（清黄苏《蓼园词选》）

张文潜《风流子》："芳草有情，夕阳无语，雁横南浦，人倚西楼。"景语亦复寻常，惟用在过拍，即此顿住，便觉老当浑成。换头"玉容，知安否"，融景入情，力量甚大。此等句有力量，非深于词，不能知也。"香笺"至"沉浮"，微嫌近滑，幸"风前"四句，深婉入情，为之补救，而"芳心"、"翠眉"，又稍稍刷色。下云："情到不堪言处，分付东流。"盖至是不能不用质语为结束矣。虽古人用心，未必如我所云，要不失为知人之言也。"香笺共锦字，两地悠悠。"吾人填词，断不堪如此率意，势必绾两句为一句，下句更添一意，由情中、景中生出皆可，情景皆到，又尽善矣。虽然突过前人不易，或反不逮前人，视平昔之功力、临时之杼轴何如耳。（龙榆生《唐宋名家词选》引况周颐《餐樱庑词话》）

"亭皋"三句感时序迁流，"奈愁人"四句嗟年华老大，"楚天"以下泛写秋景，结二句逗入怀人。换头"玉容知安否"紧承前结，所谓过片不要断了曲意，此类是也。"香笺"四句写消息两隔，"向风前"四句从对面着想，后结二句写无聊之极思。（蔡嵩云《柯亭词评》）

晁补之 四首

水 龙 吟

次韵林圣予《惜春》①

问春何苦匆匆,带风伴雨如驰骤。幽葩细萼②,小园低槛,壅培未就③。吹尽繁红④,占春长久,不如垂柳。算春长不老,人愁春老,愁只是、人间有。　　春恨十常八九。忍轻孤、芳醪经口⑤。那知自是,桃花结子,不因春瘦。世上功名,老来风味,春归时候。最多情犹有,尊前青眼⑥,相逢依旧。

【注释】

① 林圣予:词人好友。
② 幽葩(pā)细萼:幽静的花和细小的萼叶。葩,草木的花。萼,排列花朵外面的叶状薄片。
③ 壅培:用土壤或肥料培在植物根部。
④ 繁红:繁花。
⑤ 孤:《汲古阁宋六十家词》本作"辜"。芳醪(láo):芳香的美酒。
⑥ 青眼:表示喜爱,用阮籍事。阮籍能为青、白眼,所喜之人,对以青眼;不喜,则以白眼对之。见《世说新语·简傲》。

【评析】

惜春而以议论来写,自然与众不同,此当受东坡词影响,思致深而绮艳少。惜春先问春,"带风伴雨如驰骤",是"匆匆"之注脚。问春中影带惜春。"幽葩"

三句写人对花之护惜,其实正是惜春。此为正面写。"吹尽"三句以花与柳比,将春事诉诸理智。"算春长"四句仍是议论,春不老,一层;人愁春老,一层;是春不愁而人愁,又一层,层层转折,层层加深。下片仍以议论起。"春恨"既不可免,然则何以处之?唯有酒耳。"那知"三句发挥上片人愁春不愁之意。"功名"三句将功名、人生与春三者比并,使词意更为深沉。最后人与花相对相伴结束,有欣喜,更有无奈和感伤。

盐 角 儿

亳社观梅①

开时似雪。谢时似雪。花中奇绝。香非在蕊,香非在萼,骨中香彻。　　占溪风,留溪月。堪羞损②、山桃如血。直饶更③、疏疏淡淡,终有一般情别④。

【注释】

① 亳(bó)社:亳州(今属安徽)社日。社日是古代祭祀土地神的节日,在春分前后。
② 羞损:羞煞。损,煞、极,在动词后表示程度之深。
③ 直饶:即使。
④ 一般:一种。情别:情致。

【评析】

这是一首托物言志的咏梅词。上片采用复沓的修辞手法,表现梅花的洁白和幽香,同时点出"骨中香彻"的梅品和人品。下片起句采用对比的表现手法,以桃花映衬梅花的品格神韵。结句则将这种品格神韵发挥到极致,即使花枝稀疏,也别有一种超凡情致。全词寓情于梅,借梅言怀,却不假雕饰,清新自然,表达了词人如梅花般的高尚情操和高洁品格。

【辑评】

苕溪渔隐曰:"《古今词话》以古人好词,世所共知者,易甲为乙,称其所作,仍随其词牵合为说,殊无根蒂,皆不足信也。……晁无咎《盐角儿》'开时似雪。谢时似雪。花中奇绝'者,为晁次膺作,汪彦章《点绛唇》'新月娟娟,夜寒江静山衔斗'者,为苏叔党作,皆非也。"(宋胡仔《苕溪渔隐丛话·后集》)

词贵浑涵,刻挚不能浑涵,终属下乘。晁无咎咏梅云:"开时似雪。谢时似雪。花中奇绝。香非在蕊,香非在萼,骨中香彻。"费尽气力,终是不好看。宋末萧泰来《霜天晓角》一阕,亦犯此病。(清陈廷焯《白雨斋词话》)

各家梅花词不下千阕,然皆互用梅花故事缀成,独晁无咎补之不持寸铁,别开生面,当为梅花第一词。(清李调元《雨村词话》)

忆少年

别历下①

无穷官柳②,无情画舸③,无根行客。南山尚相送,只高城人隔。　　罨画园林溪绀碧④。算重来、尽成陈迹。刘郎鬓如此,况桃花颜色⑤。

【注释】

① 历下：古城名，在今山东济南西。
② 官柳：大道上种植的柳树。
③ 画舸（gě）：画船，装饰华丽的船。
④ 罨（yǎn）画：色彩鲜明的彩画，多形容自然之景或建筑的艳丽多姿。绀（gàn）碧：青绿色。
⑤ "刘郎"二句：化用唐代刘禹锡《元和十年自朗州承召至京戏赠看花诸君子》："玄都观里桃千树，尽是刘郎去后栽。"刘郎，即指刘禹锡。此为词人自指。

【评析】

此词虽短，感喟却深。上片说别历下。起首三"无"，不仅句法奇，用意亦深：折柳以送行人，而冠以"无穷"，则别情亦无穷；画船以载行人，而曰"无情"，则有情人何堪！行客本凄苦，而曰"无根"，其苦何如？三句话写尽人间别情。歇拍以景物（南山）之有情衬人之多情，是又一种写法。上片言别情，下片则着眼于历史。如画园林，碧绿溪水，一切均成陈迹；反观自身，已鬓发斑斑矣！其贬谪之悲苦，人生之感喟，尽在不言中。

【辑评】

（"无穷"三句）谢逸《柳梢青》"无限离情，无穷江水，无边山色"类此。（明卓人月辑、徐士俊评《古今词统》）

"花无人戴，酒无人劝，醉也无人管"，与此词起处同一警绝。唐以后，特地有词，正以有如许妙语，诗家收拾不尽耳。（清先著、程洪《词洁》）

沈雄曰："结句如《水龙吟》之'作霜天晓'、'系斜阳缆'，亦是一法。如《忆少年》之'况桃花颜色'、《好事近》之'放真珠帘隔'，紧要处前结，如奔马收缰，须勒得住，又似住而未住。后结如众流归海，要收得尽，又似尽而不尽者。"（清沈雄《古今词话·词品》）

晁补之

洞仙歌

泗州中秋作①

　　青烟幂处②,碧海飞金镜③。永夜闲阶卧桂影④。露凉时、零乱多少寒螀⑤,神京远⑥,惟有蓝桥路近⑦。　　水晶帘不下,云母屏开⑧,冷浸佳人淡脂粉。待都将许多明,付与金尊,投晓共、流霞倾尽⑨。更携取胡床上南楼⑩,看玉做人间,素秋千顷。

【注释】

① 泗州:今安徽泗县。
② 幂(mì):覆盖,遮盖。
③ 金镜:月亮。
④ 桂影:月影。
⑤ 寒螀(jiāng):寒蝉。
⑥ 神京:指帝都。
⑦ 蓝桥:桥名,在陕西蓝田东南蓝溪上。传为唐代裴航遇仙女云英处,常代指男女约会之地。
⑧ 云母屏:用云母石制作的镜屏。
⑨ 投晓:临晓,到天亮。流霞:神话中的仙酒,也泛指美酒。
⑩ "更携取"句:用东晋庾亮登南楼赏月事。见前王安石《千秋岁引》(别馆寒砧)注③。胡床,一种可折叠的轻便坐具,传自胡地,故名。

【评析】

　　此词与前者不同,思致绵密,层次井然,如常山之蛇,首动而尾应。起首三句写月出,以"金镜"、"桂影"时时点醒。"露凉"以下四句写泗州中秋景况,语多感慨。"水晶帘"三句以佳人照镜暗点月。过头"待都将"云云与前呼应,写赏月;而赏月又有不同:一是举杯赏月,二是登南楼赏月,豪兴不浅。此词针脚细密,上段从无月到有月,下段从有月到月满,前后照应,如织锦绣。

【辑评】

苕溪渔隐曰："凡作诗词，要当如常山之蛇，救首救尾，不可偏也。如晁无咎作中秋《洞仙歌》辞，其首云：'青烟幂处，碧海飞金镜。永夜闲阶卧桂影。'固已佳矣。其后云：'待都将许多明，付与金樽，投晓共、流霞倾尽。更携取胡床上南楼，看玉做人间，素秋千顷。'若此可谓善救首尾者也。"（宋胡仔《苕溪渔隐丛话·后集》）

前段"永夜闲阶卧桂影。露凉时、零乱多少寒螀"既已佳矣，后段"待都将许多明，付与金尊，投晓共、流霞倾尽。更携取胡床上南楼，看玉做人间，素秋千顷"，尤为高旷神爽。（明张綖《草堂诗馀别录》）

无咎虽游戏小词，不作绮艳语，殆因法秀禅师谆谆戒山谷老人，不敢以笔墨劝淫耶？大观四年卒于泗州官舍。自画山水留春堂大屏上，题云："胸中正可吞云梦，笺底何妨对圣贤。有意清秋入衡霍，为君无尽写江天。"又咏《洞仙歌》一阕，遂绝笔，不知何故逸去。（明毛晋《跋琴趣外篇》）

上神游蓝桥之路，下恨纳南楼之秋。京远，蓝桥近迫。玉作人间秋，神光至此。此词布尽秋光，前后照态，如织锦然，真天孙手也。（明《新刻李于鳞先生批评注释草堂诗馀隽》伪托李攀龙评点）

凡作诗词当如常山之蛇，救首救尾。"青烟幂处"至"卧桂影"固已佳矣。后段"都将许多明，付与金樽"至"素秋千顷"，可谓善救首尾者也。朱希真《念奴娇》词"插天翠柳"至"瑶台银阙"，亦已佳。后段"洗尽凡心"至"休向人说"，收拾得无意味，并前边索然。"冷浸佳人"、"素秋千顷"等语，能绘其明。（明沈际飞《草堂诗馀·正集》）

前评固甚得谋篇构局之法。至其前阕从无月看到有月，次阕从有月看到月满人间，层次井井，而词致奇杰，各段俱有新警语，自觉冰魂玉魄，气象万千，兴乃不浅。（清黄苏《蓼园词选》）

晁冲之 一首

临江仙

忆昔西池池上饮,年年多少欢娱。别来不寄一行书。寻常相见了,犹道不如初。　　安稳锦衾今夜梦[①],月明好渡江湖。相思休问定何如。情知春去后,管得落花无[②]。

【注释】

① 锦衾:锦被。　　② 无:疑问词,同"否"。

【评析】

此词以平淡语、口语写相思,语浅近而意深婉。上片以今、昔对比写别情。忆昔正因眼前之不堪,"多少欢娱"包含多少甜蜜、多少感慨!"别来"三句是今,语颇幽怨。下片以梦写相思,甚是婉曲。既然醒时不能相见,则托之于梦中相会。"月明好渡江湖",想得奇。歇拍三句以一问一答作结,问相思而答落花,看似风马牛不相及,其实由花之落而引起人青春易逝之感,再勾起相思之情,正是此词之深婉处。

【辑评】

结妙,意在言外。(世经堂康熙十七年残本《词综》批语)

("情知"二句)淡语有深致,咀之无穷。(清许昂霄《词综偶评》)

舒　亶　一首

虞　美　人

芙蓉落尽天涵水①。日暮沧波起。背飞双燕贴云寒②。独向小楼东畔倚阑看。　　浮生只合尊前老③。雪满长安道。故人早晚上高台。寄我江南春色一枝梅④。

【注释】

① 芙蓉：即荷花。
② 背飞：喻分离。
③ 合：该，应当。
④ "故人"二句：用陆凯寄梅与范晔事。见前秦观《踏莎行》（雾失楼台）注④。

【评析】

这首词是为怀念远在江南的朋友而作。上片写境，下片抒情，笔致疏朗隽爽。起二句，写荷花落后，唯见水天之色，日暮则沧波浩渺，由此烘托出一派辽远空旷的景象。"背飞"句写冬日飞燕贴云飞翔，显示出高寒孤寂氛围。"独向"句总承，一"看"字，收束上三句，前此所见沧波、双燕皆为独登小楼所见之景。过片一句，直抒胸臆。"故人"二句，始落到愿故人折梅相寄，以慰相思。

【辑评】

纵不识字，亦知是天生好语。（清丁绍仪《听秋声馆词话》）

朱　服　一首

渔　家　傲

小雨纤纤风细细。万家杨柳青烟里。恋树湿花飞不起。愁无际。和春付与东流水。　　九十光阴能有几①。金龟解尽留无计②。寄语东阳沽酒市③。拚一醉④。而今乐事他年泪。

【注释】

① 九十光阴：指春天三个月的天数。
② 金龟：指唐代官员佩饰之物。
③ 东阳：今属浙江金华。沽酒：卖酒。
④ 拚：豁出去，舍弃不顾。

【评析】

此词为伤春之作，上景下情写法。起二句，写杨柳笼罩于细雨迷蒙之中，营造出暮春景致。"恋树"三句，写落花流水，皆令人生愁之景。下片叹人生短暂，遂有及时行乐的想法。"而今乐事他年泪"一句，尤为沉郁。全词由感伤春光易逝而转入对人生短暂的感叹，情绪由浅转深，由淡转浓，耐人咀嚼。

【辑评】

朱行中自右使带假龙出典数郡，是时年尚少，风采才藻皆秀整。守东阳日，尝作春词云："（略）。"予以门下士，每或从容。公往往乘醉大言："你曾见我'而今乐事他年泪'否?"盖公自为得意,故夸之也。予尝心恶之而不敢言。行中后历中书舍人,帅番禺,遂得罪,安置兴国军以死。流落之兆,已见于此词。(宋方勺《泊宅编》)

《乌程旧志》:"朱行中坐与苏轼游,贬海州。至东郡,作《渔家傲》词。读其词,想见其人,不愧为苏轼党也。"(清张宗橚《词林纪事》)

白石词:"少年情事老来悲。"宋朱服句:"而今乐事他年泪。"二语合参,可悟一意化两之法。宋周端臣《木兰花慢》云:"料今朝别后,他时有梦,应梦今朝。"与"而今"句同意。(清况周颐《蕙风词话》)

毛 滂 一首

惜 分 飞

富阳僧舍作别语赠妓琼芳

泪湿阑干花著露①。愁到眉峰碧聚②。此恨平分取。更无言语。空相觑③。　　断雨残云无意绪。寂寞朝朝暮暮。今夜山深处。断魂分付。潮回去④。

【注释】

① 阑干：此指眼眶。
② 眉峰碧聚：形容双眉紧蹙的样子。
③ 觑（qù）：看。
④ 分付：付与，交给。

【评析】

　　此首别词，上片写别离之态，下片抒感喟之意。起二句即写别离之哀。"泪湿"句，用白居易《长恨歌》"玉容寂寞泪阑干，梨花一枝春带雨"诗意。皆写不忍分别之悲哀。"此恨"二句，写别时情态，言别者与送别者都不忍分别。"更无言语空相觑"句，与柳永《雨霖铃》之"执手相看泪眼，竟无语凝噎"有异曲同工之妙。"断雨"二句，写别后之寂寞。以上皆追述往事。"今夜"二句，始拍到现在，说出现时现地之相思，离情萦怀而人不得去，唯有于夜间在所处之深山中，吩咐断魂与潮同去，以慰相思。此词含蓄蕴藉，尤其是后两句，语尽而意不尽，馀味无穷。

【辑评】

元祐中，东坡守钱塘，泽民为法曹掾，秩满辞去。是夕宴客，有妓歌此词，坡问谁所作，妓以毛法曹对，坡语坐客曰："郡寮有词人不及知，某之罪也。"翌日，折简追还，留连数月，泽民因此得名。（宋黄昇《唐宋诸贤绝妙词选》）

秦少游发郴州，反顾有所属，其词曰："雾失楼台……"山谷云："语意极似刘梦得楚蜀间语。""泪湿阑干花著露……"毛泽民元祐间罢杭州法曹，至富阳所作赠别也。因是受知东坡。语尽而意不尽，意尽而情不尽，何酷似少游也。乾道间，舅氏张仁仲宰武康，辉往，见留三日，遍览东堂之胜。盖泽民尝宰是邑，于彼老士人家见别语墨迹。（宋周辉《清波杂志》）

第一个相别情态，一笔描来，不可思议。笔底大肖东坡，宜为称赏。（明沈际飞《草堂诗馀·正集》）

此见赏于子瞻者。声促意悲。（世经堂康熙十七年残本《词综》批语）

陈 克 二首

菩 萨 蛮

赤阑桥尽香街直①。笼街细柳娇无力。金碧上青空②。花晴帘影红。　黄衫飞白马③。日日青楼下。醉眼不逢人。午香吹暗尘。

【注释】

① 赤阑桥：红色栏杆的桥。
② 金碧：指装饰华美之建筑。
③ 黄衫：少年所穿的黄色华服，此借指少年。

【评析】

此首词写少年游冶之意态，有古诗意味。上片写景，香街、细柳、金碧、帘影，寥寥数笔，点染春日烂漫。下片写少年游冶追欢，笔闲而意丰。尤其是"醉眼"二句，将少年走马青楼、狂醉而归的神态一笔写出。此词还可注意者，即善于用颜色互相映衬，如青空、红影、黄衫、白马之类，亦见词人匠心之工。

【辑评】

傲岸。似有托语。（世经堂康熙十七年残本《词综》批语）

此刺时也。（清张惠言《词选》）

（"金碧"二句）李义山诗，最善学杜。（"醉眼"二句）风刺显然。（清谭献评《词辨》）

菩 萨 蛮

绿芜墙绕青苔院①。中庭日淡芭蕉卷。蝴蝶上阶飞。烘帘自在垂。　　玉钩双语燕。宝甃杨花转②。几处簸钱声③。绿窗春睡轻。

【注释】

① 绿芜：丛生的绿草。
② 甃（zhòu）：井壁。
③ 簸钱：古代一种以掷钱赌输赢的游戏。

【评析】

此首词写春昼景致，雍容闲淡，极具富贵气象。起二句，写庭院苔深蕉卷。"蝴蝶"以下四句，皆写院内景物，蝶飞、帘垂、燕语、花落，细笔勾勒，如即景小图。以上数句皆从视觉着手。"几处"二句，则从听觉着手，写出春睡梦轻之意态。全词皆写景，而人之闲适慵懒，则寓于景中。

【辑评】

一"轻"字全首俱灵。（明卓人月辑、徐士俊评《古今词统》）

"簸钱"，小儿戏。（明潘游龙《精选古今诗馀醉》）

卢申之曰："最喜子高《菩萨蛮》云：'几处簸钱声。绿窗春梦轻。'《谒金门》云：'檀炷绕窗灯背壁。画檐残雨滴。'我殊觉其香茜。"（清沈雄《古今词话·词评》）

此自寓。（清张惠言《词选》）

工雅芊丽，温韦流派。（清陈廷焯《词则·大雅集》）

李元膺 一首

洞 仙 歌

一年春物,惟梅柳间意味最深,至莺花烂漫时,则春已衰迟,使人无复新意。余作《洞仙歌》,使探春者歌之,无后时之悔。

雪云散尽,放晓晴庭院。杨柳于人便青眼①。更风流多处,一点梅心,相映远。约略颦轻笑浅②。 一年春好处,不在浓芳,小艳疏香最娇软。到清明时候,百紫千红花正乱。已失春风一半③。早占取韶光④、共追游,但莫管春寒,醉红自暖。

【注释】

① 青眼:此处指柳树初生的嫩叶,但也含有拟人的意味。
② 约略:轻微淡薄。颦轻:微微皱眉。笑浅:淡淡微笑。
③ "百紫"二句:用南唐潘祐词:"楼上春寒山四面,桃李不须夸烂熳,已失了春风一半。"
④ 韶光:美好的时光,多指春光。

【评析】

此词为写初春之作。上片写景,尤工于摹画初春之景色,形容梅、柳的姿态,皆用拟人手法。过片抒情,起三句即点出一篇主脑,与小序相应。"到清明"三句,解释何以独爱早春,乃因为清明时节,虽然姹紫嫣红,但是已接近暮春,徒使人怅惘。"早占取"四句，感慨之词，劝人惜取早春韶光，及时行乐。全词一反以往吟咏春光烂漫之滥调，唯倾心于早春，翻出前人蹊径，可谓意新语工。

【辑评】

"于人"二字，本杜诗："竹叶于人既无分，菊花从此不须开。""一半"句，似黄玉林："夜来能有几多寒，已瘦了、梨花一半。"（明卓人月辑、徐士俊评《古今词统》）

（"杨柳于人"句）以人喻物，生动。"不在浓芳"，在"疏香小艳"，独识春光之微。至"已失一半"句，谁不猛醒。（明沈际飞《草堂诗馀·正集》）

（"小艳疏香"四句）中有至理，却是未经人道。（清许昂霄《词综偶评》）

时 彦 一首

青门饮

　　胡马嘶风①，汉旗翻雪，彤云又吐②，一竿残照。古木连空，乱山无数，行尽暮沙衰草。星斗横幽馆③，夜无眠，灯花空老。雾浓香鸭④，冰凝泪烛，霜天难晓。长记小妆才了⑤，一杯未尽，离怀多少。醉里秋波，梦中朝雨⑥，都是醒时烦恼。料有牵情处，忍思量、耳边曾道。甚时跃马归来，认得迎门轻笑。

【注释】

① 嘶风：指马在风中嘶鸣。
② 彤云：指下雪前密布的浓云。
③ 幽馆：幽深的驿馆。
④ 香鸭：鸭形香炉。
⑤ 小妆：浅妆，淡妆。
⑥ "梦中"句：用楚王梦遇巫山神女事，隐喻幽会。

【评析】

　　此首词为羁旅怀人之作。《宋史》本传言词人曾出使辽国，大概这首词即写于那个时候。上片写景，下片抒情。起四句点明节候。"古木"三句写塞北景色。"星斗"三句转入夜间情事。"雾浓"三句，写室内之景。投宿幽馆，长夜无眠，荒寒孤寂之感，从笔端逼出。过片三句，转入回忆，皆离别前之事。"醉里"三句，醒后之感叹。"料有"三句，又一层转折，至此已一唱三叹，极回环往复之意。"甚时"二句，设想之词，想象归家后之情状。全词笔势顿挫有力，情思婉转，为出塞词中少见之佳作。

李之仪 二首

谢池春

残寒消尽,疏雨过、清明后。花径款馀红①,风沼萦新皱。乳燕穿庭户,飞絮沾襟袖。正佳时,仍晚昼。著人滋味②,真个浓如酒。　　频移带眼③,空只恁、厌厌瘦④。不见又思量,见了还依旧。为问频相见⑤,何似长相守。天不老,人未偶。且将此恨,分付庭前柳。

【注释】
① 款:留,住。
② 著人:让人感受到。
③ 带眼:腰带上的孔眼。
④ 厌厌:精神不振的样子。
⑤ 为问:试问。

【评析】
此首词为上景下情写法。起二句,点明节候。"花径"以下四句,落花、风沼、乳燕、飞絮,皆摹写暮春景致。"正佳时"二句,点出时间。"著人"二句,对景有感。下片怀人。过片二句,不言相思而只言瘦,相思之苦,不言自明。"不见"二句,写出分别之矛盾心理。"为问"二句,终归结到"长相守"上。"天不老"以下四句,因人不能长相聚,此恨无法消除,唯有对柳兴叹。此词过人处,在于善揣摩恋人心理,将相思之态一笔写出,不落俗套。

卜算子

我住长江头,君住长江尾。日日思君不见君,共饮长江水。　　此水几时休,此恨何时已。只愿君心似我心,定不负相思意。

【评析】

此首词模仿民歌而作,有古乐府的风味。起言相隔之远,次言相思之深。过片仍扣住长江,以江水比深情。末二句,愿两情不相负。全词虽直白如话,然写女子对爱情的执着态度,大胆而热烈,在全宋词中实为标新立异之作。

【辑评】

至若"我住长江头,君住长江尾。日日思君不见君,共饮长江水",真是古乐府俊语矣。(明毛晋《〈姑溪词〉跋》)

清雅,得古乐府遗意。但不善学之,必流于滑易矣。(清陈廷焯《词则·别调集》)

周邦彦 二十三首

瑞 龙 吟

　　章台路。还见褪粉梅梢,试花桃树。愔愔坊陌人家①,定巢燕子,归来旧处。　　黯凝伫。因念个人痴小②,乍窥门户③。侵晨浅约宫黄④,障风映袖,盈盈笑语。　　前度刘郎重到⑤,访邻寻里,同时歌舞。惟有旧家秋娘⑥,声价如故。吟笺赋笔,犹记燕台句⑦。知谁伴、名园露饮⑧,东城闲步。事与孤鸿去⑨。探春尽是,伤离意绪。官柳低金缕⑩。归骑晚、纤纤池塘飞雨⑪。断肠院落,一帘风絮。

【注释】

① 愔(yīn)愔:幽深的样子。
② 个人:伊人,那个人。
③ 乍:恰好,刚好。
④ 宫黄:古代妇女额上涂饰的黄色。
⑤ "前度"句:唐代诗人刘禹锡自朗州召回,重过玄都观,题诗曰:"种桃道士归何处,前度刘郎今又来。"(《再游玄都观》)
⑥ 秋娘:唐代歌妓女伶的通称。
⑦ 燕台句:唐代诗人李商隐尝作《燕台诗》四首,描情摹怨,忆旧伤别。后因以"燕台句"指工于言情的诗词佳作。
⑧ 露饮:指露天饮酒、饮茶。
⑨ "事与"句:化用唐代杜牧《题安州浮云寺楼寄湖州张郎中》:"恨如春草多,事与孤鸿去。"
⑩ 金缕:形容柳条如金线。
⑪ 纤纤:细微的样子。

【评析】

　　此首词为追述游踪之作。起首"章台路"三字笼罩全篇,以下所见、所思皆由此引发。"还见"以下五句,皆为所见之景。梅花褪粉,桃花初绽,静寂幽深的坊陌人家,旧日的定巢燕子依然归来旧处,然物是人非,遂逗起往事之思。第二片纯为怀想故人。"因念"以下数句,写初见佳人时之情形。当日伊人浅约宫黄,迎风举袖,笑语盈盈,一派娇痴模样。第三片落到自身,言自己重来故地,寻访旧人不遇。"前度刘郎"自指,言故地重游。但见左右邻里歌舞依旧,往日之歌伎声价如故,唯不见自己所寻之人。因念往日情诗尚存,而故人已不知去往何处。"事与孤鸿去"三句,收束情思,叹时过境迁。转而发为伤春之感。"官柳"以下四句,写归途所感。"断肠院落,一帘风絮"二句尤婉转。全篇以景起,以景结。先述归来所见,后方点出归来旧处,倒叙有力。第三片方细述本事,妙在吞吐回环,神味无穷。

【辑评】

　　结句须要放开,含有馀不尽之意,以景结尾最好。如清真之"断肠院落,一帘风絮",又"掩重关,遍城钟鼓"之类是也。(宋沈义父《乐府指迷》)

　　前二段轻描春色,下一段追思往事,对景伤怀。借景写情,俱出有意。犹记燕台,谁伴名园?必有所指,玩之有味。有溶月淡风之度。此诗负才抱志,不得于君,流落无聊,故托此以自况,读者当领会词表。(明《新刻李于鳞先生批评注释草堂诗馀隽》伪托李攀龙评点)

　　铺叙春之景象,意思极到。(明《新刻注释草堂诗馀评林》李廷机评语)

　　("事与孤鸿去"一句)只一句化去町畦。不过桃花人面,旧曲翻新耳。看其由无情入,结归无情,层层脱换,笔笔往复处。(清周济《宋四家词选》批语)

　　笔笔回顾,情味隽永。(清陈廷焯《词则·别调集》)

　　海绡翁曰:第一段地,"还见"逆入,"旧处"平出。第二段人,"因记"逆入,"重到"平出,作第三段起步。以下抚今追昔,层层脱卸。"访邻寻里",今。"同时歌舞",昔。"惟有旧家秋娘,声价如故",今犹昔。而秋娘已去,却不说出,乃吾所谓留字诀者。于是"吟笺赋笔","露饮","闲步",与"窥户","约黄","障袖","笑语",皆如在目前矣。又吾所谓能留,则离合顺逆,皆可随意指挥也。"事与孤鸿去",咽住,将昔游一齐结束。然后以"探春"二句,转出今情。"官柳"以下,复缘情叙景。"一帘风絮",绕后一步作结。时则"褪粉梅梢,试花桃树",又成过去矣。后之视今,犹今视昔,奈此"断肠院落"何。(清陈洵《海绡说词》)

风 流 子

新绿小池塘。风帘动,醉影舞斜阳。羡金屋去来①,旧时巢燕,土花缭绕②,前度莓墙③。绣阁里,凤帏深几许,听得理丝簧④。欲说又休,虑乖芳信⑤,未歌先噎,愁近清觞⑥。　　遥知新妆了,开朱户,应自待月西厢。最苦梦魂,今宵不到伊行。问甚时说与,佳音密耗⑦,寄将秦镜⑧,偷换韩香⑨。天便教人,霎时厮见何妨。

【注释】

① 金屋:典出《汉武故事》,此处指华美之屋。
② 土花:苔藓。
③ 莓墙:满生青苔的墙壁。
④ 丝簧:管弦乐器。
⑤ 芳信:指春的消息。
⑥ 清觞:美酒。
⑦ 密耗:秘密消息。
⑧ 秦镜:此用秦嘉赠妻明镜事。东汉桓帝时,秦嘉为郡上计吏,赴洛阳。妻子徐淑因病还家,两人常以书信来往,诗词酬答。秦嘉《重报妻书》中说得一镜,"既明且好,形观文彩,世所希有。意甚爱之,故以相与"。徐淑收到,即回《报秦嘉书》"览镜执钗,情想仿佛","明镜之鉴,当待君还"。后秦嘉病故,徐淑自毁容貌,誓不改嫁。见《艺文类聚》卷三二。
⑨ 韩香:韩寿香。西晋贾充女贾午,将皇帝赏赐其父的外域异香赠予韩寿。贾充闻韩寿身上有异香,知道是女儿所赠,于是将女儿嫁给了韩寿。见《世说新语·惑溺》。后以"韩寿香"指异香或定情之物。

周邦彦

【评析】

　　此词为怀人之作。"新绿"三句，先写外景，见风光旖旎，"舞"字尤灵动。"羡金屋"四句，写人立池外所见。"羡"字贯下四句，不言己不得去，但借巢燕来去自如、土花缭绕过墙，以侧笔衬托怅惘之情。"绣阁里"三句，写人立池外所闻。"欲说"四句，则写丝簧之深情。换头三句，写人立池外之所想，皆揣测之词。"最苦"二句，更深一层，言不独身不得去，即梦魂亦不得去。"问甚时"四句，因人不得去，转而发问可有去得之时，亦自我慰藉之词。"天便"二句，因百计无由得见，遂发誓愿，亦是思极恨极，故不禁呼天而问之。通篇皆是欲见而不得见之词。

【辑评】

　　词中句法，要平妥精粹。……如美成《风流子》云："凤阁绣帷深几许，听得理丝簧。"……此皆平易中有句法。（宋张炎《词源》）

　　或以情结尾亦好。往往轻而露，如清真之"天便教人，霎时厮见何妨"。又云"梦魂凝想鸳侣"之类，便无意思，亦是词家病，却不可学也。（宋沈义父《乐府指迷》）

　　上叙出愁对时光之情，下叙出空为伫俟之状。"未歌先咽"二语最惨。相思不得相见，当月当何极。因愁而罢歌酒，纵有待月偷香之想，其如天各一方何？（明《新刻李于鳞先生批评注释草堂诗馀隽》伪托李攀龙评点）

　　情调欲歌先咽，意冲冲，从此各西东。愁人怕对黄昏，窗儿外，疏雨滴梧桐。细思量，不如桃李，犹解嫁春风。（明《新刻注释草堂诗馀评林》李廷机评语）

　　"土花"对"金屋"，工。末句驰骋，恣其望，申其郁。（明沈际飞《草堂诗馀·正集》）

　　美成宰溧水日，主簿之姬美而慧，美成每款洽于尊席之间，因成《风流子》云："（略）。"新绿、待月，皆簿厅亭轩之名。此词虽极情致缠绵，然律以名教，

恐亦有伤风雅已。(清叶申芗《本事词》)

"天便教人,霎时厮见何妨";"花前月下,见了不教归去"。卞急迂妄,各极其妙。美成真深于情者。(清沈谦《填词杂说》)

因见旧燕度莓墙而巢于金屋,乃思自身已在凤帏之外,而听别人理丝簧,未免悲咽耳。次阕亦托词以恋主之意,读者不可以辞害意也。(清黄苏《蓼园词选》)

元人沈伯时作《乐府指迷》,于清真词推许甚至。唯以"天便教人,霎时厮见何妨"、"梦魂凝想鸳侣"等句为不可学,则非真能知词者也。清真又有句云:"多少暗愁密意,唯有天知。""最苦梦魂,今宵不到伊行。""拚今生、对花对酒,为伊泪落。"此等语愈朴愈厚,愈厚愈雅,至真之情,由性灵肺腑中流出,不妨说尽而愈无尽。南宋人词如姜白石云:"酒醒波远,正凝想、明珰素袜。"庶几近似。然已微嫌刷色。诚如清真等句,唯有学之不能到耳。如曰不可学也,讵必颦眉搔首,作态几许,然后出之,乃为可学耶?明已来词纤艳少骨,致斯道为之不尊,未始非伯时之言阶之厉矣。窃尝以刻印比之,自六代作者以萦纤拗折为工,而两汉方正平直之风荡然无复存者。救敝起衰,欲求一丁敬身、黄大易,而未易遽得。乃至倚声小道,即亦将成绝学,良可慨夫。(清况周颐《蕙风词话》)

"池塘"在"莓墙"外,"莓墙"在"绣阁"外,"绣阁"又在"凤帏"外,层层布景,总为"深几许"三字出力。既非"巢燕"可以任意去来,则相见亦良难矣。"听得"、"遥知",只是不见,梦亦不到。"见"字绝望,"甚时"转出"见"字后路。千回百折,逼出结句,画龙点睛,破壁飞去矣。(清陈洵《海绡说词》)

兰 陵 王

柳阴直①。烟里丝丝弄碧。隋堤上②、曾见几番,拂水飘绵送行色③。登临望故国④。谁识。京华倦客⑤。长亭路,年去岁来,应折柔条过千尺。　　闲寻旧踪迹。又酒趁哀弦,灯照离席。梨花榆火催寒食⑥。愁一箭风快,半篙波暖,回头迢递便数驿⑦。望人在天北。　　凄恻。恨堆积。渐别浦萦回⑧,津堠岑寂⑨。斜阳冉冉春无极⑩。念月榭携手,露桥闻笛。沉思前事,似梦里,泪暗滴。

【注释】

① 柳阴直:长堤上柳树的阴影连成一条直线。
② 隋堤:汴河堤,为隋炀帝时所筑。
③ 飘绵:柳絮飞扬。
④ 故国:此处作"故乡"解。
⑤ 京华倦客:词人自谓,时客汴都。
⑥ 榆火、寒食:旧俗以清明前二日为寒食节,禁烟火。唐宋时期朝廷于清明日取榆柳之火赐近臣。
⑦ 迢递:遥远的样子。
⑧ 萦回:盘旋往复。
⑨ 津堠:渡口上供瞭望用的土堡。岑寂:寂寞,孤独冷清。
⑩ 冉冉:缓缓移动的样子。

【评析】

此词第一片仅就柳上说出别恨,提起全篇。"隋堤上"三句,言已惯见送别场面,引领至下文。"登临"句,写由上所见之送别场面,遂起故国之思,"谁识"二字陡转,"京华倦客"一句,落到自身。"长亭路"三句,回应"曾见几番",自叹几年来漂泊之苦。第二片实写送别。"闲寻"一句,承上启下。"又酒趁"三句,转至目前之别筵。"愁一箭"四句,预想别后之情形。"愁"字贯四句,所愁者在风快、舟快、途远、人远。第三片写别后之情绪。"凄恻"二句,直揭题旨,豁然挺出,笼罩下文。别浦、津堠、斜阳,侧写别后之怅惘。"念月榭"二句,忽折入前事。回环往复,具吞吐之态。"沉思"三句,追忆往事,恍然如梦,悲不自抑,不觉泫然涕下,极言别后之悲。全篇意若连环而层次极清,前后照应而不着痕迹,实臻浑成之境。

【辑评】

　　道君幸李师师家，偶周邦彦先在焉，知道君至，遂匿于床下。道君自携新橙一颗，云江南初进来，遂与师师谑语，邦彦悉闻之，隐括成《少年游》云："并刀如水，吴盐胜雪，纤手破新橙。"后云："严城上，已三更，马滑霜浓，不如休去，直是少人行。"李师师因歌此词，道君问谁作，李师师奏云周邦彦词。道君大怒，坐朝，宣谕蔡京云："开封府有监税周邦彦者，闻课额不登，如何京尹不按发来？"蔡京罔知所以，奏云："容臣退朝，呼京尹叩问，续得复奏。"京尹至，蔡以御前圣旨谕之，京尹云："惟周邦彦课额增羡。"蔡云："上意如此，只得迁就将上。"得旨，周邦彦职事废弛，可日下押出国门。隔一二日，道君复幸李师师家，不见李师师，问其家，知送周监税。道君方以邦彦出国门为喜，既至不遇，坐久至更初，李始归，愁眉泪睫，憔悴可掬。道君大怒云："尔往那里去？"李奏："臣妾万死，知周邦彦得罪，押出国门，略致一杯相别，不知官家来。"道君问："曾有词否？"李奏云："有《兰陵王》词。"今"柳阴直"者是也。道君云："唱一遍看。"李奏云："容臣妾奉一杯，歌此词为官家寿。"曲终，道君大喜，复召为大晟乐正，后官至大晟乐乐府待制。（宋张端义《贵耳集》）

　　贺《六州歌头》、《望湘人》、《吴音子》诸曲，周《大酺》、《兰陵王》诸曲最奇崛。或谓深劲乏韵，此遭柳氏野狐涎吐不出者也。（宋王灼《碧鸡漫志》）

　　上折柳中亭意，中分袂长途情，下追思往事泪。*丝丝能系别离情*，景真情切，咫尺天涯各一方，伤哉。追思已往事，益添新泪痕。一段恳切一段悲，是以眼前景写心中事。（明《新刻李于鳞先生批评注释草堂诗馀隽》伪托李攀龙评点）

　　古人所谓"*丝丝能系别离情*"，正此意。追思往事，维以不永怀。（明《新刻注释草堂诗馀评林》李廷机评语）

　　快匀。"闲寻旧迹"以下，不沾题而宣写别怀，无抑塞。淡宕有情。（明沈际飞《草堂诗馀·正集》）

　　北宋有无谓之词以应歌，南宋有无谓之词以应社。然美成《兰陵王》、东坡

《贺新凉》，当筵命笔，冠绝一时。碧山《齐天乐》之咏蝉，玉潜《水龙吟》之咏白莲，又岂非社中作乎？故知雷雨郁蒸，是生芝菌，荆榛蔽芾，亦产蕙兰。（清周济《介存斋论词杂著》）

客中送客，一"愁"字代行者设想。以下不辨是情是景，但觉烟霭苍茫，"望"字、"念"字尤幻。（清周济《宋四家词选》批语）

绍兴初，都下盛行周清真《兰陵王慢》，西楼南瓦皆歌之，谓之《渭城三叠》。以周词凡三换头，至末段声尤激越，惟教坊老笛师能倚之以节歌者。其谱传自赵忠简家，忠简于建炎丁未九日南渡，泊舟仪真江口，遇宣和大晟乐府协律郎某，叩获九重故谱，因令家伎习之，遂流传于外。（清冯金伯《词苑萃编》）

周清真避道君，匿李师师榻下，作《少年游》以咏其事，吾极喜其"锦幄初温，兽烟不断，相对坐调笙"，情事如见。至"低声问向谁行宿，城上已三更，马滑霜浓，不如休去"等语，几于魂摇目荡矣。及被谪后，师师持酒饯别，复作《兰陵王》赠之，中云："愁一箭风快，半篙波暖，回首迢递便数驿。"酷尽别离之惨。而题作咏柳，不书其事，则意趣索然，不见其妙矣。（清贺裳《皱水轩词筌》）

《耆旧续闻》曰："周美成至汴京，主角妓李师师家，为作《洛阳春》，师师欲委身而未能也，与同起止。美成复作《风来朝》云：'逗晓看娇面。小窗深，弄明未辨。爱残妆宿粉云鬟乱，畅好是，帐中见。　说梦双娥微敛。锦衾温、兽香未断。待起难抛舍，任日炙，画楼暖。'一夕，徽宗幸师师家，美成仓卒不能出，匿复壁间，遂制《少年游》以纪其事。徽宗知而遣发之，师师饯送，美成作《兰陵王》云：'应折柔条过千尺。'至'斜阳冉冉春无极'，人尽以为咏柳，淡宕有情，不知为别师师而作，便觉离愁在目。徽宗又至，师师归迟，更诵《兰陵王》别曲，含泪以告，乃留为大晟府待制。（清沈雄《古今词话·词话》）

美成词极其感慨，而无处不郁，令人不能遽窥其旨。如《兰陵王》云："登临望故国，谁识京华倦客"二语，是一篇之主。上有"隋堤上，曾见几番，拂水飘绵送行色"之句，暗伏"倦客"之根，是其法密处。故下接云："长亭路，年去岁来，应折柔条过千尺。"久客淹留之感，和盘托出。他手至此，以下便直抒愤懑矣，美成则不然。"闲寻旧踪迹"二叠，无一语不吞吐。只就眼前景物，约略点缀，更不写淹留之故，却无处非淹留之苦。直至收笔云："沉思前事，似梦里、泪暗滴。"遥遥挽合，妙在才欲说破，便自咽住，其味正自无穷。（清陈廷焯《白雨斋词话》）

一则曰"登临望故国"，再则曰"闲寻旧踪迹"，至收笔"沉思前事，似梦里、泪暗滴"，遥遥挽合，妙，有许多说不出处。欲语复咽，是为沉郁。（清陈廷焯《词则·大雅集》）

意与人同，而笔力之高，压遍古今。又沉郁，又劲直，有独往独来之概。（清陈廷焯《云韶集》）

已是磨杵成针手段，用笔欲落不落。此类喷醒，非玉田所知。"斜阳"七字，微吟千百遍，当入三昧，出三昧。（清谭献评《词辨》）

托柳起兴，非咏柳也。"弄碧"一留，却出"隋堤"。"行色"一留，却出"故国"。"长亭路"复"隋堤上"。"年去岁来"复"曾见几番"。"柔条千尺"复"拂水飘绵"。全为"京华倦客"四字出力。第二段"旧踪"往事，一留。"离席"今情，又一留，于是以"梨花榆火"一句脱开。"愁一箭"至"数驿"三句逆提。然后以"望人在天北"一句，复上"离席"作歇拍。第三段"渐别浦"至"岑寂"，证上"愁一箭"至"波暖"二句。盖有此渐，乃有此愁也。愁是倒提，渐是逆挽。"春无极"遥接"催寒食"。"催寒食"是脱，"春无极"是复。结则所谓"闲寻旧踪迹"也。踪迹虚提，"月榭"、"露桥"实证。（清陈洵《海绡说词》）

"斜阳"七字，绮丽中带悲壮，全首精神提起。（梁令娴《艺蘅馆词选》引梁启超语）

周邦彦

琐 窗 寒

　　暗柳啼鸦，单衣伫立，小帘朱户。桐花半亩，静锁一庭愁雨。洒空阶、夜阑未休，故人剪烛西窗语①。似楚江暝宿②，风灯零乱，少年羁旅。　　迟暮。嬉游处。正店舍无烟，禁城百五③。旗亭唤酒④，付与高阳俦侣⑤。想东园、桃李自春，小唇秀靥今在否⑥。到归时、定有残英，待客携尊俎⑦。

【注释】

① 剪烛西窗语：化用唐代李商隐《夜雨寄北》："何当共剪西窗烛，却话巴山夜雨时。"
② 暝宿：夜宿。
③ 百五：指寒食日，冬至后一百零五日，故名。
④ 旗亭：酒楼。悬旗为酒招，故名。
⑤ 高阳：高阳酒徒，指嗜酒不羁之人。汉代郦食其见沛公刘邦，刘邦以其为儒生而不见。郦生瞋目案剑大呼曰："吾高阳酒徒也，非儒生也。"刘邦因见之。见《史记·郦生陆贾列传》。俦侣：朋友。
⑥ 秀靥：精致美丽的面容妆饰。
⑦ 尊俎：古代盛酒肉的器皿。

【评析】

　　此寒食感怀词。"暗柳"句写春暮欲雨光景，"单衣"二句点出人物环境，"桐花"二句写初雨景象。"洒空阶"二句承上，由夜雨而至话雨。"故人剪烛西窗语"非实笔，当作"安得故人剪烛西窗语耶"解，悬想之词。"似楚江"三句，因目前景思及昔年羁旅况味。文笔荡开。过片"迟暮"一句，与"少年"对举，情境陡转，章法大开大合。"嬉游处"三句，点出寒食节候。"旗亭"二句，言无心饮酒作乐，故曰"付与"。"想东园"以下直贯结尾，一气呵成，言思家之切。桃李无人同赏，故曰"自春"。"在否"与"定有"，一怀疑，一确定，交相呼应，颇有意味。

【辑评】

("桐花"四句)惨于卢子之秋霖。(明卓人月辑、徐士俊评《古今词统》)

上描旅思最无聊，下描酒兴最无涯。寒窗独坐，对此禁烟时光，呼卢浮白，宁多逊高阳生哉？(明《新刻李于鳞先生批评注释草堂诗馀隽》伪托李攀龙评点)

引宫词切当。(明《新刻注释草堂诗馀评林》李廷机评语)

霎然有声。("正店舍"二句)点题。(明沈际飞《草堂诗馀·正集》)

("似楚江暝宿"三句)奇横。(清周济《宋四家词选》批语)

起三语精工，若他人写来，秀丽或过之，骨韵终逊。"少年羁旅"四字凄惨。一味直往直来，自非他人所能到。(清陈廷焯《云韶集》)

前阕写宦况凄清，次阕起处点清寒食。以下引到思家情怀，风情旖旎可想。(清黄苏《蓼园词选》)

海绡翁曰：此篇机杼，当认定"故人剪烛西窗语"一句。自起句至"愁雨"，是从夜阑追溯。由户而庭，乃有此西窗。由昏而夜，乃为此剪烛。用层层赶下。"嬉游"五句，又从"暗柳"、"单衣"前追溯。旗亭无分，乃来此户庭。侪侣俱谢，乃见此故人。用层层缴足作意，已极圆满。"东园"以下，复从后一步绕出，笔力直破馀地。"少年"、"迟暮"，大开大合，是上下片紧凑处。(清陈洵《海绡说词》)

("似楚江"三句)此处情中带景，所以不薄。(夏孙桐手评《清真词》)

四声之作，但仍可参证宋人他作。"似"字用笔领出下文，是柳、周二公家法，别家能之者少。境界开阔，惟必在一篇之中，分出时地，乃可云境界也。(乔大壮批《片玉集》)

周邦彦

六　丑

蔷薇谢后作

正单衣试酒①，怅客里、光阴虚掷。愿春暂留，春归如过翼②。一去无迹。为问家何在，夜来风雨，葬楚宫倾国③。钗钿堕处遗香泽④。乱点桃蹊，轻翻柳陌⑤。多情为谁追惜。但蜂媒蝶使⑥，时叩窗隔。　　东园岑寂。渐蒙笼暗碧⑦。静绕珍丛底⑧，成叹息。长条故惹行客。似牵衣待话，别情无极⑨。残英小⑩、强簪巾帻⑪。终不似一朵，钗头颤袅，向人欹侧。漂流处、莫趁潮汐⑫。恐断红⑬、尚有相思字，何由见得。

【注释】

① 试酒：品尝新酿成的酒。
② 过翼：飞鸟，言春归得迅速。
③ 楚宫倾国：喻落花。
④ 钗钿：美人头上的簪饰，此处指落花。
⑤ "乱点"二句：写蔷薇花凋谢后飞散的情形。桃蹊、柳陌，桃树、柳树下面的路径。
⑥ 但：只是，只有。
⑦ 蒙笼：草木茂盛的样子。
⑧ 珍丛：美丽的花丛。
⑨ 无极：无限。
⑩ 残英：残馀未落的花，或指落花。
⑪ 强：勉强。簪：插戴。巾帻：头巾。
⑫ 潮：早潮。汐：晚潮。
⑬ 断红：此指飘零的花瓣。

【评析】

此首词对景有感而作。起句点明天时人事。次句，言久客之感。"愿春"三句，言春去无痕，挽留不住，一语一转，极见曲折之态。"为问"三句，作问答体，写因夜来风雨之故，遂致落红无数。此处不直写花落，但借典故暗指，见周氏写词之缛丽。"钗钿"句，言落花狼藉之状，"乱点"二句，续写落花飘零飞舞之态。"多情"句，语意一转，故作顿挫。"为"字当作"被"解。"但蜂媒"二句，又一转折，言唯有蜂蝶追惜。过片，承上启下，言落花满地，无人来赏，已归寂寞。"蒙笼"句，花已落尽，但言绿叶。"静绕"句，言徘徊之久。"成叹息"，揭出题意，感慨良深。"长条"三句，以花拟人，见流连之意。"残英"三句，言仅馀之残英已无意趣。末三句又另转一意，言即使有相思字之红叶，亦无由得见，用逆挽法。全篇情意深婉，耐人咀嚼。

【辑评】

唐小说记红叶事凡四：其一《本事诗》……其二《云溪友议》……其三《北梦琐言》……其四《玉溪编事》……本朝词人罕用此事，惟周清真乐府两用之。《扫花游》云："随流去，想一叶怨题，今到何处。"《六丑·咏落花》云："飘流处、莫趁潮汐。恐断红、尚有相思字，何由见得。"脱胎换骨之妙极矣。（宋庞元英《谈薮》）

真爱花者，一花将萼，移枕携幞，睡卧其下，以观花之由微至盛至落，至于萎地而后已，善哉。"长条"有似"残英"，不似眨眼，即知雄心必尽，况"漂流"一段，节起新枝，枝发奇萼，长调不可得矣。（明沈际飞《草堂诗馀·正集》）

（"愿春暂留"三句）十三字千回百折，千锤百炼，以下如鹏羽自逝。不说人惜花，却说花恋人；不从无花惜春，却从有花惜春；不惜已簪之残英，偏惜欲去之断红。（清周济《宋四家词选》批语）

美成词极其感慨，而无处不郁，令人不能遽窥其旨。……《六丑·蔷薇谢后作》云："为问家何在。"上文有"怅客里光阴虚掷"之句，此处点醒题旨，既突兀又绵密，妙只五字束住。下文反覆缠绵，更不纠缠一笔，却满纸是羁愁抑郁，且有许多不敢说处，言中有物，吞吐尽致。大抵美成词一篇皆有一篇之旨，寻得其旨，不难迎刃而解。否则病其繁碎重复，何足以知清真也。（清陈廷焯《白雨斋

词话》）

如泣如诉，语极呜咽，而笔力沉雄，如闻孤鸿，如听江声。笔态飞舞，反复低徊，词中之圣也。结笔愈高。（清陈廷焯《云韶集》）

自叹年老远宦，意境落漠，借花起兴。以下是花，是自己，比兴无端。指与物化，奇情四溢，不可方物。人巧极而天工生矣。结处意致尤缠绵无已，耐人寻绎。（清黄苏《蓼园词选》）

（"愿春"二句）逆入平出，亦平入逆出。（"为问"三句）搏兔用全力。（"静绕"三句）处处断，处处连。（"残英"句）愿春暂留。（"飘流"句）春归如过翼。（末句）仍用逆挽，此片玉所独。（清谭献评《词辨》）

清真《六丑》一词，精深华妙，后来作者，罕能继踪。（清蒋敦复《芬陀利室词话》）

海绡翁曰：蔷薇谢后，言春去也。故直从惜春起。"留"字、"去"字，将大意揭出。"为问家何在"，犹言春归何处也。"夜来"以下，从蔷薇谢后指点。结则言蜂蝶但解惜花，未解惜春也。惜花小，惜春大。"东园"二句，谢后又换一境。"成叹息"三字用重笔，盖不止惜花矣。"长条"三句，花亦"愿春暂留"。"残英"七字，"留"字结束，终不似至"敧侧"、"去"字结束。"漂流"七字，"愿"字转身。"断红"句逆挽"留"字，"何由见得"逆挽"去"字，言外有无限意思。读之但觉回肠荡气，复何处寻其源耶？（清陈洵《海绡说词》）

填此调若拙于行气，必病纠缠拖沓。清真此词反复吞吐，操纵自如，良由行气功深，故能六辔在手如此。（蔡嵩云《柯亭词评》）

一气贯注，转折处如天马行空。所用虚字，无一不与文情相合。（龙榆生《唐宋名家词选》引夏敬观评语）

古今绝唱，妙在直笔而能绝处转回，慢词至此，可叹观止，属和实可不必，其法则不可不知。以一"正"字领起至结，无第二手能之。只此一篇，可悟北宋转法。（乔大壮批《片玉集》）

夜 飞 鹊

　　河桥送人处，凉夜何其①。斜月远堕馀辉。铜盘烛泪已流尽②，霏霏凉露沾衣。相将散离会，探风前津鼓③，树杪参旗④。花骢会意，纵扬鞭、亦自行迟。　　迢递路回清野，人语渐无闻，空带愁归。何意重经前地⑤，遗钿不见，斜径都迷。兔葵燕麦，向斜阳、欲与人齐。但徘徊班草⑥，欷歔酹酒⑦，极望天西。

【注释】

① 何其：什么时候。《诗经·小雅·庭燎》："夜如何其？夜未央。"
② 铜盘：盛蜡烛的器具。
③ 津鼓：渡口报时的更鼓。
④ 参旗：星名。属毕宿，共九星，在参星西。又名天旗、天弓。
⑤ 何意：意谓没想到。
⑥ 班草：布草而坐，指朋友相遇，共坐谈心。
⑦ 欷歔：叹息声，抽咽声。扬雄《方言》："哀而不泣曰唏。"酹酒：以酒浇地。

【评析】

　　此首词，自"河桥送人处"直至"空带愁归"为一节，追述月夜送行情况；"何意"以下至篇末，写重经前地怅惘之情。上片"河桥"至"凉露沾衣"，点染月夜送行之情境。"风前"二句，写前程景色，分手在即。"花骢"二句，不言人不愿行，而言花骢会意，语极巧妙，"纵"字与"亦"字呼应。过片意脉不断，"迢递"言归路，人语无闻，只得带愁而归。"何意"二字贯下数句，笔锋陡转，拓开一层。"前地"应篇首，地犹是而情景则大异，但见斜阳影里葵麦之高与人齐耳。"但徘徊"三句，言故人已别，对景伤怀，唯有酹酒于地，怅望天涯，借此排遣胸中之郁结。送行之词多为应酬之作，然此词语真情真，实为送行词中少见之佳作。

【辑评】

上是欲别不忍别之感，下是别后无限情绪。"骅骝"也会歌骊意，可知伤别情多。醉酒极望，何等惆怅于一方？"愁莫愁兮生别离"，分手不堪回首处，此情诉与谁人知？（明《新刻李于鳞先生批评注释草堂诗馀隽》伪托李攀龙评点）

今之人，务为欲别不别之状，以博人欢，避人议，而真情什无二三矣。能使华骝会意，非真情所潜格乎？物既如是，人何以堪？妆衬幽凉，怎奈玉人不见。（明沈际飞《草堂诗馀·正集》）

"班草"是散会处，"酹酒"是送人处。二处皆前地也，双起故须双结。（清周济《宋四家词选》批语）

美成《夜飞鹊》云："何意重经前地，遗钿不见，斜径都迷。兔葵燕麦，向斜阳、影与人齐。但徘徊班草，欷歔酹酒，极望天西。"哀怨而浑雅。白石《扬州慢》一阕，从此脱胎。超处或过之，而厚意微逊。（清陈廷焯《白雨斋词话》）

一首送别词耳。自将行至远送，又自去后写怀望之情，层次井井而意致绵密，词采秋深。时出雄厚之句，耐人咀嚼。（清黄苏《蓼园词选》）

海绡翁曰："河桥"逆入，"前地"平出。换头三句，钩勒浑厚。转出下句，始觉沉深。（清陈洵《海绡说词》）

"兔葵燕麦"二语，与柳屯田之"晓风残月"，可称送别词中双绝，皆镕情入景也。（梁令娴《艺蘅馆词选》引梁启超语）

和缓之笔，可与《四园竹》参看。乃片玉独到之处，古今无第二手。（乔大壮批《片玉集》）

满 庭 芳

夏日溧水无想山作①

风老莺雏,雨肥梅子②,午阴嘉树清圆。地卑山近,衣润费炉烟③。人静乌鸢自乐④,小桥外、新绿溅溅⑤。凭阑久,黄芦苦竹,疑泛九江船⑥。　　年年。如社燕⑦,飘流瀚海⑧,来寄修椽⑨。且莫思身外⑩,长近尊前。憔悴江南倦客,不堪听、急管繁弦⑪。歌筵畔,先安簟枕,容我醉时眠。

【注释】

① 溧水:县名,故址在今江苏南京东南。词人时任溧水县令。无想山:在溧水县南十八里。
② 老、肥:皆使动用法。
③ 炉烟:用来熏衣服,去除湿气。
④ 乌鸢:此处泛指乌鸦。
⑤ 溅(jiān)溅:流水声。
⑥ "黄芦"二句:此处用白居易被贬九江故事。白居易《琵琶行》:"住近湓江地低湿,黄芦苦竹绕宅生。"
⑦ 社燕:燕春社来,秋社去,故称社燕。
⑧ 瀚海:沙漠地区。这里指遥远、荒僻的地区。
⑨ 修椽:高大屋檐。
⑩ 莫思身外:化用唐代杜甫《绝句漫兴九首》其四:"莫思身外无穷事,且尽生前有限杯。"
⑪ 急管繁弦:形容节拍急促、演奏热闹的音乐。

【评析】

此首词采用先景后情写法,上片写江南初夏景色,极细致;下片抒漂流之哀,极婉转。起首三句,刻画最工,不着一"夏"字,亦知为夏日景致。"地卑"二句,为前人所赏,沦谪之恨以淡笔出之,极蕴藉。"人静"句,用杜诗,着一"自"字而不觉赘。"小桥"句,生意活泼,写出无我之境,与"乌鸢"句互相映带。"凭阑久"承上,"黄芦"句用白诗,明写其地僻湿,恐如白居易当年之被贬江州也。句法顿挫,恰为下片蓄势。换头,自叹身世。"社燕"句正面自喻,弥见悲抑之情。"且莫思"句,以撇做转,劝人行乐。"憔悴"句又一转,放笔言情,而用"歌筵"三句兜转,馀味无穷。通篇用事,皆唐大家诗,意境沉雄。

【辑评】

词中多有句中韵,人多不晓。不惟读之可听,而歌时最要叶韵应拍,不可以为闲字而不押。如《木兰花》云"倾城。尽寻胜去","城"字是韵。又如《满庭芳》过处"年年。如社燕","年"字是韵,不可不察也。(宋沈义父《乐府指迷》)

"老"字、"肥"字、"费"字,字法俱灵。(明卓人月辑、徐士俊评《古今词统》)

上言人景俱寂之象,下言憔悴难遣之怀。起二语,炼字全在"老"、"肥"处吐景。万种愁情醉里消,此词解到此。出口成词,平平铺叙,自有一种闲雅,不当以凡品目之。(明《新刻李于鳞先生批评注释草堂诗馀隽》伪托李攀龙评点)

千炼。"衣润费炉烟",景语也,景在"费"字。浅而得情。(明沈际飞《草堂诗馀·正集》)

"风老"二句,炼。"衣润"句,有景,景在"费"字。美成有《塞翁吟》一首,去此远矣。(明潘游龙《精选古今诗馀醉》)

"费":周美成"衣润费炉烟",谢勉仲"心情费消遣",晏小山"莫向花笺费泪行",本于"学书费纸"之"费"。(清沈雄《古今词话·词品》)

通首疏快,实开南宋诸公之先声。"人静乌鸢乐",杜句也。"黄芦苦竹",出香山《琵琶行》。(清许昂霄《词综偶评》)

(上片)体物入微,夹入上下文中,似褒似贬,神味最远。(清周济《宋四家词选》批语)

"黄芦苦竹",此非词家所常设字面,至张玉田《意难忘》词犹特见之,可见当时推许大家者自有在,决非后人以土泥、脂粉为词耳。(清先著、程洪《词洁》)

美成词有前后若不相蒙者，正是顿挫之妙。如《满庭芳·夏日溧水无想山作》上半阕云："人静乌鸢自乐（下略）。"正拟纵乐矣，下忽接云："年年。（略）。"是乌鸢虽乐，社燕自苦。九江之船，卒未尝泛。此中有多少说不出处，或是依人之苦，或有患失之心。但说得虽哀怨，却不激烈。沈郁顿挫中，别饶蕴藉。后人为词，好作尽头语，令人一览无馀，有何趣味？（清陈廷焯《白雨斋词话》）

乌鸢自乐，社燕自苦，九江之船，卒未尝泛。沉郁顿挫中别饶蕴藉。（清陈廷焯《词则·大雅集》）

起笔秀绝，以意胜，不以词胜。笔墨真高，亦凄恻，亦疏狂。（清陈廷焯《云韶集》）

（"地卑"二句）《离骚》廿五，去人不远。（"且莫"二句）杜诗韩笔。（清谭献评《词辨》）

周美成云："流潦妨车毂。"又曰："衣润费炉烟。"辛幼安云："不知筋力衰多少，只觉新来懒上楼。"填词者试于此消息之。（清谭献《复堂词序》）

此必其出知顺昌后作。前三句见春光已去。"地卑"至"九江船"，言其地之僻也。"年年"三句，见宦情如逆旅。"且莫思"句至末，写其心之难遣也。末句妙于语言。（清黄苏《蓼园词选》）

层层脱卸，笔笔勾勒，面面圆成。（清陈洵《海绡说词》）

最颓唐语，却最含蓄。（梁令娴《艺蘅馆词选》引梁启超语）

过 秦 楼

水浴清蟾①，叶喧凉吹，巷陌马声初断。闲依露井②，笑扑流萤，惹破画罗轻扇。人静夜久凭阑，愁不归眠，立

周邦彦

残更箭③。叹年华一瞬，人今千里，梦沉书远。　　空见说、鬓怯琼梳，容消金镜，渐懒趁时匀染④。梅风地溽⑤，虹雨苔滋⑥，一架舞红都变⑦。谁信无聊，为伊才减江淹⑧，情伤荀倩⑨。但明河影下，还看稀星数点。

【注释】

① 清蟾：指明月。
② 露井：没有覆盖的井。
③ 更箭：古代以铜壶盛水，壶中立箭以计时刻。
④ 懒：懒于，无心于。趁时：追赶时尚。
⑤ 梅风：黄梅季节的风。溽：湿热。
⑥ 虹雨：指夏日的阵雨。午雨午晴，雨后常见彩虹，故称。
⑦ 舞红：指落花。
⑧ 才减江淹：《南史》卷五九《江淹传》："（淹）尝宿于冶亭，梦一丈夫自称郭璞，谓淹曰：'吾有笔在卿处多年，可以见还。'淹乃探怀中，得五色笔一以授之，尔后为诗绝无美句，时人谓之才尽。"
⑨ 情伤荀倩：《世说新语·惑溺》："荀奉倩与妇至笃。冬月妇病热，乃出中庭，自取冷，还，以身熨之。妇亡，奉倩后少时亦卒。"

【评析】

此词为追怀故人之作。起句至"惹破画罗轻扇"，皆追思往事。"水浴"三句，点明时地及周围景致。"闲依"三句，写佳人当时之情态，刻画传神，极生动可爱。"人静"三句，始拍到现在，深夜凭栏，愁不能寐。"叹年华"三句，皆感喟之词，"叹"字贯下三句。过片三句，遥想闺愁。"空见说"三字贯下三句，承"人今千里"，一"空"字，见出怅惘之情。"梅风"三句，承"年华一瞬"，状梅雨光阴，尤新颖动目。"谁信"三句，抒一己相思之深情。"但明河"二句，以景作结，含蓄有味。

【辑评】

词中用事、使人姓名，须委曲得不用出最好。清真词多要两人名对使，亦不可学也。如……《过秦楼》云"才减江淹，情伤荀倩"之类是也。（宋沈义父《乐府指迷》）

上是月明夜静景无聊，下是佳人才子思无尽。此时此景，对谁语也？此引江淹、荀倩，有才子恋佳人之怀想。此俱是嗟我怀人，睹月夜益起思念，虽曰夏景，其实乃春怀情况也。（明《新刻李于鳞先生批评注释草堂诗馀隽》伪托李攀龙评点）

月明夜寂，自有一种清况。嗟我怀人，不能成寐，亦本然事。末结有味。（明《新刻注释草堂诗馀评林》李廷机评语）

弄致。章句字作家，拈来都合。（明沈际飞《草堂诗馀·正集》）

（"梅风地溽，虹雨苔滋，一架舞红都变。"）入此三句，意味淡厚。（清周济《宋四家词选》批语）

婉约芊丽。凄艳绝世，满纸是泪，而笔墨极尽飞舞之致。（清陈廷焯《云韶集》）

海绡翁曰："通篇只做前结三句。自起句至'更箭'，是去秋情事。'梅风'三句，又历春夏，所谓'年华一瞬'。'见说'三句，'人今千里'。'谁信'三句，'梦沉书远'也。'明河'、'疏星'，又到秋景。前起逆入，后结仍用逆挽。构局精奇，金针度尽。"（清陈洵《海绡说词》）

邵次公说此调与《苏武慢》同出一源。人名作对，前人已议之。片玉每以闭口韵增押，如"染"、"点"二字是也，不可为法。（乔大壮批《片玉集》）

花　犯

粉墙低，梅花照眼①，依然旧风味。露痕轻缀。疑净洗铅华②，无限佳丽。去年胜赏曾孤倚。冰盘同燕喜③。更可惜④、雪中高树，香篸熏素被⑤。　　今年对花最匆匆，相逢似有恨、依依愁悴⑥。吟望久，青苔上，旋看飞坠。相将见⑦、翠丸荐酒⑧，人正在、空江烟浪里。但梦想⑨、一枝潇洒，黄昏斜照水⑩。

【注释】

① 照眼:耀眼。
② 铅华:妇女化妆用的铅粉。
③ 冰盘:喻指月亮。燕喜:宴饮喜乐。
④ 可惜:值得怜惜。
⑤ 香篝:熏笼。
⑥ 愁悴:因愁苦而憔悴。
⑦ 相将:宋时习语,即将、行将的意思。
⑧ 翠丸:指梅子。
⑨ 但:只好,只能。
⑩ "黄昏"句:化用宋代林逋《山园小梅》:"疏影横斜水清浅,暗香浮动月黄昏。"

【评析】

　　此词为咏梅之作。全词围绕"旧风味"三字,而以"去年"、"今年"分叙之。起三句,点破题面。"露痕"三句,摹写梅花含露之态。"去年"以下数句,皆回忆去年赏梅之事。过片二句,言今年赏梅之匆匆,直笔写出。"吟望"三句,写落梅之态极传神。"相将见"二句,言梅正开而人已远别。结尾二句,写别后之梦想梅影。全词只咏梅花,而纡徐反复,极尽吞吐之妙。

【辑评】

　　剥梅浸雪酿之,露一宿,取去,蜜渍之,可荐酒。词正用其意。(宋林洪《山家清供》)

　　此只咏梅花,而纡徐反复,道尽三年间事,昔人谓好诗圆美流转如弹丸,余于此词亦云。(宋黄昇《唐宋诸贤绝妙词选》)

　　上观梅而追忆旧想之景色无方,下思人而远望长江之梦寐相隔。露痕轻缀,雪中高树,写景逼真。疏梅浅水弄黄昏,正是故人驰神处。机轴圆转,组织无痕,一片锦心绣口,端不减天孙妙手,宜占花魁矣。(明《新刻李于鳞先生批评注释草堂诗馀隽》伪托李攀龙评点)

　　态随意出,辞遂机生,天孙手织不是过也。昔人谓梅词以此为冠,诚然也。(明《新刻注释草堂诗馀评林》李廷机评语)

　　只咏梅,而纡徐往复,了三年间事,故足珍贵。"愁悴"句,梅花传心。弹丸流转。(明沈际飞《草堂诗馀·正集》)

清真词,其清婉者至此,故知建章千门,非一匠所营。(清周济《宋四家词选》批语)

此词非专咏梅花,特借花以寄身世之感耳。黄叔旸谓"此词只咏梅花,而纡徐反复,道尽三年间事,圆美流转如弹丸",可谓知言。(清陈廷焯《云韶集》)

("依然"句)逆入。("去年"句)平出。("今年"句)放笔为直干。"凝望久"以下,筋摇脉动。("相将见"二句)如颜鲁公书,力透纸背。(清谭献评《词辨》)

愚谓此为梅词第一。总是见宦迹无常,情怀落漠耳。忽借梅花以写,意超而思永。言梅犹是旧风情,而人则离合无常。去年与梅,共安冷淡。今年梅正开,而人欲远别。梅似含愁悴之意而飞坠。梅子将圆,而人在空江中,时梦想梅影而已。(清黄苏《蓼园词选》)

海绡翁曰:起七字极沉着,已将三年情事一齐摄起。"旧风味",从"去年"虚提。"露痕"三句,复为"照眼"作周旋。然后"去年"逆入,"今年"平出。"相将"倒提,"梦想"逆挽。圆美不难,难在浑劲。(清陈洵《海绡说词》)

此是古今绝唱,读之可悟词境。"旧风味"、"去年"、"曾"、"今年"、"相将见"、"梦想",皆时也。"粉墙"、"雪中"、"苔上"、"空江"、"照水",皆地也,合时与地遂成境界。(乔大壮批《片玉集》)

大　酺

对宿烟收①,春禽静,飞雨时鸣高屋。墙头青玉旆②,洗铅霜都尽,嫩梢相触。润逼琴丝③,寒侵枕障,虫网吹黏帘竹。邮亭无人处,听檐声不断,困眠初熟。奈愁极频惊,梦轻难记,自怜幽独。　　行人归意速。最先念、流潦妨车毂④。怎奈向、兰成憔悴⑤，卫玠清羸⑥，等闲时、易伤心目。未怪平阳客⑦，双泪落、笛中哀曲。况萧索、青芜国。红糁铺地⑧，门外荆桃如菽⑨。夜游共谁秉烛。

【注释】

① 宿：隔夜。
② 青玉旆：喻初春树梢上摇曳着的柔枝嫩叶。
③ 润逼琴丝：指要下雨。汉王充《论衡》谓"天且雨……琴弦缓"。
④ 流潦：道路的积水。车毂（gǔ）：指车轮。毂，车轮中心的圆木。
⑤ 兰成：北周庾信的小字。
⑥ 卫玠：晋人，美男子，人闻其名，观者如堵。先有羸疾，成病而死，年二十七，人以为看杀卫玠。见《世说新语·容止》。清羸（léi）：清瘦羸弱。
⑦ 平阳客：汉马融，性好音乐，能鼓琴吹笛，卧平阳时，听客舍有人吹笛甚悲，因作《笛赋》。
⑧ 红糁（sǎn）：指花瓣。
⑨ 菽：豆类的总称。

【评析】

　　此首词为羁旅中对雨遣愁之作。起三句，写春雨之来。"墙头"三句，写屋外雨中之景致。"润逼"三句，写屋内之景，因下雨之故，琴弦变松，寒意侵袭枕障，虫网也吹粘于竹帘之上。"逼"、"侵"二字，写感受极细腻。"邮亭"三句，言雨中无聊，听檐间雨滴之声，不觉进入睡乡。"奈愁极"三句，语意陡转，由写景转而抒发羁旅孤寂之感。换头，抒发思归之情。"怎奈向"数句，言归去不得，触景伤情。"未怪"二句。念及马融闻笛落泪之事，遂有共鸣之感。"况萧索"三句，重述门外雨景。"夜游"句，再申孤寂无聊之感，馀情婉转。

【辑评】

　　词中用事、使人姓名，须委曲得不用出最好。清真词多要两人名对使，亦不可学也。如……《大酺》云："兰成憔悴，卫玠清羸。"（宋沈义父《乐府指迷》）

　　通首俱写雨中情景。（清许昂霄《词综偶评》）

　　马融好音律，能鼓琴吹笛。而为督邮无留事，独卧郿县平阳坞中。有洛客舍逆旅吹笛，为气出精列相和。融去京师逾年，暂闻甚悲而乐之。观"平阳客"句，

用马融去京事,知为由待制出知顺昌后作。写得凄清落漠,令人恻恻。(清黄苏《蓼园词选》)

("墙头"三句)辟灌皆有赋心,前周后吴,所以为大家也。("行人"二句)此亦新亭之泪。("况萧索"五句)一句一折,一步一态,然周昉美人,非时世妆也。(清谭献评《词辨》)

周美成云:"流潦妨车毂。"又曰:"衣润费炉烟。"辛幼安云:"不知筋力衰多少,只觉新来懒上楼。"填词者试于此消息之。(清谭献《复堂词序》)

清真词《大酺》云:"墙头青玉旆。"玉字以入代平。下文云:"邮亭无人处。"皆四平一仄。梦窗此句第四字,亦用入声,守律之严如此,今人则胡乱用之矣。(清陈锐《裒碧斋词话》)

海绡翁曰:玩一"对"字,已是惊觉后神理。"困眠初熟",却又拗转。而以"邮亭"五字,作中间停顿,前后周旋。换头五字陡接。"流潦"八字,复绕后一步出力。然后以"怎奈向"三字钩转。将前阕所有情景,尽收入"伤心目"中。"平阳"二句,脱开作垫,跌落下六字。"红糁"二句,复加一层渲染,托出结句。与"自怜幽独",顾盼含情。神光离合,乍阴乍阳,美成信天人也。(清陈洵《海绡说词》)

"流潦妨车毂"等语,托想奇拙,清真最善用之。(梁令娴《艺蘅馆词选》引梁启超语)

解 语 花

上　元

风消焰蜡,露浥烘炉①,花市光相射。桂华流瓦②。

纤云散，耿耿素娥欲下③。衣裳淡雅。看楚女、纤腰一把④。箫鼓喧，人影参差，满路飘香麝⑤。　　因念都城放夜⑥。望千门如昼，嬉笑游冶。钿车罗帕⑦。相逢处，自有暗尘随马⑧。年光是也⑨。惟只见、旧情衰谢。清漏移，飞盖归来，从舞休歌罢。

【注释】

① 浥（yì）：沾湿。
② 桂华：指月光。
③ 耿耿：光明的样子。
④ "看楚女"句：《韩非子·二柄》："楚灵王好细腰，而国中多饿人。"唐代杜牧《遣怀》："落魄江湖载酒行，楚腰纤细掌中轻。"
⑤ 香麝：即麝香。
⑥ 放夜：开放夜禁。唐代起，正月十五夜前后各一天开放夜禁，允许百姓夜间出行。
⑦ 钿车：用金宝嵌饰的车。
⑧ 暗尘随马：车马行经之处，尘土飞扬。此处化用唐代苏味道《观灯》："暗尘随马去，明月逐人来。"
⑨ 是也：还是一样。

【评析】

此词为周邦彦在荆南遇元宵节观灯所作。上片，写荆南之元宵节。首三句，写元宵之灯；"桂华"三句，写元宵之月；"衣裳"二句，写元宵之游女；"箫鼓"三句，写元宵之音乐及游人。过片数句，追忆汴京元宵节之盛况。"年光"以下，见年华如旧而人情已衰，归到自身。"清漏"下，结束一日之游了。全词因观灯而抚今追昔，笔势流转，一往情深。

【辑评】

昔人咏节序，不惟不多，附之歌喉者，类是率俗，不过为应时纳祜之声耳。所谓清明"拆桐花烂漫"、端午"梅霖初歇"、七夕"炎光谢"，若律以词家调度，则皆未然。岂如美成《解语花》赋元夕云："（略）。"……如此等妙词颇多，不独措辞精粹，又且见时序风物之盛，人家宴乐之同。则绝无歌者。（宋张炎《词源》）

来教谓《草堂》词多取周美成诸公丽语，如诗尚晚唐，亦何贵也。信如尊论。愚按：美成词正为不能丽耳。夫丽者，岂在纨绮珠翠乎？不假铅华而光彩射人，意态殊绝者，天下之丽也。故西施衣毛褐而国人称美，秦兰服敝褵而陶谷心醉。今美成多取古人绮语铦钉成篇，种种皆备，而飘洒之风，隽永之味，独其所少，如富室女服饰甚盛，欠天然妩媚耳。但其人长于音律，所作谐声歌，叶弦管，无所沾滞，故为词家所宗。先辈尝称其为词人之甲乙者，以此也。独元宵此词不类诸作，"桂华流瓦。纤云散，耿耿素娥欲下"，语甚奇。"衣裳淡雅。看楚女、纤腰一把"，亦俊逸。"年光是也。惟只见、旧情衰谢"，又感慨沉着。"瓦"字、"雅"字、"帕"字、"也"字，皆不觉用韵，诚佳作也。（明张𬘡《草堂诗馀别录》）

上是佳人游玩，下是灯下相逢，一气呵成。才子佳人，一时胜会，千载奇逢，洵是解语花，倾国倾城声价矣。（明《新刻李于鳞先生批评注释草堂诗馀隽》伪托李攀龙评点）

灯月交辉，佳人歌舞，才子游玩，亦一时之胜。用苏味道诗"暗尘随马去，明月逐人来"，词意高古。（明《新刻注释草堂诗馀评林》李廷机评语）

词起结最难，而结尤难于起，盖不欲转入别调也。"呼翠袖，为君舞"、"倩盈盈翠袖，揾英雄泪"，正是一法。然又须结得有"不愁明月尽，自有夜珠来"之妙，乃得。美成元宵云："任舞休歌罢。"则何以称焉？（清刘体仁《七颂堂词绎》）

此美成在荆南作，当与《齐天乐》同时。到处歌舞太平，京师尤为绝盛。（清周济《宋四家词选》批语）

后半阕念及禁城放夜时，纵笔挥洒，有水逝云卷、风驰电掣之感。（清陈廷焯《词则·大雅集》）

因元宵而念禁城放夜时，屈指年光，已成往事。此种着笔，何等姿态，何等情味。若泛写元宵衣香灯彩如何艳冶，便写得工丽百二十分，终觉看来不俊。（清陈廷焯《云韶集》）

词忌用替代字。美成《解语花》之"桂华流瓦",境界极妙,惜以"桂华"二字代月耳,梦窗以下,则用代字更多。其所以然者,非意不足,则语不妙也。盖意足则不暇代,语妙则不必代。此少游之"小楼连苑"、"绣毂雕鞍"所以为东坡所讥也。(王国维《人间词话》)

古今传唱名作也。此从楚女而念都城,以异地而生情景,足见北宋词家境界。"年光"一转,见重大之笔。"马"韵,巧而重大。(乔大壮批《片玉集》)

定 风 波

莫倚能歌敛黛眉。此歌能有几人知。他日相逢花月底。重理。好声须记得来时[①]。　　苦恨城头传漏水[②]。催起。无情岂解惜分飞。休诉金尊推玉臂[③]。从醉。明朝有酒遣谁持。

【注释】

① 好声:即新声,新制的乐曲。
② 漏水:古代计时用的壶漏中所漏下的水。
③ 诉:推辞,辞酒。

【评析】

此词描写离愁别绪。起句写女子"能歌"却"敛黛眉"而不歌,引出送别主题。接三句为对方设想,聊以慰藉。既然此时无心歌唱,那就等到将来重逢之际再听一曲吧。下片起句借更漏来表现时间的流逝,"恨"字表达了词人不忍分别的苦闷和伤感,同时赋予更漏以感情色彩,可谓"有我之境"。结句劝酒浇愁,正所谓"此地一为别,孤蓬万里征"(唐李白《送友人》),明日纵使再有美酒佳肴,也无人举杯共饮了。

蝶 恋 花

　　月皎惊乌栖不定。更漏将阑,辘轳牵金井①。唤起两眸清炯炯②。泪花落枕红绵冷。　　执手霜风吹鬓影。去意徊徨③,别语愁难听。楼上阑干横斗柄④。露寒人远鸡相应。

【注释】

① 辘轳:提汲井水的一种工具。
② 炯炯:明亮的样子。
③ 徊徨:形容心悸不安或心神不定。
④ 阑干:星斗纵横貌。

【评析】

　　此词写离别。"月皎"句,当为回想昨宵屋外之景。"更漏"二句,拍到当下,写天明将晓,言外之意,即将离别上路,赶赴行程。"唤起"二句,因离别在即,故不得不唤人起,唤起之人初被惊醒,犹有清眸,忽念及分手在即,则继之以泪落。泪落至湿透红绵,则悲伤极矣。此二句形容睡起之妙,写照传神。"执手"句,为门外送别时之情景。"去意"二句,写难舍难分、缠绵凄恻之情。"楼上"二句,写人去后之景。斗斜露寒,唯有人行处,鸡声四起,知其远矣。此首小令,情真语真,别前别后,刻画入微,知周氏不独以慢词擅长也。

【辑评】

　　美成能作景语,不能作情语;能入丽字,不能入雅字,以故价微劣于柳。然

至"枕痕一线红生玉",又"唤起两眸清炯炯,泪花落枕红绵冷",其形容睡起之妙,真能动人。(明王世贞《艺苑卮言》)

夜色晨光将断将续之际,写得黯然欲绝。(明卓人月辑、徐士俊评《古今词统》)

前段是晓起朦胧之态,后段是临行缱绻之怀。不足景状如活。"露寒人远",思之又思,意溢词端。先曰红棉冷,后曰鸳鸯冷,俱用二字收□一节,意深一节,语不见。(明《新刻李于鳞先生批评注释草堂诗馀隽》伪托李攀龙评点)

旅行晓景,状得曲尽。(托名杨慎评点《草堂诗馀》)

首句本曹孟德"月明乌飞"说来。(明《新刻注释草堂诗馀评林》李廷机评语)

鸡相应,妙在想不到,又晓行时所必到。闽刻谓"鸳鸯冷"三字妙,真不可与谈词。(明沈际飞《草堂诗馀·正集》)

张祖望曰:词虽小道,第一要辨雅俗,结构天成。而中有艳语、隽语、奇语、豪语、苦语、痴语、没要紧语,如巧匠运斤,毫无痕迹,方为妙手。……"泪花落枕红绵冷"、"黄昏却下潇潇雨"、"杨柳梢头,能有春多少"、"断送一生憔悴,能消几个黄昏"、"断魂千里,夜夜岳阳楼",苦语也。(清王又华《古今词论》)

首一阕,言未行前闻乌惊、漏残、辘轳响,而警醒泪落。次阕言别时情况凄楚,玉人远而惟鸡相应,更觉凄婉矣。(清黄苏《蓼园词选》)

解 连 环

怨怀无托。嗟情人断绝,信音辽邈①。纵妙手、能解连环②，似风散雨收，雾轻云薄。燕子楼空③，暗尘锁、一床弦索。想移根换叶，尽是旧时，手种红药。　　汀洲渐生杜若④。料舟依岸曲，人在天角。漫记得⑤、当日音书，把闲语闲言，待总烧却。水驿春回，望寄我、江南梅萼。拚今生、对花对酒，为伊泪落。

【注释】

① 辽邈（miǎo）：遥远渺茫。
② 解连环：典出《战国策·齐策》。秦王派使者送给齐王一串玉连环，请齐人解开。群臣不知如何解，齐王后用铁椎将连环打破，对秦使说："连环已解开。"后以"解连环"比喻解决难题。此处喻指处理感情纠葛。
③ 燕子楼：指佳人所居之楼。见前苏轼《永遇乐》（明月如霜）注①。
④ 杜若：香草名。
⑤ 漫：空，徒然地。

【评析】

《解连环》用《战国策》故事，本词用环破喻欢情之决裂。大体言情人已去而己犹眷恋不已。起首三句，已将事情本末交代清楚，以下至篇末，皆由此伸发。"怨怀无托"四字，尤为一篇之总纲。"纵妙手"三句，言欢情已逝，风散、雨收、雾轻、云薄，皆言不复有往昔之浓情蜜意。"燕子楼空"二句，反用关盼盼为张建封守节不下楼故事，一"空"字，暗指今之燕子楼中，佳人已去，所馀者，唯有尘封之弦索。"想移根"三句，言即使当时亲手所种之芍药，今日也根叶全非，无复当日光景。换片，由汀洲生杜若，推想去人之所在。"漫记得"句，言当日音信往来频繁，见情意之深。"把闲语"二句，言当下怨恨之深，一开一合，笔法错落有致。"水驿春回"句又陡转，若能寄梅以慰相思，愿为伊人一洒多情之泪。全篇低回婉转，一往情深，极尽哀婉之思。

【辑评】

词欲雅而正，志之所之，一为情所役，则失其雅正之音。耆卿、伯可不必论，虽美成亦有所不免。如"为伊泪落",如"最苦梦魂,今宵不到伊行",如"天便教人,霎时得见何妨",如"又恐伊,寻消问息,瘦损容光",如"许多烦恼,只为当时,一晌留情",所谓淳厚日变成浇风也。(宋张炎《词源》)

上言燕楼中旧时事,下言书泪落今生人。用张建封盼盼事情,最切最当。结拚花酒,意新词健。形容闺妇哀情,有无限怀古伤今处。至末尤见词语壮丽,体度艳冶。(明《新刻李于鳞先生批评注释草堂诗馀隽》伪托李攀龙评点)

怀古伤今,言言雅练,若周君,可谓善形容闺中之情者。燕子楼,乃张所建。末段词语健丽新奇。(明《新刻注释草堂诗馀评林》李廷机评语)

新响。近日街头歌市所云:"闲话儿丢开也,照旧来走走。"无言语到没味不烧,却又非情矣。惨痛。(明沈际飞《草堂诗馀·正集》)

元人沈伯时作《乐府指迷》,于清真词推许甚至。唯以"天便教人,霎时厮见何妨"、"梦魂凝想鸳侣"等句为不可学,则非真能知词者也。清真又有句云:"多少暗愁密意,唯有天知。""最苦梦魂,今宵不到伊行。""拚今生、对花对酒,为伊泪落。"此等语愈朴愈厚,愈厚愈雅,至真之情,由性灵肺腑中流出,不妨说尽而愈不尽。南宋人词如姜白石云:"酒醒波远,政凝想、明珰素袜。"庶几近似。然已微嫌刷色。诚如清真等句,唯有学之不能到耳。如曰不可学也,讵必颦眉搔首,作态几许,然后出之,乃为可学耶?明已来词纤艳少骨,致斯道为之不尊,未始非伯时之言阶之厉矣。窃尝以刻印比之,自六代词人以紫纤拗折为工,而两汉方正平直之风荡然无复存者。救敝起衰,欲求一丁敬身、黄大易,而未易遽得。乃至倚声小道,即亦将成绝学,良可慨夫。(清况周颐《蕙风词话》)

全是空际盘旋。"无托"起,"泪落"结。中间"红药"一情,"杜若"一情,"梅萼"一情。随手拈来,都成妙谛。梦窗"思和云结",从此脱胎。味"纵妙手能解连环"句,当有事实在,疑亦谓李师师也。今谓"信音辽邈",昔之"闲语闲

言",又不足凭。篇中设景设情,纯是空中结想,此周词之极幻者。(清陈洵《海绡说词》)

拜星月慢

夜色催更,清尘收露,小曲幽坊月暗。竹槛灯窗,识秋娘庭院①。笑相遇,似觉琼枝玉树相倚,暖日明霞光烂。水盼兰情,总平生稀见。　　画图中、旧识春风面②。谁知道、自到瑶台畔。眷恋雨润云温③,苦惊风吹散。念荒寒、寄宿无人馆。重门闭、败壁秋虫叹。怎奈向④、一缕相思,隔溪山不断。

【注释】
① 秋娘:唐代歌伎女伶的通称。
② "画图中"句:本自唐代杜甫《咏怀古迹》:"画图省识春风面,环佩空归月夜魂。"
③ 雨润云温:指男女之间相爱悦。
④ 怎奈:无可奈何。

【评析】
此首词为追怀旧游之作。通篇用倒叙手法,起句至"苦惊风吹散",皆回忆往事。起三句,点明时地。"竹槛"二句,言佳人之居所。"笑相遇"以下数句,写相见缱绻缠绵之态。"似觉"贯下两句,喻相见时之惊艳。"画图中"句,言所遇之人似曾相识;"谁知道"句,言意外相见诧异之情,一开一合,曲折有致。"眷恋"句承上,"苦惊风"句启下。"念荒寒"以下,写现今之苦况。荒寒之中,寄宿于无人之馆,重门紧闭,唯有败壁间秋虫独唱,一派凄清之境,见于笔端。

"怎奈向"二句又一转折,言虽有溪山阻隔,相思依然不断,婉转蕴藉,回味弥长。

【辑评】

虫曰"叹",奇。实甫草桥店许多铺写,当为此一字屈首。(明卓人月辑、徐士俊评《古今词统》)

上相遇间恍如琼玉生光,下相思处浑如溪山隔断。写出庭院之遇,宛若秋娘在目。瑶台眷恋,尽是相思不绝处。叙期邂逅之际,一见颜色,令人春风满面,云雨兴思,又为溪山阻隔,写情在逼切。(明《新刻李于鳞先生批评注释草堂诗馀隽》伪托李攀龙评点)

虫曰"叹",妙。客邸真可怜。一饷三生,一缕万端,工于进泪。(明沈际飞《草堂诗馀·正集》)

前"一饷留情",此"一缕相思",无限伤感。(明潘游龙《精选古今诗馀醉》)

全是追思,却纯用实写。但读前阕,几疑是赋也。换头再为加倍跌宕之,他人万万无此力量。(清周济《宋四家词选》批语)

美成以内廷供奉,出守顺昌,道中寂寞,旅况凄清,自所不免。而依依恋主之情,"隔溪山不断",饶有敦厚之致,"惊风吹散"句,怨自有所归也,可以怨矣。(清黄苏《蓼园词选》)

迤逦写来,入微尽致。当年画中曾见,今日重逢,其情愈深。旅馆凄凉相思情况,一一如见。(清陈廷焯《云韶集》)

(下阕)曲折恣肆,笔情酣畅。(清陈廷焯《词则·别调集》)

荒寒寄宿,追忆旧欢,只消秋虫一叹。"伊威在室,蠨蛸在户","不可畏也,伊可怀也"。画图昭君,瑶台玉环,以比师师。在美成为相思,在道君为长恨矣,当悟此微旨。(清陈洵《海绡说词》)

此篇转折酣美,学此法者不可不知。自"念荒寒"以后始知"夜色"至"稀见"纯是追摹之笔,而"画图"至"吹散"横出今昔之思,可谓回肠荡气者矣。(乔大壮批《片玉集》)

关 河 令

秋阴时晴渐向暝①。变一庭凄冷。伫听寒声②,云深无雁影。　　更深人去寂静。但照壁、孤灯相映。酒已都醒,如何消夜永③。

【注释】

① 暝:天黑,日暮。
② 寒声:凄凉的声音。
③ 消:消磨,打发。

【评析】

此词抒写羁旅况味。上片写秋日日间之凄清,下片写夜间之凄清。日间由阴而暝而冷。因听寒声,欲视雁影而雁影亦不得见,此不言凄清而凄清之感自出。夜间更深人静,唯有孤灯相映,寂寞之感已充盈其间。欲借酒消愁而酒已都醒,则漫漫长夜也难挨过。末尾用发问作结,含不尽之意于言外。此首小令,不用情语而字字含情,纯用重拙手法,可谓"搏兔而用全力"。

【辑评】

淡永。(清周济《宋四家词选》批语)

(下阕)进一层说,愈劲直,愈缠绵。(清陈廷焯《词则·别调集》)

"云深无雁影"，五字千古。不必说借酒消愁，偏说"酒已都醒"，笔力劲直，情味愈见。（清陈廷焯《云韶集》）

由"更深"而追想过去之暝色，预计未尽之长夜。神味拙厚，总是笔力有馀。（清陈洵《海绡说词》）

绮寮怨

上马人扶残醉，晓风吹未醒。映水曲、翠瓦朱檐，垂杨里、乍见津亭①。当时曾题败壁，蛛丝罩、淡墨苔晕青。念去来②、岁月如流，徘徊久、叹息愁思盈。　　去去倦寻路程。江陵旧事，何曾再问杨琼③。旧曲凄清。敛愁黛、与谁听。尊前故人如在，想念我、最关情④。何须《渭城》⑤。歌声未尽处、先泪零。

【注释】

① 乍见津亭：猛然看见了渡口处的亭子。
② 去来：年去年来。
③ 杨琼：所指不详。唐代白居易《寄李苏州兼示杨琼》诗云："就中犹有杨琼在，堪上东山伴谢公。"
④ 最关情：最牵动情怀。
⑤ 《渭城》：唐代诗人王维《送元二使安西》，一作《渭城曲》，诗咏故人相别。后谱入乐府，为曲名。

【评析】

此首为离别词。起二句，写昨夜宿酒未醒。"映水曲"二句，写离别之所。"当时"二句，写往日离别时在墙壁上所题写之诗句，已经字迹模糊，蛛丝缭绕。"念去来"二句，因见当日题字，遂感叹漂泊不定，岁月蹉跎。下片写离别在即，席间奏离别之曲,因念故人不知何处。"何须"三句,言歌未尽而泪已先落,馀悲未绝。全词皆围绕离别而写,然不轻易说破题面,极尽含蓄曲折之态。

【辑评】

周清真《绮寮怨》第三、四句:"映水曲、翠瓦朱檐,垂杨里、乍见津亭"。元人王竹涧则云:"疏帘下、茶鼎孤烟,断桥外、梅豆千林。"纯作对偶语,不成《绮寮怨》矣,此不明句调之失。鄙人尝论词有单行,有俪体,学者不可不考。至陈西麓和作,失去"清"字一韵,尤为疏忽。(清陈锐《裒碧斋词话》)

此重过荆南途中作。杨琼,苏州歌者,见白香山诗。"徘徊"、"叹息",盖有在矣。"敛愁黛,与谁听",知音之感。"何曾再问",正急于欲问也。"旧曲"、"谁听","念我"、"关情",问之不已,特不知故人在否耳。拙重之至,弥见沉浑。江陵以下,言知音难遇也。故人二字倒钩。未歌先泪,又不止敛愁黛矣。顾曲周郎,其亦有身世之感乎。(清陈洵《海绡说词》)

尉 迟 杯

隋堤路。渐日晚、密霭生烟树①。阴阴淡月笼沙,还宿河桥深处②。无情画舸,都不管、烟波隔前浦。等行人、醉拥重衾③,载将离恨归去④。 因思旧客京华,长偎傍、疏林小槛欢聚。冶叶倡条俱相识⑤,仍惯见、珠歌翠舞⑥。如今向、渔村水驿,夜如岁、焚香独自语。有何人、念我无聊,梦魂凝想鸳侣。

【注释】

① 密霭：浓浓的雾气。
② 还（huán）：回转。
③ 重衾（chóng qīn）：两层被子。
④ "载将"句：化用宋代郑文宝《柳枝词》："不管烟波与风雨，载将离恨过江南。"
⑤ 冶叶倡条：借指妓女。唐代李商隐《燕台四首·春》："蜜房羽客类芳心，冶叶倡条遍相识。"
⑥ 珠歌翠舞：比喻非常华贵奢侈的歌舞表演。

【评析】

此词为夜宿舟中之作。"隋堤路"两句，写日晚舟行所见，但见烟树丛中雾霭升起，见出黄昏景致。"阴阴"两句，已转入舟泊河桥之夜景。"无情画舸"四句，回忆离别之初情景，借恨舟行之速，实写离恨之深。过片转入回忆过去居留京城之快乐时光，欢宴、歌舞，皆历历在目。"如今向"二句，转回当下实境，行程已远，此时身处深夜之渔村水驿，唯有焚香独语。眼下凄清之景与往昔之欢娱，两相比较，恍若隔世。末句转入悬想，含不尽之意于言外。周氏此词，因景及情，因今及昔，手法虽从柳永出，然思致更为深婉。

【辑评】

结句须要放开，含有馀不尽之意，以景结情最好。……或以情结尾亦好。往往轻而露，如清真之"天便教人，霎时厮见何妨"；又云"梦魂凝想鸳侣"之类，便无意思，亦是词家病，却不可学也。（宋沈义父《乐府指迷》）

上是别来寒重而恨更重，下是客中夜长而思更长。满船离恨载不归。更深人静，此景对谁言？无限离恨，兼以如岁之夜，益增寂寂无语之情怀。（明《新刻李于鳞先生批评注释草堂诗馀隽》伪托李攀龙评点）

远游曰离，近出曰别，此词备言别离之苦。（明《新刻注释草堂诗馀评林》李廷机评语）

等到醉时，画舸煞有情，而犹谓无情，情真哉！苏词"载一船离恨、向西州"，秦词"载取暮愁归去"，又是一触发。（明沈际飞《草堂诗馀·正集》）

南宋诸公所断不能到者,出之平实,故胜。一结拙甚。(清周济《宋四家词选》批语)

此词应是美成由待制出知顺昌,初出汴京时作。自汴水买船东下,因念京中旧友,故曰"想鸳侣"也。情辞自尔凄切。(清黄苏《蓼园词选》)

("无情"二句)沉着。("因思"句)章法。("渔村水驿")挽。收处颇率意。(清谭献评《词辨》)

窈曲幽深,笔情隽上。(清陈廷焯《词则·大雅集》)

"淡月"、"河桥",始念隋堤日晚。"画舸"、"烟波"、"重衾"、"离恨",节节逆溯,还他隋堤。"旧客京华",仍用逆溯。"渔村水驿",收合河桥。梦魂是重衾里事。无聊自语,则酒梦都醒也。"小槛"对"疏林","欢聚"对"偎傍","珠歌翠舞"对"冶叶倡条","仍惯见"对"俱相识",是搓挪对法。红友谓于"傍"字读,非。(清陈洵《海绡说词》)

此是汴京留别之作,笔力可思。(乔大壮批《片玉集》)

西 河

金陵怀古

佳丽地①。南朝盛事谁记。山围故国绕清江,髻鬟对起。怒涛寂寞打孤城,风樯遥度天际②。　　断崖树,犹倒倚。莫愁艇子谁系③。空馀旧迹郁苍苍④,雾沉半垒⑤。夜深月过女墙来,伤心东望淮水⑥。　　酒旗戏鼓甚处市⑦。想依稀、王谢邻里。燕子不知何世。向寻常、巷陌人家，相对如说兴亡，斜阳里⑧。

【注释】

① 佳丽地：用南朝齐谢朓《入朝曲》："江南佳丽地，金陵帝王州。"
② "山围"四句：化用唐代刘禹锡《金陵五题·石头城》："山围故国周遭在，潮打空城寂寞回。"风樯，张着风帆的船。
③ "莫愁"句：化用乐府诗："莫愁在何处？莫愁石城西。艇子打两桨，催送莫愁来。"谁，一作"曾"。
④ 郁苍苍：云雾很浓，望去一片苍青。
⑤ 沉：掩盖，遮没。
⑥ "夜深"二句：化用唐代刘禹锡《金陵五题·石头城》："淮水东边旧时月，夜深还过女墙来。"女墙，城墙上呈凹凸的矮墙。伤心，一作"赏心"。淮水，指秦淮河。
⑦ 酒旗戏鼓：指酒楼戏馆等繁华的场所。甚处市：哪里，什么地方。
⑧ "想依稀"五句：化用唐代刘禹锡《乌衣巷》："朱雀桥边野草花，乌衣巷口夕阳斜。旧时王谢堂前燕，飞入寻常百姓家。"

【评析】

　　此首金陵怀古词，通篇隐括刘禹锡诗意。前人题咏金陵，多喜搬用六朝故事，而此词起句即言"南朝盛事谁记"，因而撇去故实不提，另辟蹊径。接下来"山围故国"四句，点出金陵形胜。第二片，言金陵之旧迹，皆从景上虚说而空旷寂寞之感顿生。第三片，以拟人化之燕子回忆往昔，写出古今兴亡之感。张炎说周邦彦最长处，在善化用前人诗句，如自己出。看周氏此词，化用刘禹锡两首诗，不唯袭其句，兼取其意，正可作为印证。

【辑评】

　　莫愁者，郢州石城人，今郢有莫愁村。画工传其貌，好事者多写寄四远。……近世周美成乐府《西河》一阕，专咏金陵，所云"莫愁艇子曾系"之语，岂非误指石头城为石城乎？（宋洪迈《容斋三笔》）

　　周美成《西河》词"赏心东畔淮水"，今作"伤心"。如此之类甚多。（宋陈鹄《西塘集耆旧续闻》）

　　石头城有二，又有石城。"钟阜龙蟠，石城虎踞"，此金陵之石头城也。梁萧勃父子、余孝顷所据，此豫章之石头城也。汪彦章为《豫章石头驿记》，引洪乔附书投诸水事，乃金陵之石头。周美成作《西河》词，有云"莫愁艇子谁系"，此郢州之石城，皆误用。莫愁，郢人，古乐府云："莫愁在何处？莫愁石城西。艇子打两桨，催道莫愁来。"人不知考。（宋赵彦卫《云麓漫钞》）

有两石城，一在金陵，一在竟陵。在金陵者，即左思所谓"戎车次于石城"者也。在竟陵者，即莫愁所居之城也。而周美成词乃以金陵石城为莫愁事用，无乃误乎？（宋王楙《野客丛书》）

周美成词《金陵怀古》，用莫愁字；金陵石头城非莫愁所在，前辈指其误。予尝守郢，郡治西偏临汉江，上石崖峭壁可长数十丈，两端以城续之，流传此为石头城。莫愁名见古乐府，意者是神，汉江之西岸，至今有莫愁村，故谓"艇子往来"是也。莫愁像有石本，衣冠甚古，不知何时流传。郢中倡女尝择一人名，以莫愁示存古意，亦僭渎矣。（宋曾三异《同话录》）

介甫《桂枝香》独步不得。（明卓人月辑、徐士俊评《古今词统》）

上段是写金陵胜概所在，下段是抚古伤今不尽情。点缀金陵事实，还有王者气否？情随事迁，感慨系之矣。向之所忻羡，俯仰之间，已为陈迹，犹不能不以之兴怀。（明《新刻李于鳞先生批评注释草堂诗馀隽》伪托李攀龙评点）

前半写景如画，后段感慨如诉。（托名杨慎评点《草堂诗馀》）

王、谢当以渔隐之议为是，更有乌衣巷可证。（明《新刻注释草堂诗馀评林》李廷机评语）

如此江山，还有王者气否？介甫《桂枝香》独步不得。（明沈际飞《草堂诗馀·正集》）

櫽栝唐句，浑然天成。（"山围故国绕清江"四句）形胜；（"莫愁艇子曾系"三句）古迹；（"酒旗戏鼓甚处是"至末）目前景物。（清许昂霄《词综偶评》）

周邦彦

此词以"山围故国"、"朱雀桥边"二诗作蓝本,融化入律,气韵沉雄,音节悲壮。(清陈廷焯《词则·放歌集》)

此词纯用唐人成句融化入律,气韵沉雄,苍凉悲壮,直是压遍今古。金陵怀古词,古今不可胜数,要当以美成此词为绝唱。(清陈廷焯《云韶集》)

首段写金陵形胜,次段写金陵旧迹,末段由现在之金陵推想过去之金陵。刘梦得《石头城》诗云:"山围故国周遭在,潮打空城寂寞回。淮水东边旧时月,夜深还过女墙来。"此词前二段即融化此诗成之,而别有境界。(蔡嵩云《柯亭词评》)

张玉田谓清真最长处在善融化古人诗句,如自己出。读此词,可见此中三昧。(梁令娴《艺蘅馆词选》引梁启超语)

瑞 鹤 仙

悄郊原带郭①。行路永、客去车尘漠漠。斜阳映山落。敛馀红犹恋,孤城阑角。凌波步弱②。过短亭、何用素约③。有流莺劝我④,重解绣鞍,缓引春酌⑤。　　不记归时早暮,上马谁扶,醒眠朱阁。惊飙动幕⑥。扶残醉,绕红药。叹西园已是,花深无地,东风何事又恶。任流光过却。犹喜洞天自乐⑦。

【注释】

① 郊原:原野。带郭:绕城外郭,近城墙。
② 凌波:比喻美人步履轻盈,如乘碧波而行。语出三国魏曹植《洛神赋》:"凌波微步,罗袜生尘。"
③ 素约:旧约。
④ 流莺:指歌伎。

⑤ 春酌：春宴。
⑥ 惊飙：突发的暴风，狂风。
⑦ 洞天：道教指神仙的居所。

【评析】

　　此词是追忆送别之作。用倒叙手法，上片回忆送别及归途所遇，下片转入实境，写归后酒醒所见。起句，点明送客之地。"行路"句，言客已去。"斜阳"三句，写归途所见，唯有斜阳、落花、孤城而已。"凌波"以下至"缓引春酌"，言归途中偶有所遇，于是解鞍重酌。换片，从酒醒写起，略去昨日饮酒沉醉之枝节不提。"惊飙"言风起，由风起而念及西园红药，遂扶醉前往查看，然已落花满地，唯有怨东风作恶而已。一片怅惘之情，自笔端流出。"任流光"二句，忽又宕开去，以豁达语作结，聊以自慰。

【辑评】

　　周美成晚归钱塘乡里，梦中得《瑞鹤仙》一阕："（略）。"未几，方腊盗起，自桐庐拥兵入杭。时美成方会客，闻之，仓黄出奔，趋西湖之坟庵。次郊外，适际残腊，落日在山，忽见故人之妾，徒步，亦为逃避计。约下马，小饮于道旁旗亭，闻莺声于木杪分背。少焉，抵庵中，尚有馀醴，困卧小阁之上，恍如词中。逾月贼平，入城则故居皆遭蹂践，旋营缉而处，继而得请提举杭州洞霄宫，遂老焉，悉符前作。美成尝自记甚详，今偶失其本，姑追记其略而书于编。（宋王明清《挥麈馀话》）

　　明清《挥麈馀话》记周美成《瑞鹤仙》事，近于故箧中得先人所叙，特为详备，今具载之。美成以待制提举南京鸿庆宫，自杭徙居睦州，梦中作长短句《瑞鹤仙》一阕，既觉，犹能全记，了不详其所谓也。未几，青溪贼方腊起，逮其鸱张，方还杭州旧居，而道路兵戈已满，仅得脱死。始入钱塘门，但见杭人仓皇奔避，如蜂屯蚁沸，视落日半在鼓角楼檐间，即词中所谓"斜阳映山落。敛馀晖犹恋，孤城栏角"者，应矣。当是时，天下承平日久，吴越享安闲之乐，而狂寇啸聚，径自睦州直捣苏、杭，声言遂踞二浙，浙人传闻，内外响应，求死不暇。美成旧居既不可住，是日无处得食，饥甚。忽于稠人中有呼待制何往者，视之，乡人之侍儿素所识者也。且曰："日晏必未食，能舍车过酒家乎？"美成从之，惊遽间连引数杯，散去，腹枵顿解。乃词中所谓"凌波步弱，过短亭何用素约，有流莺劝我，重解绣鞍，缓引春酌"之句，验矣。饮罢觉微醉，便耳目惶惑，不敢少留，径出城北。江涨桥诸寺，士女已盈满，不能驻足，独一小寺经阁偶无人，遂宿其上。即词中所谓"上马谁扶，醒眠朱阁"，又应矣。既见两浙处处奔避，遂绝江居扬州。未及息肩，而传闻方贼已尽据二浙，将渡江之淮泗，因自计方领南京鸿庆宫，有斋厅可居，乃挈家往焉。则词中所谓"念西园已是花深无路，东风又恶"之言应矣。至鸿庆，未几，以疾卒。则"任流光过了，归来洞天自乐"，又应于身后矣。美成平生好作乐府，将死之际，梦中得句，而字字俱应，卒章又验于身后，岂偶然哉？美成之守颍上，与仆相知。其至南京，又以此词见寄，尚不知此词之言。待其死，乃尽验如此！（宋王明清《玉照新志》）

上是莺唤求友意，下是不醉无归意。"流莺劝我"，其荒物胸次乎？半醉半醒，不尽以还阳春。自斟自酌，独往独来，其庄漆园乎？其邵尧叟乎？其葛天、无怀氏乎？（明《新刻李于鳞先生批评注释草堂诗馀隽》伪托李攀龙评点）

点景入画，令人赏心夺目。（明《新刻注释草堂诗馀评林》李廷机评语）

"流莺相劝"，目空海内人物，真醉人情事。末句周郎才尽。（明沈际飞《草堂诗馀·正集》）

此词美成或在出守顺昌后作乎？似有郁郁不得意而托于游、托于酒，以自排遣。醉中语犹自绕药栏而怨东风，所云洞天自乐，亦无聊之意也，细玩应自得其用意所在。（清黄苏《蓼园词选》）

只闲闲说起。不"扶残醉"，不见"红药"之系情、"东风"之作恶。因而追溯昨日送客后，薄暮入城，因所携之妓倦游访伴小憩，复成酣饮。换头三句，反透出一个"醒"字，"惊飙"句倒插"东风"，然后以"扶残醉"三字点睛。结构

精奇,金针度尽。(清周济《宋四家词选》批语)

("任流光过却")紧接上文;("犹喜洞天自乐")收拾中间。(清许昂霄《词综偶评》)

入手字峭拔。"任"字一转,他人不能。(乔大壮批《片玉集》)

浪淘沙慢

昼阴重,霜凋岸草,雾隐城堞①。南陌脂车待发②。东门帐饮乍阕③。正拂面垂杨堪揽结。掩红泪、玉手亲折。念汉浦离鸿去何许④,经时信音绝。　　情切。望中地远天阔。向露冷风清,无人处、耿耿寒漏咽⑤。嗟万事难忘,惟是轻别。翠尊未竭,凭断云留取,西楼残月。　　罗带光消纹衾叠。连环解、旧香顿歇。怨歌永、琼壶敲尽缺⑥。恨春去、不与人期⑦,弄夜色,空馀满地梨花雪。

【注释】

① 城堞:城上的矮墙。
② 脂车:油涂车轴,以利运转。借指驾车出行。
③ 帐饮:谓在郊野张设帏帐,宴饮送别。阕:结束。
④ 何许:何处。
⑤ 耿耿:心神不安的样子。
⑥ "怨歌永"句:晋代王敦酒后,常常咏曹操诗:"老骥伏枥,志在千里。烈士暮年,壮心不已。"并以如意击唾壶为节,壶口尽缺。见《世说新语·豪爽》。琼壶,原本作"琼歌"。
⑦ 期:预约,约定。

【评析】

此词为怀人之作。全篇用倒叙手法,自起处至"玉手亲折",皆追叙往事。

"昼阴重"三句，点出清晨送别景色，已然霜浓雾重。"南陌"二句，写别离在即。"正拂面"二句，写佳人折柳送别。"念汉浦"二句，总束上文，言别离之久，并转入当下实境。以下两片皆承上，抒发怅惘之情。第二片起首"情切"二字，笼罩至篇末。"望中"句，点明眼前之景，"向露冷"二句，点出时间。"嗟万事难忘，惟是轻别"，此二句实是一篇主脑，至此揭出。"翠尊"三句，对景抒怀。第三片，写别后之追逝。光消、衾叠、香歇，皆言欢情不再。于是遂有怨歌、壶缺之悲。"恨春去"三句，借春去不与人期，但馀满地似雪梨花，侧写惆怅之怀。"弄夜色"三字，于一气贯注之下，稍作停顿，有摇曳之姿。

【辑评】

精绽悠扬，真千秋绝调。其用去声字尤不可及。观竹山和词，通篇四声，一字不殊，岂非词调有定格耶？（清万树《词律》）

（第二片换头）空际出力，梦窗最得其诀。（"翠尊未竭"）三句一气赶下，是清真长技。（收处）钩勒劲健峭举。（清周济《宋四家词选》批语）

美成词操纵处有出人意表者。如《浪淘沙慢》一阕，上二叠写别离之苦，如"掩红泪、玉手亲折"等句，故作琐碎之笔。至末段云："罗带光消纹衾叠，连环解、旧香顿歇，怨歌永、琼壶敲尽缺。恨春去、不与人期，弄夜色，空馀满地梨花雪。"蓄势在后，骤雨飘风，不可遏抑，歌至曲终，觉万汇哀鸣，天地变色。老杜所谓"意惬关飞动，篇终接混茫"也。（清陈廷焯《白雨斋词话》）

第三段飘风骤雨，急管繁弦，歌至曲终，觉万汇哀鸣，天地变色。"恨春去"七字，其深。（清陈廷焯《词则·大雅集》）

美成善于摹写秋景，每读晏、欧词后，再读美成词，正如水逝云卷，风驰电掣，觉万汇哀鸣，天地变色。第三段急管繁弦，飘风骤雨，如聆乐章之乱。（清陈廷焯《云韶集》）

（"正拂面"二句）难忘在此。（"翠尊"三句）所谓以无厚入有间。"断"字、

"残"字,皆不轻下。(末四句)本是人去不与春期,翻说是无憀之思。(清谭献评《词辨》)

自"晓阴重"至"玉手亲折",全述往事。"东门",京师,"汉浦"则美成今所在也。"经时信音绝",逆挽。"念"字,益幻。"不与人期"者,不与人以佳期也。"梨花"无情,固不如"拂面垂杨"。(清陈洵《海绡说词》)

长调自以周、柳、苏、辛为最工。美成《浪淘沙慢》二词,精壮顿挫,已开北曲之先声。(王国维《人间词话删稿》)

"罗带"句以色彩作提笔。此下内转,俨然急管繁弦。(乔大壮批《片玉集》)

应 天 长

条风布暖①,霏雾弄晴,池台遍满春色。正是夜堂无月,沉沉暗寒食。梁间燕,前社客②。似笑我、闭门愁寂。乱花过,隔院芸香③,满地狼藉。　　长记那回时,邂逅相逢④,郊外驻油壁⑤。又见汉宫传烛,飞烟五侯宅⑥。青青草,迷路陌。强载酒、细寻前迹。市桥远,柳下人家,犹自相识。

【注释】

① 条风:东风。
② 社客:燕子为候鸟,在江南一带每年以春社来,秋社去,故称燕子为"社客"。社,土地神,此处引申为祭祀土地神的节日,即社日。一年有两社日,即春社、秋社。
③ 芸香:香草名,可避蠹鱼。
④ 邂逅:不期而遇。
⑤ 油壁:即油壁车,古人乘坐的一种车子,因车壁用油涂饰,故名。
⑥ "又见汉宫"二句:化用唐代韩翃《寒食》:"日暮汉宫传蜡烛,轻烟散入五侯家。"五侯,泛指权贵豪门。

周邦彦

【评析】

此词为寒食有感而作。上片,以景寓情,自叙不用直笔。起三句点寒食景。"正是"二句转入夜景。"暗"字用乐天诗"无风无雨寒食夜,夜深犹立暗花前"。"梁间"三句,侧写闭门孤寂情景。"乱花"三句,伤春之情,借写景平淡出之。下片,全是闭门设想。换片三句,追怀往事。"又见"二句,因往事之牵动,念及寒食又至,遂起游兴。"青青"三句,皆设想之词,意欲如此也。"市桥"三句,与"邂逅"相应,点出相逢之地,暗示记忆之深刻。全词情思婉转,有一唱三叹之致。

【辑评】

上半叙景色寂寥,下半与世人暌绝。燕语梁间,客到社前,生意活泼。"人家不相识",有遗世独立丰标。不用介子推典实,但意俱不求名,不徼功,似有埋光剖采之卓识。(明《新刻李于鳞先生批评注释草堂诗馀隽》伪托李攀龙评点)

国朝大恤,乐府用此。(托名杨慎评点《草堂诗馀》)

前半泛写,后半专叙,盖宋词人多此法。(清毛先舒《诗辨坻》)

空淡深远,较之石帚作,宁复有异。石帚专得此种笔意,遂于词家另开宗派。如"条风布暖"句,至石帚皆淘洗尽矣。然渊源相沿,固是一祖一祢也。(清先著、程洪《词洁》)

(上片)生辣。(结尾)反剔所寻不见。(清周济《宋四家词选》批语)

前阕如许风景,皆从"闭门"中过。后阕如许情事,偏从"闭门"中记。"青青草"以下,真似一梦,是日间事,逆出。(清陈洵《海绡词说》)

此篇写景处,明示北宋法度,且多情景交融之处,尤宜三复。(乔大壮批《片玉集》)

夜 游 宫

叶下斜阳照水①。卷轻浪、沉沉千里②。桥上酸风射眸子③。立多时,看黄昏灯火市。　　古屋寒窗底。听几片、井桐飞坠。不恋单衾再三起。有谁知,为萧娘书一纸④。

【注释】

① 叶下:叶落。
② 沉沉:形容流水渺远不尽的样子。
③ 酸风射眸子:化用唐代李贺《金铜仙人辞汉歌》:"魏官牵车指千里,东关酸风射眸子。"酸风,刺人的寒风。
④ "为萧娘"句:化用唐代崔巨源《崔娘诗》:"风流才子多春思,肠断萧娘一纸书。"萧娘,女子的泛称。

【评析】

此词为怀人之作。上片"叶下"二句,写秋日黄昏景色。"沉沉千里",暗指所思之人相距之遥。"桥上"三句,以灯火之热闹反衬自己的凄凉心情。下片,"古屋"二句,写居处之凄清。"不恋"三句,写因接伊人之书信而夜不能寐。"单衾"二字,暗示孤栖独宿。此词用层层加倍手法,至篇末方揭出全篇主旨。

【辑评】

此亦是层叠加倍写法,本只"不恋单衾"一句耳,加上前阕,方觉精力弥满。(清周济《宋四家词选》批语)

桥上则"立多时",屋内则"再三起",果何为乎?"萧娘书一纸",惟已独知耳,眼前风物何有哉。(清陈洵《海绡说词》)

贺 铸 十二首

更 漏 子

上东门①，门外柳。赠别每烦纤手。一叶落，几番秋。江南独倚楼。　　曲阑干，凝伫久。薄暮更堪搔首②。无际恨，见闲愁。侵寻天尽头③。

【注释】

① 东门：洛阳城东门。洛阳旧称东都，此处或借以代指北宋东京汴梁。
② 搔首：以手搔头，形容焦虑而有所思的样子。
③ 侵寻：渐渐。

【评析】

此词写离愁。起三句，写春日折柳赠别，"纤手"暗示男女之情。接三句，写秋日独倚楼阁，"几番秋"表明周而复始，恨无休止。下片起句写日暮凭栏，长久凝望，搔首踟蹰。结句总括以上三个离别场景，"无际恨"是说离愁之无限，"天尽头"是说离愁之绵长。词凡四换韵脚，一韵一景，层次分明，错落有致，经春历秋，朝朝暮暮，表现了普遍而永恒的离别主题。

青玉案

　　凌波不过横塘路①。但目送、芳尘去②。锦瑟华年谁与度③。月桥花院，琐窗朱户④。只有春知处。　　飞云冉冉蘅皋暮⑤。彩笔新题断肠句⑥。试问闲愁都几许⑦。一川烟草⑧，满城风絮，梅子黄时雨⑨。

【注释】

① 凌波：此处指代美人。横塘：在苏州城外西南，贺铸有别墅在此。
② 芳尘：指美人乘坐的车马经过时所卷起的尘土。
③ 谁与度：即"与谁度"。
④ 琐窗：雕镂有连锁花纹的窗子。
⑤ 蘅皋：长有香草的水边高地。蘅，指杜蘅，一种香草名。
⑥ 彩笔：形容词藻华丽的文笔。见前晏幾道《木兰花》（秋千院落重帘幕）注①。
⑦ 都几许：总共多少。
⑧ 一川：遍地，整个原野。川，此处指平野。
⑨ 梅子黄时雨：江南农历四五月间经常阴雨连绵，因此时正值梅子黄熟，故俗称"梅雨"。

【评析】

　　此词运笔轻灵自如，表面上抒写了思美人而不见的幽约怨悱之万斛闲愁，实则包孕着郁勃岑寂的个人身世之感，得屈原《离骚》"美人迟暮"的千年遗意。上片写两情之暌隔，下片写己愁之繁乱。起首二句即飘逸不群，"凌波不过"乃伊人没有来，"目送芳尘"乃自己不能去。"锦瑟"句与"月桥"以下三句，"试问"句与结拍三句皆深得呼应之妙。"锦瑟"句悬测伊人青春妙龄不偶，暗暗关合词人自身。"月桥"以下二句，由外及内，想象伊人住处。而以"只有春知处"收束，于良辰美景的繁华中陡现其内心的孤寂寥落，与词人自身不为人见重、虚度年岁的情形亦相契合。过片"飞云"既实写眼前景物，又融化江淹《休上人怨别》诗句

"日暮碧云合，佳人殊未来"和曹植《洛神赋》句，以补足"凌波不过"意和未明言的以前曾见面的情境，颇见其细针密线、天衣无缝之匠心。"试问"句，语调急促而紧张，结拍三句，则舒缓而沉抑，采用连设三喻的博喻手法，又兼兴中有比，亦虚亦实，即景即情，见出愁情之多而细碎，充塞天壤，且历时之久，真是一发不可收，但见天光云影一片，无迹可寻，不可凑泊，"如三叠《阳关》，令人凄绝"（俞陛云《唐五代两宋词选释》），故而成为公认的倾倒千古的绝唱，词人也因此而赢得了"贺梅子"的雅号。然世人专赏此鳞爪之馀，亦当无忘其全龙之美。且此类词似当为辛弃疾词中秾丽之作所由脱胎。

【辑评】

少游醉卧古藤下，谁与愁眉唱一杯。解道江南断肠句，只今惟有贺方回。（宋黄庭坚《寄贺方回》）

诗家有以山喻愁者，杜少陵云"忧端如山来，澒洞不可掇"，赵嘏云"夕阳楼上山重叠，未抵春愁一倍多"是也。有以水喻愁者，李颀云"请量东海水，看取浅深愁"，李后主云"问君都有几多愁，恰似一江春水向东流"，秦少游云"落红万点愁如海"是也。贺方回云："试问闲愁知几许。一川烟草，满城风絮，梅子黄时雨。"盖以三者比之愁多也，尤为新奇，兼兴中有比，意味更长。（宋罗大经《鹤林玉露》）

贺方回为《青玉案》词，山谷尤爱之，故作小诗以纪其事。及谪宜州，山谷兄元明和以送之云："千峰百嶂宜州路。天黯淡，知人去。晓别吾家黄叔度。弟兄华发，远山修水，异日同归处。　　长亭饮散尊罍暮。别语缠绵不成句。已断离肠能几许。水村山郭，夜阑无寐，听尽空阶雨。"山谷和云："烟中一线来时路。极目送、幽人去。第四阳关云不度。山胡声转，子规言语，正是人愁处。　　别恨朝朝连暮暮。忆我当年醉时句。渡水穿云心已许。晚年光景，小轩南浦，帘卷西山雨。"洪觉范亦尝和云："绿槐烟柳长亭路。恨取次、分离去。

日永如年愁难度。高城回首，暮云遮尽，目断人何处。　　解鞍旅舍天将暮。暗忆丁宁千万句。一寸危肠情几许。薄衾孤枕，梦回人静，彻晓潇潇雨。"（宋吴曾《能改斋漫录》）

《潘子真诗话》云："世推方回所作'梅子黄时雨'为绝唱，盖用寇莱公语也。寇诗云：'杜鹃啼处血成花，梅子黄时雨如雾。'"（宋胡仔《苕溪渔隐丛话·前集》）

贺方回初在钱塘，作《青玉案》，鲁直喜之，赋绝句云："解道江南断肠句，只今惟有贺方回。"贺集中如《青玉案》者甚众。大抵二公卓然自立，不肯浪下笔，予故谓"语意精新，用心甚苦"。（宋王灼《碧鸡漫志》）

上念及暮春已去景，下想到首夏方来时。怀春之情不可令人知。无人知处，正在怀春之时。送春归，迎夏至，种种多情，真是人莫测。（明《新刻李于鳞先生批评注释草堂诗馀隽》伪托李攀龙评点）

情景欲绝。（托名杨慎评点《草堂诗馀》）

知我者，其天乎？一般口气。叠写三句闲愁，真绝唱！（明沈际飞《草堂诗馀·正集》）

贺方回《青玉案》词，工妙之至，无迹可寻，语句思路，亦在目前，而千人万人不能凑泊。（清王初桐《小嫏嬛词话》）

贺方回《青玉案》："试问闲愁知几许。一川烟草，满城风絮。梅子黄时雨。"不特善于喻愁，正以琐碎为妙。（清沈谦《填词杂说》）

各调中惟此为中正之则，人因此词呼为"贺梅子"。词情词律高压千秋，无怪一时推服。涪翁有云："解道江南断肠句，世间惟有贺方回。"信非虚言。（清万树《词律》）

词有袭前人语而得名者，虽大家不免，如方回"梅子黄时雨"、耆卿"杨柳岸、晓风残月"、少游"寒鸦数点，流水绕孤村"、幼安"是他春带愁来，春归何处？却不解、带将愁去"等句，惟善于调度，正不以有蓝本为嫌。（清吴衡照《莲

子居词话》）

方回有小筑在姑苏盘门内（按：当作"外"），地名横塘，时往来其间，有此作。方回以孝惠皇后族孙，元祐中通判泗州，又倅太平州，退居吴下，是此词作于退休之后也，自有一番不得意、难以显言处。言斯所居横塘断无宓妃到，然波光清幽，亦常目送芳尘，第孤寂自守，无与为欢，惟有春风相慰藉而已。次阕言幽居肠断，不尽穷愁，惟见烟草风絮、梅雨如雾，共此旦晚耳。无非写其境之郁勃岑寂也。（清黄苏《蓼园词选》）

一篇之工，脍炙人口，如"山抹微云"、"梅子黄时雨"、《暗香》、《疏影》、"春水"等篇，名实相副，则亦当之无愧色。（清陈廷焯《白雨斋词话》）

眼前有景赋愁思，信手拈来意自怡。词客竞传佳话说，须知妙悟熟梅时。（清王僧保《论词绝句》其二十二）

一句一月，非一时也。不着一字，故妙。（清王闿运《湘绮楼评词》）

稼轩秾丽之处，从此脱胎。细读《东山词》，知其为稼轩所师也。世但言苏、辛为一派，不知方回，亦不知稼轩。（夏敬观《彊村丛书》批语）

感 皇 恩

兰芷满汀洲①，游丝横路。罗袜尘生步②。迎顾。整鬟颦黛③，脉脉两情难语。细风吹柳絮。人南渡。　　回首旧游，山无重数。花底深朱户。何处。半黄梅子④，向晚一帘疏雨。断魂分付与。春将去。

【注释】

① 兰芷：指香兰和白芷这两种芳草。
② 罗袜生尘：三国魏曹植《洛神赋》："凌波微步，罗袜生尘。"形容女子步履轻盈优美。
③ 颦黛：皱着眉头。
④ 半黄梅子：指代农历四月初夏时节。

【评析】

此词上片描绘了主人公在春末夏初时节伫立汀洲，与伊人相会却不能互通款曲、一吐衷肠，以及伊人飘飘归去后的怅惘之情。下片则以景结情，抒发了他对伊人可望而不可即的满襟离思，骨韵俱高胜，笔致疏宕精警。全篇情深所造，确实使人感到词人"另有一种伤心说不出处"（清陈廷焯《白雨斋词话》），堪称词中的《洛神赋》。

【辑评】

（上阕）笔致宕往。（下阕）骨韵俱高，情深一往。（清陈廷焯《云韶集》）

笔致宕往。骨韵俱胜，用笔亦精警。（清陈廷焯《词则·别调集》）

薄　幸

淡妆多态，更的的①、频回眄睐②。便认得、琴心先许③，欲绾合欢双带④。记画堂、风月逢迎，轻颦浅笑娇无奈。向睡鸭炉边⑤，翔鸳屏里，羞把香罗暗解⑥。

自过了烧灯后⑦，都不见踏青挑菜⑧。几回凭双燕，丁宁深意，往来却恨重帘碍。约何时再。正春浓酒困，人闲昼永无聊赖⑨。厌厌睡起，犹有花梢日在。

【注释】

① 的的：明媚貌，义同"娇滴滴"。
② 眄睐（miǎn lài）：斜视。
③ 琴心：以琴声相挑动来传达心意。据史书记载，司马相如曾以琴声挑动刚刚守寡的卓文君的心弦来表达自己对她的爱慕，后来便用以指男女之间的传情达意。
④ 绾（wǎn）：系结。合欢双带：绣有合欢花纹的衣带，比喻男女相爱。
⑤ 睡鸭炉：指形状如同睡鸭的香炉。
⑥ 香罗：有香味的丝带。古代有赠罗带作为爱情信物的习俗。
⑦ 烧灯：元宵节后收灯焚烧掉。
⑧ 踏青挑菜：古代以农历二月二日为挑菜节，为妇女出郊游玩的节日。
⑨ 昼永：白昼漫长。

【评析】

　　此词抒发了一位男子对心爱女子的萦怀。上片回忆款洽的前欢，两人在画堂逢迎，目成心许；鸳屏幽会，魂授色与。"多态"一语为总摄，"轻颦"、"浅笑"、"娇"、"无奈"、"羞"等将之具体化、形象化。于言情中布景，语态艳丽秾致。过片"自过了"一语将时光从过去牵挽到如今，朝思暮想却无从相见，就连双燕也难以托付音问，然又不甘放弃些许希望，故以疑问的语气顿住。接下来转写自分离后的百无聊赖，"春浓"、"酒困"、"人闲"、"昼永"已极见长日无聊之态，接以"睡起"、"日在"踵事增华，其间真不知有几许曲折。全篇叙事和抒情融合无间，一派闲里着忙的景象，风致嫣然，低回往复，淡而不厌，哀而不伤。

【辑评】

　　上写娇羞无赖之态，下又状出无赖态如见。如对娇羞，百媚在眼前，"春浓酒暖，人闲昼永"，洵是无聊赖情景。凡闺情之词，淡而不厌，哀而不伤，此作当之。（明《新刻李于鳞先生批评注释草堂诗馀隽》伪托李攀龙评点）

　　识英雄俊眼儿，争知栽了业根。"无奈"是矫之神，"向睡鸭"二句与"待翡翠"二句皆通。坡翁只将春睡赏春情是也。一派闲情，闲里着忙。（明沈际飞《草堂诗馀·正集》）

　　耆卿于写景中见情，故淡远。方回于言情中布景，故秾至。（清周济《宋四家词选》批语）

意味极缠绵,而笔势极飞舞,宜其独步千古也。(清陈廷焯《云韶集》)

方回善用虚字,其味隽永。(清陈廷焯《词则·闲情集》)

"翡翠"二语,字虽艳丽,未免近俚。(清丁绍仪《听秋声馆词话》)

前半追思邂逅始末,后半自述间阻情怀。"花梢日在"承"昼永"句,言百无聊赖中,每觉日长似年也。(蔡嵩云《柯亭词评》)

两"便"字、两"与"字,非复也,是文章变换处,出于有意。(夏敬观《彊村丛书》批语)

浣 溪 沙

不信芳春厌老人。老人几度送馀春。惜春行乐莫辞频。　巧笑艳歌皆我意①,恼花颠酒拚君瞋②。物情惟有醉中真③。

【注释】

① 巧笑:美好的笑颜。语出《诗经·卫风·硕人》:"巧笑倩兮,美目盼兮。"艳歌:描写有关爱情的歌辞。
② 恼花:情怀为花所引逗、撩拨。颠酒:指脱略形迹的狂豪之饮。瞋(chēn):怒,生气。
③ "物情"句:化用宋代苏轼《和陶饮酒二十首》其十二:"惟有醉时真,空洞了无疑。"物情,物理人情。

【评析】

此词作于词人的晚年,颇近苏轼那种"老夫聊发少年狂"的意态,似乎陶陶兀兀,甘心沉沦于歌笑醉乡中,然而透过这一层佯狂的面罩,分明可以听见词人内心深处充满愤懑的兀傲不平之鸣。是啊,世道如此,不醉又能怎样呢?

【辑评】

意新。《词律》以多三字者《摊破浣溪沙》,此则多三字者为《浣溪沙》,少三

字者谓之"减字"。(夏敬观《彊村丛书》批语)

浣 溪 沙

楼角初消一缕霞。淡黄杨柳暗栖鸦。玉人和月摘梅花。　　笑捻粉香归洞户①,更垂帘幕护窗纱。东风寒似夜来些②。

【注释】

① 捻(niǎn):执,持拿。洞户:房室之间相通的门户,此处指女子的闺房。

② 似:表示比较,超过的意思。夜来:犹言昨日。些(sā):句末语气助词,无实义。

【评析】

此词宛如一幅美人月下摘梅图。首二句描绘初春傍晚的景物,写来造微入妙,第三、四、五句写美人一连串的动作细节:上场是和月摘梅,以韵幽香冷的梅花和皎洁无垠的月光映衬人,显示出她的高情雅趣,与杜甫"日暮倚修竹"(《佳人》)的绝代佳人颇为近似;转场是捻花入室,她那喜滋滋的笑貌和轻盈飘忽的步态宛然目前;下场是垂帘遮寒,既见出她的华贵娇怯,又凸显她对美好事物的细心呵护。可谓神态毕出。结拍补叙环境气候上的原委:东风料峭,较昨日为寒,与前面"淡黄杨柳"、"梅花"等呼应,表明正是乍暖还寒的早春时节。

全篇句句绮丽,字字清新,似非食人间烟火语,人与景相得益彰,浑然天造地设,潇洒出尘,不作一情语而馀味曲包,深厚绵邈,咀嚼起来满口芳香。此词上、下片的首二句沉稳,尾部一单句则与之相反,常带有不稳定感,从而与词情相值相取,更见其丰神摇曳多姿。

石 州 慢

薄雨收寒①,斜照弄晴,春意空阔。长亭柳色才黄②,倚马何人先折。烟横水漫,映带几点归鸿,平沙消尽龙荒雪③。犹记出关来,恰如今时节。　　将发。画楼芳酒,红泪清歌④,便成轻别。回首经年,杳杳音尘都绝⑤。欲知方寸⑥,共有几许新愁,芭蕉不展丁香结⑦。憔悴一天涯,两厌厌风月⑧。

【注释】

① 收:消散。
② 长亭:古代设在路途边供人休息的亭舍,十里设长亭,五里设短亭。多指代送别处。
③ 龙荒:即龙沙,代指边塞荒漠之地。
④ 红泪:血泪。清歌:清亮的歌声。
⑤ 杳杳:渺茫。
⑥ 方寸:指代心。因心乃方寸之地,故称。
⑦ "芭蕉"句:比喻愁心不解。化用唐代李商隐《代赠》:"芭蕉不展丁香结,同向春风各自愁。"丁香结,指丁香花蕾丛生。
⑧ 厌厌(yān):同"恹恹",指憔悴委靡、无精打采的样子。风月:指代良辰美景。

【评析】

　　此词为词人离别爱侣后相思之作。上片先叙今日羁留关外时的一番北国萧索景象,一缕思情隐隐绰绰,呼之欲出。"春意空阔"总括全景。"犹记"以下两句一转,由实入虚,绾结今昔,有往复不尽之妙。下片换头四句承"出关"意,忆及当日两人芳酒清歌的美好情景,而这一切随着词人的轻别顿作烟消云散。"回首"以下两句与前述"犹记"以下两句钟磬相应,将思绪又拉回到眼下。"欲知"以下五句方转叙而今两地各自新愁,一问一答,具见深愁挚念。"芭蕉"句借用唐诗成句浑然如己出,可谓天衣无缝。"憔悴"二句更进一步,雅丽凄秀,情文共生。全篇场景几经转换，如九曲溪流，一路迤逦而来。

【辑评】

　　贺方回眷一妓，别久，妓寄诗云："独倚危栏泪满襟，小园春色懒追寻。深恩纵似丁香结，难展芭蕉一寸心。"贺得诗，初叙分别之景色，后用所寄诗，成《石州引》云："（略）。"（宋吴曾《能改斋漫录》）

　　贺方回《石州慢》，予旧见其稿，"风色收寒，云影弄晴"改作"薄雨收寒，斜照弄晴"。又"冰垂玉筯，向午滴沥檐楹，泥融消尽墙阴雪"改作"烟横水际，映带几点归鸿，东风消尽龙沙雪"。（宋王灼《碧鸡漫志》）

　　（"薄雨"五句）句句明秀。（"烟横"三句）有情，有景，亦有笔。"还记"二语妙，可知别已久矣。（"欲知"五句）淋漓顿挫，情生文，文生情。（清陈廷焯《云韶集》）

　　"薄雨收寒"八句均写目前景物，但因"柳色"而想到折柳赠行，因"归鸿"而想到龙荒雪消，情景交融，全神已笼罩。下阕则目前景物，亦非泛写矣。"犹记出关来"至"回首经年"均写分别时情景，"杳杳音尘都绝"以下方写现在别怀，且包括两面言之，后结"憔悴一天涯，两厌厌风月"，有语尽意不尽之妙。（蔡嵩云《柯亭词评》）

蝶　恋　花

改徐冠卿词

　　几许伤春春复暮。杨柳清阴，偏碍游丝度。天际小山桃叶步①。白蘋花满湔裙处②。　竟日微吟长短句③。帘影灯昏,心寄胡琴语④。数点雨声风约住。朦胧淡月云来去⑤。

【注释】

① 桃叶步:即桃叶渡。在南京秦淮河与青溪合流处。相传晋王献之曾在此送别爱妾桃叶,并作《桃叶歌》,故而得名。桃叶有妹名桃根。后常以桃叶、桃根代指所爱恋的女子。步,水边可系縻而上下舟的地方。
② 湔(jiān):洗濯。
③ 竟日:整天。
④ 胡琴:古代来自我国北方和西北少数民族的弦乐器名。
⑤ "数点"二句:出自北宋李冠《蝶恋花》(遥夜亭皋闲信步)的上片。约,拦住,笼束。

【评析】

　　此词描写伤春怀人的意绪。然不从正面着笔,而出之以虚笔曲笔勾勒。过片写日日夜夜的孤寂和思念。末两句全用李冠词成句,乃有青出于蓝而胜于蓝,冰生于水而寒于水之妙。

天 门 谣①

登采石蛾眉亭

　　牛渚天门险②。限南北、七雄豪占③。清雾敛。与闲人登览。　待月上潮平波滟滟④。塞管轻吹新《阿滥》⑤。风满槛。历历数、西州更点⑥。

【注释】

① 天门谣:原名《朝天子》,词人用此调歌咏天门山,因而改题新名。

贺　铸

② 牛渚：即牛渚矶，后名采石矶，在今安徽马鞍山长江东岸。
③ 七雄：当为建都金陵的东吴、东晋、宋、齐、梁、陈六朝，以及五代十国中的南唐。
④ 滟（yàn）滟：水满貌。
⑤ 塞管：指羌笛胡笳之类。《阿滥》：即《阿滥堆》，曲子名，相传为唐玄宗所创制。
⑥ 西州：东晋时的城名，故址在今江苏南京朝天宫以西一带。此处指当时的建康（今江苏南京）。更点：一夜分为五更。每一更又分为五点，每更点皆击柝或击钟鼓以报时，故而更点常引申作钟鼓讲。

【评析】

　　北宋神宗熙宁年间，太平州（治所在今安徽当涂）知州张瓌因天门东西两山对峙如蛾眉，遂筑亭于牛渚山绝壁上以便观览，命亭名"蛾眉亭"。此词作年有两说：一说认为是哲宗绍圣二年（1095）吕希哲任知州时重加修葺此亭，次年四月贺铸赴任江夏途经该地，参加此亭落成典礼而作；一说认为是宋徽宗崇宁、大观年间词人在太平州通判任上所作。词人登临纵目，即景生情，笔力雄深雅健，生动地描绘了牛渚、天门一带的雄险壮观的地形，颇有指点江山的气概，同时流露出怀古之幽情。

天　香

　　烟络横林①，山沉远照，迤逦黄昏钟鼓。烛映帘栊，蛩催机杼②，共苦清秋风露。不眠思妇，齐应和、几声砧杵③。惊动天涯倦宦，骎骎岁华行暮④。　　当年酒狂自负⑤。谓东君⑥、以春相付。流浪征骖北道⑦，客樯南浦，幽恨无人晤语。赖明月曾知旧游处。好伴云来，还将梦去。

【注释】

① 络：笼罩。
② 蛩（qióng）：蟋蟀，又名促织，俗语有"促织鸣，懒妇惊"之说。机杼：本指织布机，此处引申指纺织。
③ 砧杵（zhēn chǔ）：两种捣衣的器具。砧，捣衣石。杵，棒槌。
④ 骎（qīn）骎：指马驰骤行进貌，此处比喻时光急逝。
⑤ 酒狂：饮酒使气者。
⑥ 东君：古代以五方配四季，东方所配为春季，故以"东君"为司春之神。
⑦ 征骖（cān）：远行的车马。骖，用三匹马拉车，此处指马。

【评析】

贺铸年轻时自负凌云万丈才，有请缨灭敌之志，却一生沉沦下僚，襟抱难开。此词便借悲秋怀人来抒发其牢落抑塞之气。上片描绘秋日的种种凄清景象，"蛩催机杼"、"不眠思妇"等句，无疑遗泽沾溉姜夔的《齐天乐》咏蟋蟀词。接着便由惊心岁暮而自然过渡到下片对自身的总结：壮志成空、浪迹天涯、幽恨无告，进而油然生出怀人之意，而能不作小儿女卑溺之态。

【辑评】

横空盘硬语。（朱祖谋《彊村老人评词》）

稼轩所师。（夏敬观《彊村丛书》批语）

望 湘 人

厌莺声到枕，花气动帘，醉魂愁梦相半。被惜馀薰，带惊剩眼①。几许伤春春晚。泪竹痕鲜②，佩兰香老③，湘天浓暖。记小江、风月佳时，屡约非烟游伴④。　　须信鸾弦易断⑤。奈云和再鼓⑥，曲终人远。认罗袜无踪，旧处弄波清浅。青翰棹舣⁷，白蘋洲畔。尽目临皋飞观⁸。不解寄、一字相思，幸有归来双燕⁹。

【注释】

① "带惊"句：南朝沈约在与友人书信中描述自己近来消瘦不止，腰带孔眼也随之不断向内移缩。
② 泪竹：即斑竹、湘妃竹。相传舜帝南巡死于苍梧之野，他的两个妃子娥皇、女英悲泣不止，泪染竹枝而成斑痕，故称。
③ 佩兰：以兰草为佩饰，表示志趣高洁。语出屈原《离骚》："扈江离与辟芷兮，纫秋兰以为佩。"
④ 非烟：五色氤氲的祥云，彩云。
⑤ 须：虽。鸾弦：即琴弦，因琴曲中有《孤鸾操》而有此称。
⑥ 云和：一种名贵的宝瑟名，后指代琴、瑟、琵琶等弦乐器。
⑦ 青翰：即青翰舟，一种刻饰鸟形，涂以青色颜料的船名。舣（yǐ）：船靠岸。
⑧ 临皋：临水之地。飞观：原指高耸的宫阙，此处泛指高楼。
⑨ 幸：正，本。

【评析】

此词上片由景生情，首二句以乐景反衬愁情，愈见其愁，"厌"字嶙峋突兀，统摄全篇，定下了全篇的基调。词人的怀人、惜春、自怜等种种感受交融，意致缠绵浓腴。所举景物地方色彩浓郁。过片由情返景，化用钱起《湘灵鼓瑟》诗"曲终人不见，江上数峰青"句意，倾吐自己深心和不见在水一方的伊人的怅恨，以及登高极目遐想的痴情。末句强为宽慰，实则不过是含泪的笑。全篇意致浓郁，曲曲折折中又有曲折，耐人寻味。

【辑评】

"非烟"当是"禁烟"。结句倒语法，"幸有归来双燕"，乃不解寄一字相思耶？（明张綖《草堂诗馀别录》）

上忆风前月下之欢，下祝飞雁归燕之信。风骨内含，锋芒外陡，掷地当有金声。追忆故人湘江尾，相思尽寄一口中。词虽婉丽，意实展转不尽，诵之陡之，如奏清庙朱弦，一唱三叹。（明《新刻李于鳞先生批评注释草堂诗馀隽》伪托李攀

龙评点）

婉娈可喜。（托名杨慎评点《草堂诗馀》）

此等词章，优柔婉丽，意味无穷。风骨内含，精芒外隐，如清庙朱弦，一唱三叹。（明《新刻注释草堂诗馀评林》李廷机评语）

莺自声而到枕，花何气而动帘，可称葩藻？"厌"字嶙峋。曲意不断，折中有折。厌莺而幸燕，文人无赖。（明沈际飞《草堂诗馀·正集》）

字字争奇斗丽。（世经堂康熙十七年残本《词综》批语）

方回长调，便有美成意，殊胜晏、张。（清先著、程洪《词洁》）

意致浓腴，得骚怨之遗韵。（清黄苏《蓼园词选》）

绿 头 鸭

玉人家，画楼珠箔临津①。托微风、彩箫流怨，断肠马上曾闻。宴堂开、艳妆丛里，调琴思、认歌颦。麝蜡烟浓，玉莲漏短②，更衣不待酒初醺③。绣屏掩、枕鸳相就，香气渐暾暾④。回廊影、疏钟淡月，几许消魂。　　翠钗分、银笺封泪，舞鞋从此生尘。住兰舟、载将离恨⑤，转南浦、背西曛⑥。记取明年，蔷薇谢后，佳期应未误行云⑦。凤城远⑧，楚梅香嫩，先寄一枝春。青门外⑨、只凭芳草，寻访郎君。

【注释】

① 珠箔：珠帘。
② 玉莲漏：滴漏，古计时器。
③ 更衣：指上厕所。常借代男女之间的两性关系。

④ 暾（tūn）暾：原指阳光明亮温暖，此处指香气浓烈。
⑤ "住兰舟"二句：化用宋代郑文宝《柳枝词》："不管烟波与风雨，载将离恨过江南。"
⑥ 曛：落日的馀光。
⑦ "记取"三句：化用唐代杜牧《留赠》："不用镜前空有泪，蔷薇花谢即归来。"
⑧ 凤城：相传秦穆公的女儿弄玉吹箫引来凤凰降于京城，故后世便用凤城来指称京都。
⑨ 青门：此指北宋都城汴京。

【评析】

　　此词抒发了词人当初对一位歌伎技艺的向慕，以及在宴堂群艳中由琴歌独识伊人的情状。两人一见倾心，不胜柔情蜜意，辞采铺锦列绣。其后插入清疏一笔，预约后会之期，自楚地寄梅以表相思。最后设想来春与伊人在京郊的欢会。全篇用语富艳精工，未脱花间词的绮罗香泽之气，诚乃"妖冶如揽（毛）嫱、（西）施之袪"（张耒《东山词序》）。

张元幹　二首

石 州 慢

　　寒水依痕①，春意渐回，沙际烟阔②。溪梅晴照生香，冷蕊数枝争发。天涯旧恨，试看几许消魂，长亭门外山重叠。不尽眼中青，是愁来时节。　　情切。画楼深闭，想见东风，暗消肌雪③。孤负枕前云雨④，尊前花月。心期切处，更有多少凄凉，殷勤留与归时说。到得再相逢，恰经年离别。

【注释】

① 寒水依痕：化用唐代杜甫《冬深》："早霞随类影，寒水各依痕。"
②"春意"二句：化用唐代杜甫《阆水歌》："正怜日破浪花出，更复春从沙际归。"
③ 肌雪：形容女子的肌肤若冰雪。
④ 云雨：指男女欢会。用楚王梦遇巫山神女典。

【评析】

　　此词当为国事孔棘，词人晚年漫游之际所作。运用比兴寄托的手法，摧刚藏棱为柔，表达了对远谪殊方异域的友朋的耿耿挂念之情。"孤负枕前云雨"句借夫妇以喻同心友朋。

【辑评】

　　"沙际烟阔"与"博山烟瘦"，争奇。"发"字，叶方月切。（明卓人月辑、徐

士俊评《古今词统》)

张仲宗《石州慢》"寒水依痕,春意渐回,沙际烟阔"为一句。今刻本于"沙际"之下截为一句,非也。下文"烟阔溪梅",成何语乎?(明杨慎《词品》)

前写景,后写情,最为高亮。恨,既云"情切",又云"心期切处",欲犯重耳。(世经堂康熙十七年残本《词综》批语)

此亦天涯落漠,望远思家之作耳。但题曰"感旧",词有"天涯旧恨"句,或亦思旧友而作也。仲宗于绍兴中,坐送胡铨及李纲词除名,是其忧国之心,不肯附秦桧之和议可知矣。际国事孔棘之时,因思同心之友远谪异域,此心之所以耿耿也。起首六语,是望天意之回。"寒枝竞发",是望谪者复用也。"天涯旧恨"至黄昏节,是目望中原又恐不明也。想东风消雪,是远念同心者,应亦瘦损也。"负枕前云雨",是借夫妇以喻朋友也。因送友而除名,不得已而托于思家,意亦苦矣。(清黄苏《蓼园词选》)

兰 陵 王

卷珠箔。朝雨轻阴乍阁。阑干外,烟柳弄晴,芳草侵阶映红药①。东风妒花恶。吹落梢头嫩萼。屏山掩,沉水倦熏②,中酒心情怯杯勺③。　　寻思旧京洛④。正年少疏狂,歌笑迷著。障泥油壁催梳掠⑤。曾驰道同载⑥,上林携手⑦,灯夜初过早共约⑧。又争信飘泊。　　寂寞。念行乐。甚粉淡衣襟,音断弦索⑨。琼枝璧月春如昨⑩。怅别后华表,那回双鹤⑪。相思除是⑫,向醉里、暂忘却。

【注释】

① 红药：芍药的别称。
② 沉水：又名沉香、伽南香，因其树心至坚，放置于水中则沉，故名。
③ 杯勺：盛酒的器皿，此处代指酒。
④ 京洛：本指洛阳，此处借指北宋故都汴京。
⑤ 障泥油壁：车马。障泥，原指马鞍下、马腹上用以挡泥土的布垫，此处指代马。油壁，原指古代车上油饰之壁，此处指代车。
⑥ 驰道：车马驰行的大道。
⑦ 上林：苑名，故址在今陕西长安西。此处指代汴京的花园。
⑧ 灯夜：指元宵节前后放花灯之夜。
⑨ 弦索：乐器之弦，此处指代乐器。
⑩ 琼枝璧月：比喻美好的生活。
⑪ "怅别后"二句：据《搜神后记》载：辽东人丁令威学道成仙，后化鹤归来，落在城门华表柱上。
⑫ 除是："除非是"的省语。

【评析】

此词当为南渡后所作，属三叠，每片开头一二句的句式皆不相同，故又称三换头。上片写醉酒后所见春光。中片换头"寻思旧京洛"句绾结上下，从而转入对往昔东京梦华的追忆眷念，"又争信飘泊"句则又作顿跌的一转。下片写如梦的相思，声尤激越。结句"向醉里、暂忘却"更是全词音调最为吃紧处，故而六字皆为仄声，峻急斩绝。而"醉"、"忘"两字又必用去声，使得声调转折直上振起，合于句末拍调陡起顿落之律。全篇一意贯通，以铺叙见长，极妩秀之致，有周邦彦词的流风馀韵。

【辑评】

上是酒后见春光，中是约后误佳期，下是相思乃梦中。以可人春光为愁人意。有约飘泊，与无约全矣。人生行乐耳，何须一着胸中。此词虽分三段，意实一贯。道及春光易度，果是人世梦中，安得多错去？（明《新刻李于鳞先生批评注释草堂诗馀隽》伪托李攀龙评点）

春光最可人，亦最愁人，细嚼此词可见。繁华转瞬如一梦耳，何必以区区得失交战于胸中乎？（明《新刻注释草堂诗馀评林》李廷机评语）

灵机。"催梳掠"三字妙。词分三段，意通一贯，末句势振。曰"暂忘"，究何能忘之。"除是向醉里时刻"作"前事除梦魂里"，既多一字，况梦魂可忘，何以为思？（明沈际飞《草堂诗馀·正集》）

叶梦得　二首

贺新郎

　　睡起流莺语。掩苍苔、房栊向晚①,乱红无数。吹尽残花无人见,惟有垂杨自舞。渐暖霭、初回轻暑。宝扇重寻明月影②,暗尘侵、尚有乘鸾女③。惊旧恨,遽如许④。

　　江南梦断横江渚⑤。浪黏天、葡萄涨绿⑥,半空烟雨。无限楼前沧波意,谁采蘋花寄取。但怅望、兰舟容与⑦。万里云帆何时到,送孤鸿、目断千山阻。谁为我,唱《金缕》⑧。

【注释】

① 房栊:窗户。
② 宝扇:即团扇,形如圆月。
③ 乘鸾女:月中仙女,一指秦穆公女弄玉乘鸾仙去事,此处指所恋之人。
④ 遽:骤然。
⑤ 横江:即横江浦,在今安徽和县东南,与采石矶隔江相对。
⑥ 葡萄涨绿:江水因上涨而颜色深碧如葡萄酒。
⑦ 容与:随波起伏。
⑧《金缕》:唐代杜秋娘(或作无名氏)《金缕衣》:"劝君莫惜金缕衣,劝君惜取少年时。有花堪折直须折,莫待无花空折枝。"宋词中的《金缕曲》即为《贺新郎》。

【评析】

　　此词据载为词人十八岁时所作。上片先写午睡醒来后近黄昏的至为阑珊凄清之春景,然后写因天气渐暖而重寻尘封已久的宝扇,睹物思人,勾起沉埋的惊心旧恨。下片承上"旧恨"宕拓开去，放眼浩渺的江天烟雨，只得徒然萦念伊人，既无由重逢，且瞻望弗及，亦难寄深情。结拍化用梅尧臣《一日曲》"东风若见郎，重为歌《金缕》"句意，倍足怀人的一唱三叹之馀韵。全篇馨吐孤寂怀人之情，婉丽中饶有豪逸之气，廓度亦较为阔大，实为启其后期词风之先声。

【辑评】

（少蕴）初登第，调润州丹徒尉，郡守器重之，俾检察征税之出入。务亭在西津上，叶尝以休日往，与监官并栏杆立，望江中有彩舫依亭而南，满载皆妇女。诣亭上，见叶，再拜，致词曰："学士隽声满江表，妾辈乃真州妓也。今日太守私忌，故相约绝江。此来不度鄙贱，敢以一杯为公寿，愿得公妙语持归，夸示淮人，为无穷光荣。"酒数行，其魁捧花笺以请，叶命笔立成，即今所传《贺新郎》词也。（宋王象之《舆地纪胜》）

叶石林"睡起流莺语"词，平日得意之作也，名振一时，虽游女亦知爱重。帅颍日，其侣乞词，石林书此词赠之。后人亦取"金缕"二字名词。虽然豪逸而迫近人情，纤丽而摇动闺思。二公（苏轼与叶梦得）之名俱不朽，识者盍深考焉。（宋张侃《拙轩集》）

石林叶少蕴"睡起流莺语"词，人人能道之，集中未有胜此者，盖得意之作也。（宋黄昇《中兴以来绝妙词选》）

叶少蕴名梦得，号石林居士。妙龄秀发，有文章盛名。《石林词》一卷，传于世。《贺新郎》"睡起流莺语"、《虞美人》"落花已作风前舞"，皆其词之入选者也。（明杨慎《词品》）

上叙夏气初到时候，下叙怀人百结念头。"宝扇重寻"一句，便见和风布暖。"万里云帆"，又是思迩而人甚远。即首夏写出一篇心事，令人读之，不觉尘鞅顿释，而词华飘逸，差是造风楼手。（明《新刻李于鳞先生批评注释草堂诗馀隽》伪托李攀龙评点）

残花吹尽,垂杨自舞,蔑不伤情。一意一机,自语自话。草木花鸟,字面迭来,不见质实,受知于蔡元长,宜也。(明沈际飞《草堂诗馀·正集》)

梦得理学名臣,晚年致政家居,而作此词,自有所指,可细玩之。《文选》:"裁为合欢扇,团圆似明月。"《龙城录》:"八月望日,明皇游月宫,见素娥千馀人,皆皓衣,乘白莺。"李太白诗:"离恨满沧波。"柳子厚诗:"春风无限潇湘意,欲采蘋花不自由。""采蘋花",即《离骚》撷芳草之意也。(清黄苏《蓼园词选》)

低回哀怨,寄托遥深。(清陈廷焯《词则·别调集》)

秦少游《满庭芳》"山抹微云,天粘衰草",今本改"粘"作"连",非也。韩文"洞庭汗漫,粘天无壁",张祜诗"草色粘天鹁鸠恨",山谷诗"远水粘天吞渔舟",邵博诗"老滩声殷地,平浪势粘天",赵文昇词"玉关芳草粘天碧",严次山词"粘云江影伤千古",叶梦得词"浪粘天、蒲桃涨绿",刘行简词"山翠欲粘天",刘叔安词"暮烟细草粘天远","粘"字极工,且有出处。若作"连天",是小儿语也。(清徐釚《词苑丛谈》)

虞 美 人

雨后同幹誉、才卿置酒来禽花下作①

落花已作风前舞。又送黄昏雨。晓来庭院半残红。惟有游丝千丈袅晴空②。　　殷勤花下同携手。更尽杯中酒。美人不用敛蛾眉。我亦多情无奈酒阑时。

【注释】

① 幹誉：许幹誉，词人的友人。才卿：不详其人。来禽：林檎之别名，即为今天的花红，北方又称沙果。
② 游丝：飘动着的蛛丝。

【评析】

此词作于暮春时节。上片写景，而能予落花、游丝等物以拟人的描绘，她们似乎依依不舍于春天脚步的匆匆归去：或是在陨落之际放射出生命的最大光辉，或是万般无奈地想极力挽留住些什么。下片抒情，酒阑人散，犹强自慰人慰己，一往情深，颠之播之，可谓姿态横生。全篇虽是表现惜花伤春、及时行乐的意绪，却风格高骞腾上，能一洗惯常的卑弱俗套之气。

【辑评】

下场头话，偏自生姿。（明卓人月辑、徐士俊评《古今词统》）

叶少蕴名梦得，号石林居士。妙龄秀发，有文章盛名。《石林词》一卷，传于世。《贺新郎》（睡起流莺语）、《虞美人》（落花已作风前舞），皆其词之入选者也。（明杨慎《词品》）

上状狂风落花之景，下写杯酒携手之情。落花飞舞意，杯酒更多情。清新典雅，兴味无穷。（明《新刻李于鳞先生批评注释草堂诗馀隽》伪托李攀龙评点）

酒是消愁物，能消几个时。（托名杨慎评点《草堂诗馀》）

前状风，后写情，清新典雅，其味无穷。（明《新刻注释草堂诗馀评林》李廷机评语）

下场话头，偏自生情。生姿撷播，妙耳。旧于"多情"点句，非旨。（明沈际飞《草堂诗馀·正集》）

汪 藻 一首

点 绛 唇

新月娟娟①,夜寒江静山衔斗②。起来搔首③。梅影横窗瘦。　好个霜天,闲却传杯手④。君知否。乱鸦啼后。归兴浓如酒。

【注释】

① 娟娟:明媚美好貌。
② 山衔斗:喻指北斗星横斜低转与山坳相接。
③ 搔首:指心绪烦乱或若有所思时的挠头动作。
④ 传杯:宴席上传递酒杯劝酒,此指饮酒。

【评析】

此词抒发了思乡之情。上片和下片换头句"好个霜天"主要描绘景色,渲染气氛,星月熠耀,梅影横斜,这确实是一个令人沉醉的良夜,然而词人对景却无心饮酌赏玩,其故何在?结拍给我们抖开了包袱,原来是他那内心深处比酒还浓烈的归兴,迫切之至难以排遣。"乱鸦"似乎暗暗有所指涉。

【辑评】

汪彦章在京师,尝作小阕云:"(略)。"绍兴中,彦章知徽州,仍令席间声之。坐客有挟怨者,亟以传秦会之相,指为新制,以讥会之。会之怒,讽言路,迁彦章于永。(宋王明清《玉照新志》)

汪彦章在翰苑,屡致言者。尝作《点绛唇》云:"永夜厌厌,画檐低月山衔斗。起来搔首,梅影横窗瘦。　　好个霜天,闲却传杯手。君知否。晓鸦啼后,归梦浓如酒。"或问曰:"归梦浓如酒,何以在晓鸦啼后?"公曰:"无奈这一队畜生聒噪何。"(宋吴曾《能改斋漫录》)

汪藻彦章出守泉南,移知宣城,内不自得,乃赋词云:"新月娟娟,夜寒江净山含斗。起来搔首。梅影横窗瘦。　　好个霜天,闲却传杯手。君知否。乱鸦啼后。归思浓如酒。"公时在泉南签幕,依韵作此送之。又有送汪内翰移镇宣城长篇,见集中。比有《能改斋漫录》载汪在翰苑,屡致言者,尝作《点绛唇》云云。最末句,"晚鸦啼后,归梦浓如酒"。或问曰:"归梦浓如酒,何以在晚鸦啼后?"汪曰:"无奈这一队畜生何。"不惟事失其实,而改窜二字,殊乖本义。(宋黄公度《点绛唇·序》)

此乃"月落乌啼霜满天"景。(明潘游龙《精选古今诗馀醉》)

此首写在外栖栖不得意,思家之作耳。霜天无酒,落漠可知,写来却蕴藉。(清黄苏《蓼园词选》)

情味隽永。《草堂》改"晓鸦"为"晚鸦"、"归梦"为"归兴",反觉浅露无味。(清陈廷焯《词则·别调集》)

知稼翁与彦章同时,兼有和词,确而可据。不知明清何以云在京师作,与虎臣《漫录》约略相同,当出好事者附会耳。又按起末四句,知稼翁所引觉稍逊,故仍从《漫录》本。(清张宗橚《词林纪事》)

刘一止 一首

喜迁莺

晓 行

晓光催角。听宿鸟未惊,邻鸡先觉。迤逦烟村①,马嘶人起,残月尚穿林薄②。泪痕带霜微凝,酒力冲寒犹弱③。叹倦客、悄不禁④,重染风尘京洛⑤。　　追念,人别后,心事万重,难觅孤鸿托。翠幌娇深,曲屏香暖,争念岁华飘泊⑥。怨月恨花烦恼,不是不曾经著。者情味,望一成消减⑦,新来还恶⑧。

【注释】

① 迤逦:连绵曲折。
② 林薄:草木丛杂的所在。
③ 冲:抵御。
④ 悄不禁:浑不愿。禁,乐于、愿意。
⑤ "重染"句:化用西晋陆机《为顾彦先赠妇》:"京洛多风尘,素衣化为缁。"
⑥ 争念:怎念。
⑦ 一成:犹"渐渐"。
⑧ 恶:甚,很,更加。

【评析】

相传此词一出即盛行京师,以至词人有"刘晓行"之号,原因大概在于词人有数次进京赶考和谋宦的亲身经历,遂易引起广大有类似经历的士人的共鸣。此词上片迤逦叙写一路晓行的凄清景色,衬托词人厌于行旅、倦于求仕的心情。起首三句,从早行人的听觉着笔。"迤逦"三句,为词人转以第三者的角度来描述的视觉镜头,早行人正是其中主角。"泪痕"二句,又为早行人的特写镜头,接着顺势带出虽厌倦此行却不得不如此的无奈。下片全从早行人的内心着笔,写他因此行而引起对妻子的怀念和自怨自艾。"翠幌"以下三句,不说自己想念妻子,反而说妻子如何想念自己,颇收"照花前后镜,花面交相映"(温庭筠《菩萨蛮》)之效。结拍三句,先故作豁达,作欲擒故纵的铺垫之笔,而"新来还恶"则使事与愿违。

【辑评】

语语哽咽。(世经堂康熙十七年残本《词综》批语)

"宿鸟"以下七句,字字真切,觉晓行情景,宛在目前,宜当时以此得名。(清许昂霄《词综偶评》)

前半晓行,景色在目,虽不及竹山之工,正是雅词。(清先著、程洪《词洁》)

韩嶷 一首

高阳台

除夜

频听银签①,重燃绛蜡,年华衮衮惊心②。饯旧迎新,能消几刻光阴。老来可惯通宵饮,待不眠、还怕寒侵。掩清尊。多谢梅花,伴我微吟。　　邻娃已试春妆了,更蜂腰簇翠,燕股横金③。勾引东风,也知芳思难禁④。朱颜那有年年好,逞艳游,赢取如今。恣登临。残雪楼台,迟日园林⑤。

【注释】

① 银签:指更漏。
② 衮衮:形容相继不绝,匆匆,亦作"滚滚"。
③ 蜂腰、燕股:剪裁为蜂儿和燕子的形状,用来装饰插戴在鬓发上。
④ 芳思:春情。
⑤ 迟日:春日。《诗经·豳风·七月》:"春日迟迟。"

【评析】

此词抒发了词人除夕守岁时对一向只管催人老的年光的感慨,同时描绘了年轻人趁着大好青春年华,尽情地迎春试妆和游冶亭园的浓烈情趣。两相对比,平易道来,笔法疏松,而语浅情深,所谓妙在字句之表也。

李 邴 一首

汉宫春

潇洒江梅,向竹梢疏处,横两三枝①。东君也不爱惜②,雪压霜欺。无情燕子,怕春寒、轻失花期。却是有,年年塞雁,归来曾见开时。　　清浅小溪如练,问玉堂何似③,茅舍疏篱。伤心故人去后,冷落新诗。微云淡月,对江天、分付他谁。空自忆,清香未减,风流不在人知。

【注释】

① "潇洒江梅"三句:化用宋代苏轼《和秦太虚梅花》:"江头千树春欲暗,竹外一枝斜更好。"
② 东君:神话中的司春之神。
③ 玉堂:富豪的宅第。

【评析】

此词描绘了江边竹外姿态横生的疏梅,砥砺风雪,并以责东君、怨燕子的委曲手法反衬了词人的爱梅之心。过片承上进一步交代梅花生长的所在,"问玉堂"二句,故意设问,以见梅花自甘寂寞的淡泊品性,也是词人夫子自道。接下来借梅花表现思友之情,字里行间充满了对友人的慰藉和勉励。全篇采用细微低平的"支"韵,正与沉静低回的词情相得益彰,圆美流转如弹丸。

【辑评】

苕溪渔隐曰："……又端伯所编《乐府雅词》中，有《汉宫春·梅》词，云是李汉老作，非也，乃晁冲之叔用作，政和间作此词献蔡攸。是时，朝廷方兴大晟府，蔡攸携此词呈其父云：'今日于乐府中得一人。'京览其词，喜之，即除大晟府丞。今载其词曰：'（略）。'此词中用玉堂事，乃唐人诗云：'白玉堂前一树梅，今朝忽见数枝开。儿家门户重重闭，春色因何得入来？'或云，玉堂乃翰苑之玉堂，非也。"（宋胡仔《苕溪渔隐丛话·前集》）

李汉老邴少年日，作《汉宫春》词，脍炙人口，所谓"问玉堂何似，茅舍疏篱"者是也。政和间，自书省丁忧归山东，服终造朝，举国无与立谈者。方怅怅无计，时王黼为首相，忽遣人招至东阁，开宴延之上坐。出其家姬数十人，皆绝色也。汉老惘然莫晓。酒半，群唱是词以侑觞，汉老私窃自欣，除目可无虑矣。喜甚，大醉而归。又数日，有馆阁之命。不数年，遂入翰苑。（宋王明清《玉照新志》）

梅词《汉宫春》，人皆以为李汉老作，非也，乃晁叔用赠王逐客之作。王仲甫为翰林，权直内宿，有宫娥新得幸，仲甫应制赋词云："黄金殿里，烛影双龙戏。劝得官家真个醉，进酒犹呼万岁。　锦褥舞彻凉州，君恩与整搔头。一夜御前宣唤，六宫多少人愁。"翌旦，宣仁太后闻之，语宰相曰："岂有馆阁儒臣应制作狎词耶？"既而弹章罢。然馆中同僚相约祖钱，及期无一至者，独叔用一人而已，因作梅词赠别，云："无情燕子，怕春寒、轻失花期。"正谓此尔。又云："问玉堂何似，茅舍疏篱。"指翰苑之玉堂。《苕溪丛话》却引唐人诗"白玉堂前一树梅，今朝忽见数枝开"，谓人间之玉堂，盖未知此作也。又："伤心故人去后，零落清诗。"今之歌者，类云"冷落"，不知用杜子美《酬高适》诗："自从蜀中人日作，不意清诗久零落。"盖"零"字与"泠"字同音，人但见"泠"字去一点为"冷"字，遂云"冷落"，不知出此耳。（宋陈鹄《西塘集耆旧续闻》）

着实自矜贵，特以江梅为喻耳。（世经堂康熙十七年残本《词综》批语）

云龛居士老词人,吟得官梅托兴新。不忿开迟怨风笛,酒边记唱《汉宫春》。(清赵信《南宋杂事诗》)

圆美流转,何减美成。("东风"六句)三层俱用旁写。(清许昂霄《词综偶评》)

李邴《汉宫春·咏梅》,下阕云:"(略)。"此词为人所忌,仕途遂至蹭蹬。甚矣笔墨失检,乃易贾祸。(清李佳《左庵词话》)

《词综》载此词。王仲言云:"汉老少日,作《汉宫春》词,脍炙人口。所谓'问玉堂何似,茅舍疏篱'是也。政和间,自王省丁忧归山东,举国无与谈者。方怅怅无计,时王黼为首相,忽遣人招至东阁,开宴,出家姬唱是词,值饩数日,遂有馆阁之命。"此词为当时推重若此。按其风骨,应为李汉老作,恐非叔用所办。苕溪说恐误也。(清黄苏《蓼园词选》)

宋李汉老有"问玉堂何似,茅舍疏篱"之句,一时脍炙人口。然此语亦似雅而俗。(清陈廷焯《白雨斋词话》)

陈与义 二首

临江仙

高咏楚词酬午日①,天涯节序匆匆②。榴花不似舞裙红。无人知此意,歌罢满帘风。　　万事一身伤老矣,戎葵凝笑墙东③。酒杯深浅去年同。试浇桥下水,今夕到湘中。

【注释】

① 楚词:即"楚辞",西汉刘向辑录战国时楚人屈原、宋玉等人的作品及汉人拟作,统称为"楚辞"。午日:即端午,农历五月五日,专为纪念屈原。
② 节序:节令、节气。
③ 戎葵:即多年生草本植物蜀葵,花如木槿。

【评析】

此词写于高宗建炎三年(1129)词人避乱洞庭时,借端午节悼屈原来消泄爱国忧愤。词由"高咏楚词"发端,接着从匆匆节序的喟叹中引出对"舞裙"、"歌罢"的怀旧之感,含蓄地表达了自己对和平生活的向往。换头则将自己对节节退让的南宋小朝廷的满腔怨愤一吐为快,然后借"戎葵凝笑"反衬自己虽爱国却无能为力的处境。末了在怀念屈原中一抒异代之同悲。全篇风格沉郁峭拔,身世之感,家国之恨,络绎奔会,辐辏笔端。

【辑评】

婉娩纶至,诗人之词也。(宋刘辰翁《须溪先生评点简斋诗集》)

"试浇桥下水",盖反独醒意,以吊灵均也。(宋无名氏《须溪先生评点简斋诗集》增注)

世所传乐府多矣,如山谷《渔父词》:"青箬笠前无限事,绿蓑衣底一时休。斜风细雨转船头。"陈去非《怀旧》云:"忆昔午桥桥下饮,坐中都是豪英。长沟流月去无声。杏花疏影里,吹笛到天明。　三十年来成一梦,此身虽在堪惊。闲登高阁赏新晴。古今多少事,渔唱起三更。"又云:"高咏楚辞酬午日,天涯节序匆匆。榴花不似舞裙红。无人知此意,歌罢满帘风。　万事一身伤老矣,戎葵凝笑墙东。酒杯深浅去年同。试浇桥下水,今夕到湘中。"如此等类,诗家谓之言外句,含咀之久,不传之妙,隐然眉睫间,惟具眼者乃能赏之。古有之,人莫不饮食,鲜能知味,譬之嬴牸老羝,千煮百炼,椒桂之香逆于人鼻,然一吮之后,败絮满口,或厌而吐之矣。必若金头大鹅,盐养之再宿,使一老奚知火候者烹之,肤黄肪白,愈嚼而味愈出,乃可言其隽永耳。(金元好问《遗山自题乐府引》)

临 江 仙

夜登小阁忆洛中旧游①

忆昔午桥桥上饮②,坐中多是豪英。长沟流月去无声。杏花疏影里,吹笛到天明。　二十馀年如一梦,此身虽在堪惊。闲登小阁看新晴。古今多少事,渔唱起三更。

【注释】

① 洛中:今河南洛阳一带,为词人的出生成长地。

② 午桥:位于洛阳城南郊,为唐代宰相裴度的别墅所在,有绿野堂等胜景。

【评析】

　　此词上片极写当年在洛中与众多英豪热烈酣畅的欢宴情景，一气贯注，笔力疏宕，历历如在目前，"杏花"二句，尤其俊爽流丽。下片换头"二十"句衔接上、下片，表现今昔不同情景，接下来如长洪陡落，琢语沉郁凄婉，极见当前的悲凉怅惘，诚然是痛定思痛之人的真切告白。"闲登"以下三句宕开去，虽貌似旷达，而仍不胜叹惋之情，大有古今同慨的意味。全篇运用了以乐景反衬悲思的手法，豪英满座与此身独存、彻夜吹笛与三更渔唱皆成今昔之比，将世道乱离沧桑之感表达得淋漓尽致，而又吐言天拔，疏快浑成，所谓绚烂至极，仍归于平淡，宜其为集中压卷之词，可摩东坡之壁垒。

【辑评】

　　词情俱尽，俯仰如新。（宋刘辰翁《须溪先生评点简斋诗集》）

　　词之难于令曲，如诗之难于绝句，不过十数句，一句一字闲不得。末句最当留意，有有馀不尽之意始佳。当以唐《花间集》中韦庄、温飞卿为则。又如冯延巳、贺方回、吴梦窗亦有妙处。至若陈简斋"杏花疏影里，吹笛到天明"之句，真是自然而然。大抵前辈不留意于此，有一两曲脍炙人口，馀多邻乎率易。近代词人，却有用功于此者。倘以为专门之学，亦词家"射雕手"。（宋张炎《词源》）

　　又是一首"二十年前旧板桥"也。（明卓人月辑、徐士俊评《古今词统》）

　　简斋此词豪放而不至于肆，蕴藉而不流于弱，高古而不失于朴，感慨而不过于伤。其意度所在，如独立千仞之冈，高视万物之表，视区区弄粉吹朱之子，微乎貌矣。惟赵松雪《浪淘沙》一词颇为近之，今人罕见，附录于此。（明张綖《草堂诗馀别录》）

　　上是花间闻笛有感，下是古往今来深慨。"流月去无声"语入神。百年浑是梦，何不委去留？"天地无情吾辈老，江山有恨古人休。"亦吊古伤今之意。（明《新刻李于鳞先生批评注释草堂诗馀隽》伪托李攀龙评点）

语意超，笔力排奡。可摩坡仙之垒。（"长沟流月"）巧句。结语与东坡九日词"酒阑不必看茱萸，俯仰人间今古"同意。（托名杨慎评点《草堂诗馀》）

　　意思超越，腕力排奡，可摹坡仙之垒。"流月无声"，巧语也；"吹笛天明"，爽语也；"渔唱三更"，冷语也。功业则歉，文章自优。（明沈际飞《草堂诗馀·正集》）

　　子瞻"与谁同坐，明月清风我"，"明月几时有，把酒问青天"，快语也。"大江东去，浪淘尽、千古风流人物"，壮语也。"杏花疏影里，吹笛到天明"，又"高情已逐晓云空，不与梨花同梦"，爽语也。其词浓与淡之间也。（明王世贞《艺苑卮言》）

　　神到之作，无容拾袭。渔隐称为清婉奇丽，玉田称为自然而然，不虚也。（清许昂霄《词综偶评》）

　　"长沟流月"，即"月涌大江流"之意。言自去滔滔，而兴会不歇。首一阕是忆旧，至第二阕则感怀也。（清黄苏《蓼园词选》）

　　按思陵尝喜简斋"客子光阴诗卷里，杏花消息雨声中"之句，惜此词未经乙览，不然，其受知更当如何耶？（清张宗橚《词林纪事》）

　　词之好处有在句中者，有在句之前后际者。陈去非《虞美人》："吟诗日日待春风。乃至桃花开后、却匆匆。"此好在句中者也。《临江仙》："杏花疏影里，吹笛到天明。"此因仰承"忆昔"，俯注"一梦"，故此二句不觉豪酣，转成怅悒，所谓好在句外者也。倘谓现在如此，则骇甚矣。（清刘熙载《艺概》）